이세계 최강인 아내 입니다만, 밤의 전투는 내가 더 강한 모양입니다

~지략을 살려 출세하는 하렘전기~

신교 가쿠

온

3

오호오오!

몸에 스며드는구나.
애슐리성에도
온천을 두고 싶지만, 돈이 말이지.

마리다 폰 에르윈

류미나스

리셸

에란시아 제국 남부 영역과 알렉사 왕국의 도시 위치도

에란시아 제국령

에란시아 제도 ★
덱트릴리스

베저강

베저 자유도시 동맹

고슈토 ★

★
와리하라

산의 민족

★
산중 요새

가도

하천

Contents

서장 ♥ 슈게모리 가문의 치욕

※크라이스트 시점

"폐하께서 제안하신 황제 직할령 제한 철폐에 찬성하기는 어렵습니다! 재고해 주시기를!"

황성에 있는 논의장에서는 붉은 곰 수염이라 불리는 도레스 폰 와레스반이 이쪽이 낸 제안에 거절 의사를 큰 목소리로 표시했다.

논의장에 있는 다른 귀족들도 강약은 있지만 대략 도레스의 의견에 찬성을 나타내고 있다.

또 녀석 때문에 제국의 개혁이 늦어지는군.

낡아빠진 데다 내부 분열의 불씨밖에 되지 않는 황제 선거 제도나 제국의 직역을 각 파벌에서 채용하는 관습 등 효율적이지 않다는 걸 알면서도 그것에 눈을 감고, 아무도 바꾸려고는 하지 않는다.

내가 황제로 있는 동안 그러한 구습은 일소해 두고 싶지만…….

와레스반 가문이 찬성하지 않으면 이번 의안을 통과시키기는 어렵다. 여기는 일단 철회할 수밖에 없겠지.

"그러, 한가. 그러면 이 건은 짐 쪽에서 한 번 더 재고하는 것으로 하지. 다들, 고생이 많았다."

머리를 숙인 귀족들을 둘러보고는, 자리에서 일어나 논의장을 떠나 황성에 있는 자신의 방으로 돌아왔다.

"도레스 녀석. 내 시책을 전부 반대해서 취소시키려 드는군."

방에 있는 의자에 거칠게 앉아 조금 전의 일을 떠올리니, 짜증이 다시 치밀었다.

"폐하, 이번에도 도레스 경한테 보기 좋게 시책을 취소당하셨군요. 와레스반 파벌의 반격도 기세를 더하고 있고, 이쯤에서 크게 못을 박아 두지 않으면 안 될 것입니다."

말을 걸어 온 것은 변경백으로서 제국 남동쪽의 수비를 맡고 있는 스테판 폰 베일리아였다.

그는 내가 슈게모리 가문 당주가 되기 전부터의 가신이며, 황제가 되고 나서도 중용하고 있는 심복이다.

"알고 있다. 와레스반의 바보 놈한테 황제 자리는 주지 않을 것이다. 무능한 자가 황제가 되면 그 밑에 따르는 자가 쓸데없는 고생을 해야만 하니까 말이지."

"선대 황제 바그너 폰 와레스반의 치세는 지독했다고밖에 말할수 없습니다. 외국과의 전쟁에서는 무능한 전쟁 지도로 개죽음하는 자가 속출하고, 내부는 자기 파벌의 귀족만으로 직역을 독점하여 국가 기능을 부패하게 만들고, 부패에 만발한 귀족이 적에게 붙기를 반복하여 꿈도 희망도 품을 수 없는 어두운 시대였습니다. 폐하의 아버님과 형님께서 전사하신 건은 제국에 큰 손실을 가져다준 안타까운 사건이었다고 생각합니다……."

스테판이 한 말에, 아버지와 형을 잃었을 때의 내 절망이 떠올랐다.

"아버지는 바그너 치세의 잘못된 상황을 고치고자 개혁을 계속호소했기에 눈엣가시로 여겨졌다. 그래서 북부 수호직인 힉스 가문이 구원을 요청한 야만족 토벌에 원군으로 파견되어, 길도 알지 못하는 북방 동토에 남겨졌고, 같이 종군했던 형님과 함께 굶주림과 추위에 시달리는 와중에 야만족들의 기습을 당해 돌아오지 않는 사람이 되었다."

"그때의 폐하께서 느끼신 분노와 절망은 저도 잊지 않았고, 슈게모리 가문에 속한 모든 가신은 잊고 싶어도 잊을 수 없을 것입니다."

아버지와 형을 잃은 북부에서의 전투는 슈게모리 가문이 당한 최대의 치욕으로서 슈게모리 파벌 귀족들 안에 아로새겨져 있다.

그 덕분이라고는 말하고 싶지 않지만, 나이가 젊고 차남에 지나지 않았던 자신이 슈게모리 가문 당주가 되었을 때 파벌 귀족들은 명확한 지지를 표시해 준 것이다.

"치욕을 준 바그너가 자식을 남기지 않고 죽어 차대 황제 선거가 이루어졌을 때 나는 이걸로 제국을 올바르게 고칠 수 있다고 생각하여 후보자로서 거수했다. 바그너를 증오하는 귀족은 많아서, 와레스반 가문 말고는 이쪽의 편을 들 거라고 생각했다만──."

"선선대 황제의 손자로, 선대 황제의 조카인 리히트 폰 에라크슈의 헛소리가 폐하를 지지하고 있던 다른 파벌 귀족들한테 의혹을 품게 했지요. 그건 정말로 뼈아팠습니다."

"정말로 그 한마디는 나한테 지금도 심각한 상처를 계속 주고 있어. 적을 이기기 위해 모략은 쓰지만, 내가 아버지와 형을 함정에 빠뜨린 적 따위 없는데도 여전히 그러한 눈으로 나를 보는 제국 귀족은 많다."

백작에 지나지 않았던 리히트지만, 황제 일족 출신이고 황가 와레스반 가문의 피를 잇고 있기에 그 발언을 중요시하던 귀족이 많았다.

덕분에 압도적으로 우세했던 황제 선거의 형세는 이상해져서, 대항마였던 도레스의 평가가 상대적으로 올라가 접전으로 흘러가는 바람에 여러 양보를 해야만 하게 되어, 황제가 되고 나서도 자유롭게 권한을 행사하지 못하고 있는 것이다.

"리히트가 한 말로 가장 이득을 본 건 분가에서 와레스반 가문의 당주가 된 도레스 경임을 모두가 너무 모르고 있습니다."

"선거 후에 석패함으로써 차대 황제 후보라는 인상을 주었으니까 말이지. 지금도 내게 거스르는 건 차대 황제는 자신임을 주위에 나타내고 싶기 때문일 거다. 게다가 리히트가 제국을 배신하고 알렉사 왕국에 붙기 전까지 도레스가 그를 필사적으로 감쌌던 것도 좋지 않은 비밀을 공유하고 있는 증거겠지."

녀석이 안고 있는 비밀을 제국 귀족이 모인 가운데서 폭로하여 실망하게 하고, 나에 대한 안 좋은 인상을 불식시키지 않으면 제국 개혁을 진전시키기란 더욱 곤란해질 것이다.

그걸 위한 포석은 이미 놓아둔 상태다.

"폐하께서 아르카나령을 하사한다는 공(空)증문을 마리다한테 주신 건 도레스의 비밀을 공유하는 리히트를 사로잡게끔 하려는 포석이라고 생각해도 괜찮겠습니까?"

스테판은 머리가 잘 돌아가는 남자라 마리다한테 준 공증문의 의도를 이미 파악하고 있는 모양이다.

"그래, 그 말대로다. 아르카나령은 방비가 굳건한 영토지만, 알베르트가 귀인족들을 잘 이용해서 해내 주겠지. 그리고 녀석은 나한테서 점수를 따려고 할 터다. 그걸 위해 가장 좋은 헌상품이 무엇인지를 알고 있겠지."

"지금의 폐하께 제일가는 헌상품은 리히트 폰 에라크슈의 신병이겠지요."

"그래. 살아있는 채로 신병을 인도해 준다면 나는 알베르트가 한 일에 대해 여러 가지로 보답해 주고자 생각한다. 스테판, 만약 알베르트가 협력을 요청한다면 최대한 힘을 보태주겠나?"

"잘 알고 있습니다. 소중한 동서의 부탁이라면 할 수 있는 일은 어떠한 것이든 도울 생각입니다. 그로써 리히트의 신병을 확보하여 슈게모리 가문의 치욕을 갚을 수 있다면, 가신으로서 더할 나위 없는 기쁨인 법입니다."

"음, 무리한 부탁이 되겠지만 나를 돕는다는 생각으로, 알베르트를 도와다오."

스테판은 깊이 머리를 숙였다.

리히트를 생포한다면 제국 귀족들을 대회합실에 모은 전승 보고회 석상에서 황제 선거 때 도레스의 입발림에 넘어가 헛소리를 한 것을 자백시켜, 나에 대한 안 좋은 인상을 불식시키고 와레스반 파벌의 힘을 약화시켜 주겠다.

그리고 와레스반 파벌의 힘을 약화시켜 나간다면 그 앞에 4황 4대공 제도에 의한 황제 선거라는 제국 최대의 비효율적인 통치자 선출 방법 폐지라는 길도 보일 터다.

사황사대공 제도에 의한 황제 선거가 없어지면 황가의 내부 분열도 파벌 내외 투쟁도 줄어들어 에란시아 제국은 한층 더 강국으로의 길을 걷게 된다.

그 길을 트는 것이 황제가 된 나의 일일 터다.

"그러면 저도 영지에 돌아가 여러 가지로 준비를 시작하도록 하겠습니다."

스테판이 다시 한번 머리를 숙이고는 방에서 나갔다.

제1장 ♥ 아르카나령에 잠입 탐색

제국력 261년 석류석월(1월)

작년 말의 격무로 인한 피로를 치유하는 정월 휴가도 오늘도 끝나게 되어, 내일에는 시무식이 예정되어 있다.

저녁 식사를 끝낸 나는 마리다의 침실에서 그녀의 몸을 마사지하고 있었다.

"마리다 님, 모쪼록 몸을 차게 하지 마시기를. 아직 추운 날이 계속되고 있습니다."

"그렇군. 추운 거다. 리제 땅, 내 가까이에 오거라."

"마리다 언니…… 배 만져도 돼?"

"괜찮은 거다. 분명 남자겠군. 최근에는 내 배 속에서 격렬하게 날뛰고 있느니라."

하늘하늘한 의상을 입은 마리다의 배에 리제가 살며시 손을 댔다.

임신 6개월에 접어든 마리다의 배는 커지기 시작해서, 안에 깃든 나와 그녀의 아이는 무럭무럭 성장하고 있다.

앞으로 4개월 정도면 내 아이가 이 세상에 태어난다고 생각하니 신기한 기분이다.

마리다와 나의 피를 이은 아이고, 남자라면 미남, 여자라면 미인이 되겠지.

나머지는 전투광인 귀인족의 피를 억제할 이성을 습득하게 하도록, 태어나는 아이를 보살펴줄 사람을 선정하는 것도 서두르지 않으면 안 된다.

"알베르트 님, 하나 상담하고 싶은 것이 있어서……"

마리다의 침실에서, 태어날 아이에 관해 생각 중이던 나한테 리셀이 말을 걸었다.

"상담? 좋아. 내용을 들어볼까."

리셀이 꺼내는 상담이라고 하면 첩보 조직의 실행 부대 증원 건인가? 하지만 고슈토족 증원도 했고, 인원수 측면에서 상당히 충실해졌을 터다. 그렇다면 다른 용건으로 하는 상담일지도 모르겠군.

"감사합니다. 실은 유모를 고용해 주셨으면 하여서."

"유모?!"

예상 밖의 상담 내용에 놀라, 나도 모르게 큰 목소리가 나오고 말았다.

"네, 마리다 님과 알베르트 님의 자녀분을 돌봐줄 유모입니다. 집안일은 제가 겸임하고 있습니다만, 역시나 알베르트 님의 자녀분을 돌보는 것까지가 되면……"

첩보 조직 운영과 마리다 시중에 더해 육아까지가 되면 제아무리 리셀이라도 허용량 오버라는 건가. 이레나는 정무로 바쁘고, 리제도 아르코 가문 당주 일이 있고, 류미나스는 성을 지키는 경우가 많다.

마리다는 육아보다 전투일 테고, 나도 육아에 참여는 하고 싶지만 전부를 다 봐줄 수는 없다고 하면, 육아를 맡길 수 있는 사람이 없으니까 유모는 필요하다는 것이다. 하지만 소중한 아이를 맡기기에 충분한 신뢰할 수 있는 사람이 있을까?

"유모가 필요한 건 알겠는데, 리셸은 누구 추천할만한 사람이 있어?"

"실은 마리다 님의 회임이 드러난 작년부터 선정을 거듭하여서, 후보자가 수 명 있습니다. 연말에는 알베르트 님이 바빠 보이셨기에 시기를 지금으로 늦췄습니다."

리셸은 후보자의 정보가 적힌 종이를 내밀었다.

"유모 후보는 독신일 것, 아이를 돌본 경험이 있을 것, 마리다 님께 충성을 다할 수 있는 사람이라는 관점에서 선발하였습니다."

"유모 후보인데 독신? 보통은 아이가 있는 여성이 채용될 텐데⋯⋯"

"네, 기본적으로는 그렇네요. 하지만 이번에는 궁녀로 채용하게 되는 것이니 마리다 님이 마음에 들어 하시면 알베르트 님의 측실이 될 사람입니다. 그렇기에, 그럴 때 문제가 일어나지 않도록 독신인 사람만을 후보로 남겨 두었습니다."

역시나 리셸. 유모와 육체 관계를 맺게 되는 것까지 내다보고 후보자를 골랐다. 그렇다는 건, 다들 나름대로 마리다와 내 취향에 맞는 여자애들이라는 말이군.

리셸이 건네준 서류의 내용으로 시선을 내렸다.

귀인족 여자, 산의 민족 여자, 아르코 가문 가신의 딸, 상인 가문의 딸. 어느 쪽이건 측실로 들어와 아이가 태어나면 지금 측실인 사람과의 사이에 다툼이 일어날 것 같은 애들이군. 그렇다면 토인족 여자가 최유력 후보인가.

토인족은 에르윈 가문이 애슐리령 영주가 되기 전부터 이 지역에 살고 있던 선주 아인종이지만, 전투에는 맞지 않는 얌전한 종족이라고 들었다.

싸움을 좋아하지 않기에 근육 뇌 일족인 귀인족과도 공존하고, 얌전한 기질로 인해 메이드나 집사, 요리사나 정원사와 같은 사용인으로서 애슐리령 영내의 부유층을 섬기고 있는 종족이었다.

베르타라는 이름의 아이는 그 토인족 중에서도 유력한 인맥을 가진 집안의 딸이라고 서류에 적혀 있다.

토인족이라면 가정 내의 일을 실수 없이 잘 해내 줄 거라고 하고, 베르타가 내 측실로서 아이를 낳아 귀족으로 편입되면, 종족으로서도 에르윈 가문에 충성을 맹세하게 되나……

영내에 사는 아인종으로서는 상당한 인원수가 있는 종족이니 친밀하게 지내서 나쁠 건 없다.

"이 베르타라는 토인족 여자애를 만나보도록 하지."

리셸은 내 대답을 듣고는 추가로 종이를 한 장 더 내밀었다.

"베르타를 채용하신다면 이레나 씨가 마르제 상회의 새 부문으로 제안한 이쪽 안건도 아울러서 진행해 두고 싶습니다만, 확인 부탁드릴 수 있을까요?"

"보도록 하지."

리셸이 내민 종이에는 마르제 상회의 새 부문 설립 내용이 적혀 있었다.

내용은 부유층을 대상으로 한 가사 대행 파견 서비스다.

토인족 사람을 적극적으로 채용하여 영내 부유층한테 메이드, 집사, 요리사, 정원사, 베이비 시터를 값싼 비용으로 파견한다는 내용이었다.

비용은 스스로 고용할 경우의 반액인가. 오래전부터 부유층이었던 가문에는 전속인 사람이 있지만, 이 애슐리령에서 새로 사업을 시작하여 벼락부자가 된 부유층은 새롭게 고용할 사람이 많다.

그러한 사람에게 마르제 상회원으로서 고용한 토인족 사람을 보내 준다는 업무 내용인 듯하다. 파견처의 일이 없을 때는 에르윈 가문의 일을 시킴으로써 고용은 보호하는 구조도 있는 건 좋군.

그리고 마르제 상회원이기에, 고용하는 토인족은 영내반의 첩보원이라는 것이 된다.

파견된 곳에서 고용주의 동향 등을 조사하여 마르제 상회에 보고하도록 되어 있었다.

나로서도 신흥 부유층의 동향 파악이 가능한 건 다행스러운 일이다.

"베르타와 만나보고 채용할지 정하도록 하지."

"알겠습니다. 베르타는 옆방에서 대기하고 있기에 그쪽으로 가시지요. 마리다 님도 함께 가주시기를 부탁드리겠습니다."

"어쩔 수 없군. 알베르트, 도와주지 않겠나."

나는 마리다의 손을 잡고 침실에서 나와 면접 회장이 된 방으로 이동했다.

면접 회장인 방의 문을 열자 빨간 눈동자와 긴 밤색 머리카락, 그리고 토끼 귀를 지닌 젊고 피부가 하얀 여성이 긴장한 표정으로 이레나, 류미나스와 함께 나란히 서 있었다.

나는 곧바로 베르타의 의상에 시선이 고정되었다.

이전에 밤의 업무로 마리다가 입어준 하얗고 속이 훤히 비치는 바니 슈트를 착용하고 있었기 때문이다.

"처, 처음 뵙겠습니다, 베르다입니다뽕. 오늘은 유모 채용 면접이라고 들었습니다뽕. 열심히 일하겠으니 채용해 주셨으면 합니다뽕."

뽕?! 지금, 뽕이라고 했어?! 했지? 잠깐 기다려! 토인족은 그런 말투인 거야?! 아니아니, 말도 안 될 터다. 평범하게 말하는 종족이라고 내 지식은 호소하고 있다!

창피한 듯이 가슴을 가리고, 얼굴이 빨개져 있는 베르타의 모습을 응시하여 능력을 파악했다.

이름 : 베르타

연령 : 21 성별 : 여 종족 : 토인족

무용 : 8 통솔 : 15 지력 : 54 내정 : 33 매력 : 84

쓰리 사이즈 : B95(H컵) W54 H90

지위 : 토인족 유력자의 딸

진짜 토끼 귀, 바니 슈트의 파괴력 엄청난데……. 마리다가 입었을 때도 귀엽긴 했지만, 위력이 너무 다르잖아!

"이레나 님, 알베르트 님의 이 반응…… 정해진 거려나요?"

"류미나스 쨩, 저 반응을 보면 거의 결정된 거겠죠. 제법 헤벌

쭉하고 계시고, 리셀 씨도 그렇게 생각하지 않으시나요?"

"알베르트 님의 성벽에 직격한 것일 테니까 말이에요. 역시 예상대로 베르타를 선택했고요."

"리셀 님이 선정 때부터 밀고 계셨죠. 역시나예요."

"마리다 언니도 저런 애를 좋아하지?"

마리다도 나와 여성 취향이 같기에, 베르타의 모습에 시선이 고정되어 있다.

마리다 씨, 침, 침 흐르고 있으니까! 그 마음, 이해 못 하는 것도 아니지만!

"그렇군. 좋다고 생각하느니라. 안 그런가, 알베르트. 내 자식을 맡길 수 있는 아이라고 생각한다만, 일단 확인은 하지 않으면 안 되겠지. 확인을."

흘러내릴 뻔한 침을 팔로 닦은 마리다의 눈은 사냥감을 발견한 짐승의 눈이었다.

"마리다 님, 의욕 만만이라는 느낌이겠지만, 배가 불러 있으니 격렬한 운동은 삼가십시오."

"괜찮으니라, 상냥하게 할 생각인 거다. 구헤헤헤."

마리다의 시선에 노출된 베르타가 몸을 움찔움찔 떨었다.

그 모습을 보는 한, 베르타한테는 이미 리셀이랑 다른 애들이 측실로 들어갈 가능성을 말해 준 모양이다.

그렇지 않다면 저런 차림으로 면접을 치르는 일도 하지 않을 테고.

"여, 열심히 하겠으니, 사, 상냥하게 해주세요뿡."

마리다가 베르타의 뒤에 서더니, 바니 슈트에서 흘러넘칠 것만 같은 커다란 가슴을 마구 주물렀다.

"구후후, 좋은, 가슴이구나."

"마리다 님, 부드럽게 만져 주세요뿡. 격렬하게 하시면———."

"좋지 아니한가. 그쪽도 이제부터 어떻게 될지 알고서 여기에 온 것이지?"

"그, 그렇긴 하지만……. 너무, 격렬하게 주무르시면, 곤란한 일이 생겨요뿡."

마리다가 격렬하게 가슴을 주물러, 하아하아 하고 숨이 거칠어진 베르타의 뺨이 빨갛게 물들었다.

어이쿠, 저건 어떻게 된 일이지? 바니 슈트가 젖어 간다만…….

"으음? 어떻게 된 것이냐. 가슴이 젖어서 한층 더 비쳐 보이는구나."

마리다가 베르타의 가슴을 한층 더 주물렀다.

베르타의 가슴은 더욱 비치며 젖어 갔다.

"흠, 이건 직접 확인하지 않으면 안 되겠군."

마리다가 베르타의 바니 슈트 가슴 부분을 끌어내리자, 새하얗고 출렁거리는 커다란 가슴이 흘러넘쳤다.

"모양도 크기도 나무랄 데 없구나."

마리다는 넘쳐흐른 베르타의 가슴을 꾸욱, 하고 짜내듯이 꽉 잡았다.

"마, 마리다 님, 그렇게 세게 쥐어짜시면 안 돼요뿡! 안 돼, 나와 버려!"

뺨이 빨개진 베르타가 자신의 얼굴을 손으로 덮었다.

마리다한테 꽉 쥐어짜인 베르타의 가슴 끝에서 하얀 액체가 뚝 뚝 흘러 바닥을 적셨다.

"호오. 옷을 적시고 있었던 건 모유였나. 허나, 그대는 임신하지 않은 것이지? 어째서 모유가 나오는 것이냐?"

그러고 보니 예지의 신전에 있었을 때 조사한 책에 적혀 있었는데, 토인족 여성 중에는 적령기가 지나면 항상 모유를 만들어 내는 사람도 있었지.

베르타는 임신하지 않았을 때도 모유를 만들어 내는 그런 사람이었던 건가.

"마리다 님, 베르타의 그것은 임신하지 않아도 모유가 나오는 체질이라고 생각합니다. 그런 사람이 있다고 책에 적혀 있었습니다."

"과연, 그런 건가! 그러면 내 아이한테 먹일 일도 있을 테고, 부모로서는 맛을 보지 않으면 안 되겠군. 이건 맛을 보는 거다. 참는 것이니라."

"네…… 네에. 맛을 봐주시기를 부탁드리겠습니다뿅."

마리다는 모두의 앞에서 모유가 짜내어진 부끄러움에 떨고 있는 베르타를 끌어안고는, 면접 회장에서 나가 자신의 방으로 데리고 들어갔다.

"나도 같이 맛보도록 하지."

나도 마리다의 침실로 가서 그녀와 함께 침대에 올라가 베르타의 모유 맛을 확인해 보기로 했다.

바니 슈트의 앞가슴이 벌어진 채 침대에 누운 베르타의 가슴에 입을 대고는 강하게 빨았다.

"아, 알베르트 님, 그렇게 세게 빠시면 안 돼요뿅! 부드럽게 빨아 주세요뿅."

"알베르트, 치사한 것이다. 내가 제일 먼저 맛보려고 생각했었느니라!"

반대쪽 유방을 입에 머금은 마리다가 마찬가지로 강하게 빨아들였다.

"마리다 님도 안 돼요오오! 세요, 너무 세요뿅!"

나랑 마리다한테 유방을 빨린 베르타는 얼굴을 양손으로 가리고는 몸을 움찔움찔 떨었다.

입안에서 베르타의 가슴 끝부분이 뾰족해졌나 싶더니만, 희미한 달콤함이 있는 액체가 나오기 시작했다.

흠, 독특한 젖내는 있지만, 희미한 달콤함, 그리고 적당한 점성. 영양은 두루 공급되고 있을 것 같군. 이거라면 내 아이한테 먹여도 괜찮을 느낌이 든다.

"좋은, 맛이구나. 합격으로 하지. 안 그런가, 알베르트."

"그렇군요. 마리다 님과 저의 아이한테 먹여도 괜찮다고 생각합니다. 마리다 님만으로는 부족해질지도 모르고 말이지요."

"하아, 하아. 너무 격렬하게 빠셨어요뿅. 이렇게 격렬하게 당하면 모유를 짜낼 수 없게 되어 버려요."

가슴을 강하게 빨려 모유가 나온 베르타가 힘없이 침대에 축 늘어져 있다.

"짜내는 건 내가 도울 테니 안심해도 좋다. 어차피 나도 아이를 낳으면 모유를 짜내지 않으면 안 되니까 말이지. 같이 주무를 테니까 안심해라."

"그렇지요, 저도 시간이 있으면 돕도록 하겠습니다."

모양도 그렇고 크기도 그렇고, 좋은 가슴이기에 주무르는 맛은 있다.

"마리다 언니, 알베르트, 나도 맛보고 싶어. 내가 임신해서 모유가 나오지 않으면 베르타한테 의지해야 하니까 맛보기는 중요하지."

"저도 확인을 위해 함께 맛보고 싶네요."

"다들 맛을 보시는 거라면, 저도 해보고 싶어요. 신경 쓰이고."

"순서대로예요~. 줄 서세요, 줄~."

맛보기를 지켜보고 있던 애인들이 자기들도 베르타의 모유를 먹고 싶다고 말하기 시작했다.

"그렇다는데. 확인시켜 줘도 되겠어?"

"괜찮지만요, 여, 여러분, 상냥하게, 상냥하게 마셔 주세요. 격렬한 건 안 돼요."

"허나, 몸은 정직해서 말이지. 격렬함을 요구하고 있는 모양이라고."

"아, 아니에요! 그럴 리가——."

"귀엽구나. 모유를 준 포상으로 농후한 쪽~을 해주지."

"으흐읏."

마리다가 베르타의 손을 치우고 혀를 입에 넣어 베르타의 입안을 유린해 나갔다.

손쓸 도리 없이, 마리다의 혀를 받아들인 베르타는 저항 없이 마리다한테 당하는 대로 몸을 맡기고 있었다.

"마리다 언니가 베르타한테 키스하고 있는 사이에 나랑 류미나스 쨩부터 맛보도록 할게. 자, 류미나스 쨩은 그쪽이야."

"아, 네. 베르타 씨, 실례하겠습니다."

작은 몸집인 두 사람이 베르타의 유방에 입을 대고 소리를 내며 빨았다.

마리다한테 입을 유린당한 채인 베르타는 목소리도 내지 못하고, 몸을 떨 뿐이었다.

"확실히 맛있네. 이거라면 나도 아이도 만족할 것 같아."

"제가 임신해서 모유가 나오지 않으면 베르타 씨한테 부탁할 수 있겠네요. 안심이에요."

"푸하아, 격렬한 건 안 된다고……. 가슴을 빨릴 때마다 느끼면 젖을 줄 수 없게 되고 말아요오."

으음? 어미의 뽕이 사라졌다! 역시 그건 누군가한테 그렇게 말하라고 지시를 받았던 거겠지.

내가 추측건대 리셸의 지시일 것이다. 이쪽의 성벽을 자극하기 위해, 말하게 시킨 느낌이 든다.

"베르타, 어미에 '뽕'을 제대로 붙이지 않으면 안 됩니다. 그러지 않으면 알베르트 님과 마리다 님은 만족해 주시지 않아요."

"아, 알겠습니다뽕."

"좋습니다. 그럼, 이레나 씨랑 저한테도 맛보게 해주세요~."

"베르타 씨의 가슴은 모두의 것이니까요."

리셸과 이레나가 유방에 달라붙어 베르타의 모유를 짜냈다.

우리는 히죽히죽하며, 쾌락에 참는 표정을 보이는 베르타의 얼굴을 들여다봤다.

"그렇구만. 이레나의 말대로 베르타의 가슴은 모두의 것이니 말이야. 그러니, 다른 사람은 베르타를 위로하지 않으면 안 되겠지. 구헤헤헤."

"그러네. 맛있는 모유에 대한 답례를 하지 않으면."

"그랬었죠. 기분 좋게 해드리면 되는 거죠. 아, 베르타 씨, 갈 때는 간다고 말하는 게 저희 애인들의 룰이에요."

손이 비어 무료했던 세 사람이 각자 자유롭게 베르타의 몸을 탐하기 시작했다.

베르타는 입술을 깨물고 그 쾌감에 계속해서 견뎠다.

"응흐읏! 이런 거 안 돼요뿡! 안 대애애애!"

쾌감을 참을 수 없게 된 베르타는 몸을 크게 떨더니, 힘을 잃고 축 늘어졌다.

"갈 때는 간다고 말하지 않으면 안 돼요."

"화려하게 가버렸네."

"좋은 유모가 될 것 같구나."

"베르타, 좋은 모유가 나왔습니다. 메이드장으로서는 부디 당신에게 모유를 맡기고 싶군요."

"여러분이 납득하시는 것도 알겠어요. 마리다 님의 자녀분도 베르타 씨의 젖을 먹고 싶어 할 거라고 생각해요."

모두가 베르타를 마음에 들어 하는 모양이니, 유모에 관해서는 그녀가 채용되는 것으로 결정이리라.

나로서도 베르타가 리셸의 보좌역으로서 아이들을 돌봐준다면 큰 도움이 된다.

리셸이 선정한 후보자이기에 배신은 없을 거라고 생각하지만, 소중한 아이를 맡기는 사람이 되기에 일단 아이가 태어날 때까지 감시는 티 나지 않게 붙여 둘 생각이다.

물론 유모 일을 하게 하면서, 애인이나 측실로서의 일은 하게 할 생각이고, 그쪽 방면에서도 나를 배신하지 못하도록 만들 생각이기는 하다.

그리고, 리셸과 이레나가 말했던 가사 대행 파견 서비스도 움직이기로 하자. 베르타의 아버지를 가사 대행 파견 서비스의 총책임자 자리에 앉히면 더욱 많은 토인족이 계획에 참여해 줄 터다.

"리셸, 이레나. 그 건은 진행해 줘."

이름을 불린 두 사람은 무슨 건인지를 눈치챈 모양이라, 고개를 끄덕여 주었다.

"베르타, 밤은 아직도 긴 거다. 쉴 틈은 없느니라. 안심하도록. 내 애인이 되면 생활은 안정되고, 알베르트의 아이를 가지면 귀족이 되는 거다. 우리한테 몸을 맡기고, 일에 힘쓰면 되는 것이니라. 구헤헤."

"네, 네에…… 잘 부탁드리겠습니다뿅."

"그럼, 모유 맛보기도 끝났으니 일을 하나 더 힘내 주도록 할까. 나는 이미 아이를 가져 알베르트를 상대할 수 없으니 측실로서의 일을 확실하게 해내 주지 않으면 안 된다."

"네? 아, 지금부터 말인가요?! 저기, 며칠 뒤에 할 수는——."

"싫은 것이냐?"

"아, 아뇨, 사전에 들었기에 싫지는 않습니다만, 너무 갑작스러운 이야기라 마음의 준비가!"

"괜찮다, 알베르트는 여인을 다루는 데 뛰어난 야한 남자이니라. 몸을 맡겨 두면 기분 좋게 만들어 줄 터이니 안심하도록."

마리다가 베르타의 바니 슈트를 빼앗다시피 벗겨, 알몸으로 만들었다.

"그런 거야. 나한테 맡겨 주면 나쁘게는 하지 않겠어."

"정말 저로 괜찮은가요뿅? 그 왜, 토인족이고, 싸움에는 도움이 되지 않고, 임신도 하지 않았는데 모유가 나오는 애인데, 제대로 책임져 주실 수 있으신가요?"

나는 베르타의 귓가에 입을 바싹 가져다 댔다.

"그래, 책임은 제대로 지겠어."

베르타는 눈을 감고는 입을 오므려 내밀었다.

"그러시다면 약속의 키스를 해주세요뿅."

"분부대로."

나는 눈을 감은 베르타한테 살포시 키스하고는, 들끓어 오른 물건을 베르타의 몸 안에 깊이 삽입해 갔다.

음, 넘치는 힘! 이게 모유의 힘인가! 아침의 의욕이 다른데!

어젯밤에는 오랜만에 분발한 느낌이 든다. 요 최근 마리다의 회임으로 여러 가지로 삼가고 있었는데, 베르타의 가입으로 폭발해 버린 듯하다.

　물론 임신한 몸인 마리다한테는 무리를 시키지 않았다. 오히려 측실들 쪽이 격렬했을 정도다.

　마리다는 그 모습을 히죽히죽하는 얼굴로 바라보며 흡족해하고 있던 느낌이 든다.

　정실도 그 외의 측실도, 베르타를 마음에 들어 해서 격렬하게 귀여워해 줬고, 새롭게 가입한 측실은 그날 바로 열락에 빠져 함락당해버리고 말았다.

　"더는, 무리예요뿅. 찌찌 이제 없어요오."

　힘이 다해 내 몸 위에서 잠들어 있는 베르타의 잠꼬대가 들려왔다.

　동틀녘 근처까지 분발하고 있었기에 일어날 낌새는 보이지 않는다.

　다른 사람은 마리다 외에는 이미 일어난 모양이군.

　"알베르트 님, 슬슬 몸단장을 하지 않으면 안 됩니다. 마리다 님도 시무식만큼은 출석해 주세요."

　먼저 일어났던 리셸이 나와 마리다가 갈아입을 옷을 들고 침대 옆에 왔다.

　"베르타가 일어나지 않아서 침대에서 나갈 수가 없어."

　"괜찮습니다. 이렇게 하면——."

　리셸이 베르타의 토끼 귀를 아래에서 위로 훑어 올리자, 베르타가 눈을 떴다.

　"히그읏! 귀는 안 돼요뿅! 핫! 조, 좋은 아침이에요! 아니, 이런 데서 자버리다니!"

"베르타, 곧바로 옷을 갈아입도록 하세요. 이미 업무 시간입니다."

"네, 네엡! 바로 갈아입고 오겠습니다!"

베르타는 내 위에서 비키더니 리셸과 공동으로 사용하게 된 거처방으로 갔다.

"흐아아아아암! 소란스럽구나. 나는 오늘도 쉬는 날인 거다. 일하지 않아도 되는 건 행복한 거다."

"유감이지만 오늘은 회합실에 모이는 가신들 앞에서 올해의 훈사를 해주셔야겠습니다. 정무는 대행하지만, 당주는 대행하지 않고 있기에!"

"알베르트는 배가 커진 나한테 일하라고 말하는 것이냐?! 무도한 짓이지 않은가!"

"한마디 해주시는 것뿐이고, 곧바로 끝납니다."

"그런 것이기에, 마리다 님도 환복을 부탁드리겠습니다."

마리다한테는 재봉 담당자가 성심성의껏 만든 하늘하늘 레이스투성이인 예쁜 의상이 내밀어졌다.

임신 중에는 몸을 차게 해서는 안 되기에 최근에는 줄곧 노출이 적은 옷을 준비하게끔 하고 있다.

노출이 많은 옷도 어울리지만, 마리다는 하늘하늘한 레이스가 달린 옷을 입으면 수려한 외모도 더해져 어엿한 영애로 보이는 것이다.

즉, 내 아내는 뭘 입혀도 모양이 있다는 느낌이네.

"네에, 네에, 마리다 님, 얼른 갈아입자고요."

침대 시트가 벗겨져, 마리다는 마지못해 갈아입을 받아 들기 시작했다.

"자 그럼, 오늘부터 일 힘내 볼까!"

나도 침대에서 나와 재빨리 옷을 갈아입은 뒤 아침 식사를 끝내고, 가신들이 모이는 대회합실로 향했다.

시무식은 작년과 마찬가지로 나른한 분위기가 흐르고 있었다.

귀인족은 정월 동안 계속 술을 마시며 야단법석을 떨며 놀았고, 문관들도 귀향하여 느긋하게 지낸 것으로 인해 맥이 빠져 있다.

"다들 해이해져 있구나. 당장 전투가 일어나면 그러한 모습으로 어떻게 할 생각인 것이냐. 상재전장(常在戰場)이라는 귀인족의 규칙은 잊히고 만 모양이군……."

대회합실 의자에 앉은 마리다가 나직이 중얼거리자, 숙취 상태 같았던 귀인족들의 표정이 긴장으로 팽팽해졌다.

"문관들도 격무를 헤쳐나온 뒤 귀향한 것으로 인해 자신들의 직무가 지니는 무게를 잊은 모양입니다. 방심하지 않고 일을 진행해야만 하는 사람들인데도 말입니다. 유감스러운 일입니다."

내 말을 들은 문관들도 그때까지의 느긋하던 표정이 팽팽하게 죄여, 여느 때의 궁지에 몰린 눈으로 돌아가는 게 보였다.

"당가는 금년도도 전투에 대비하며 영지를 풍족하게 만들고, 에르윈 가문의 이름을 드높여 에란시아 제국을 융성하게 만들지 않으면 안 됩니다! 그 에르윈 가문의 가신이 정월부터 해이해진 모습을 보여서 괜찮을 리가 없지 않습니까! 정신 똑바로 차리십시오!"

"""옙! 면목 없습니다!"""

내 말에 가신들은 정월 기분이 단숨에 빠지고, 해이했던 분위기는 사라졌다.

"마리다 님은 계속해서 자녀분의 출산에 대비해 정무를 쉬십니다. 마리다 님께서 부재라고 하여 게으름을 피우는 그런 가신은 없을 거라고 생각하지만, 가일층 자신들의 직무에 힘쓰도록!"

"""옙!"""

"마리다 님으로부터 훈사가 있을 것입니다. 명심하고 배청(拜聽)하라!"

나는 의자에 앉은 채인 마리다한테 시선을 보냈다.

"정무도 군무도 쉬고 있기에 모두에게는 수고를 끼치겠지만, 그대들의 노력 여하에 따라 배 속의 아이와 때를 같이 하여 태어날 자들의 생활도 변하는 것이니라! 그렇기에 격무가 이어지겠지만 올해도 잘 부탁하마!"

"""잘 알겠습니다!"""

마리다의 당주로서의 언동도 의외로 몸에 배어 그럴듯해진 느낌이 든다.

이번에는 훈사 원고를 작성하지 않고 맡겨 두었는데, 비교적 제대로 된 말을 해주었다.

이것도 나와 리셸의 조교 성과이리라.

"그리고, 배 속의 아이가 건강하게 태어나면 나도 곧바로 군무에 복귀할 것이니라! 그리고 마구 싸울 거다! 그때까지 무관은 실력을 갈고닦으며 기다리고 있도록! 그리고, 문관들한테는 싸움을 위한 돈 조달을 부탁하마!"

"""분부대로!"""

분부대로, 가 아니라고! 멋대로 싸움 약속을 하지 말아 줬으면 한다! 게다가 문관들까지 한데 넘어가고 있어!

"으흠, 전투에 관해서는 제가 결정합니다! 그러니 각인, 각자의 직무에 힘쓰도록!"

"그럼 알베르트의 허가도 나왔으니 직무에 힘쓰도록 하자고! 신년 첫 번째의 대규모 훈련이다—!"

"아버지! 올해는 회전(會戰) 형식으로 하자고! 좋은 장소를 발견했어!"

"라토르, 숙부님! 나도 관전 정도는 해도 되겠지! 좋은 활약을 한 자에게 칭찬을 내려주지 않으면 안 되니 말이야."

직무에 힘쓰라고 말한 순간, 귀인족들이 시끄럽게 떠들기 시작했다.

확실히 너희들은 싸우는 게 직무지만, 또 제멋대로 돈을 써서 훈련 같은 걸 시작하게 둘 수는 없는 노릇이다.

"자비로 해주십시오. 자비로. 훈련 비용은 처음 예산에서의 증액은 없으니까 말입니다. 연간 예정을 넘는 횟수는 자비로 해주셔야겠습니다. 견적은 문관들한테 제출해 주십시오. 봉급에서 차감해 두겠습니다."

훈련하자며 시끄럽게 떠들고 있던 귀인족들을 향해 손가락으로 가리키고, 멋대로 하지 않도록 못을 박아 뒀다.

"쩨쩨하구나! 직무에 힘쓰는 것뿐이지 않으냐. 훈련은 전투 연습인 것이니라!"

"예산이라는 건 한도가 있습니다. 제한 없이 훈련을 하면 봉급이 없어지게 됩니다만 괜찮겠습니까? 마리다 님도 무기 구입비가 없어지게 될 겁니다."

시끄럽게 떠들고 있던 귀인족이 봉급이 없어진다는 말에 반응하여 움직임을 멈췄다.

아무리 귀인족이라도 봉급이 없어지면서까지 훈련을 하고 싶다고는 생각하지 않는 모양이다.

"큭! 봉급을 방패로 삼으면 우리는 참을 수밖에 없지 않냐…….봉급이 적으면 프레이한테 야단을 맞는다."

"어머니한테 벌이가 시원찮다고 잔소리를 들을 바에야, 참을 수밖에……"

"나도 무기를 사지 못하는 건 곤란하다. 자, 몸을 차게 해서는 안 되니까 말이다. 나는 방으로 돌아가도록 하지."

"좋아, 오늘의 훈련은 육체 단련으로 변경! 안뜰에서 하겠다!"

마리다는 허둥지둥 방으로 돌아갔고, 브레스트의 호령에 답한 무관들은 훈련을 하고자 대회합실에서 나갔다.

"문관도 각자 쌓인 직무를 정리하도록! 작년 말 같은 지옥을 맛보고 싶다면야 이야기는 별개입니다만?"

내 시선을 받은 문관들도 머리를 숙이고는 각자의 일터를 향해 대회합실에서 흩어졌다.

"자 그럼, 나도 일을 할까."

아무도 남지 않은 대회합실을 뒤로하고, 나도 집무실로 이동하기로 했다.

집무실에 이동하자 마왕 폐하가 보낸 사자의 모습이 있었다.

사자는 황제로서의 정식 사자가 아니라, 마왕 폐하가 개인적으로 고용한 밀정인 사람이다.

밀정이 왔다는 것은, 정규 서한은 아니란 말이지. 이전의 아르카나 건으로 추가적인 일이라도 있는 건가?

사자로서 온 밀정한테 고개를 숙이고는, 밀정이 내민 서한을 받아 들었다.

"일단은 먼저 축하드린다는 말을 해 두겠습니다. 황제 폐하께서도 마리다 님의 회임을 대단히 기뻐하고 계셔서, 이번 포상을 하사하셨습니다. 이건 내시(內示)라는 형태입니다만, 아르카나령이 에르윈 가문의 것이 되면 서임될 터입니다. 확인해 주시기를."

포상? 요전 전투의 포상은 공중문에 가까운 아르카나령 탈취였을 터다. 그 외에 뭔가 주겠다는 건가?

나는 받아 든 서한을 쭈뼛쭈뼛 펼친 뒤, 안의 문장을 눈으로 좇아 나갔다.

승작! 아르카나령을 공략하여 리히트를 사로잡으면 우리 당주가 '여남작'에서 '여자작'으로 승작이라고?!

"이, 이건 정말로 되는 것이지요!"

"예, 아르카나령을 공략하여 리히트의 신병을 포박한다면 황제 폐하께서는 필시 실행하실 것입니다. 폐하께서는 에르윈 가문을 의지하고 계신다는 것을 알베르트 공도 잘 알고 계실 터입니다."

마왕 폐하의 본가인 슈게모리 가문은 대대로 에르윈 가문을 호위 역으로 사용하고, 우대해 온 가문이다.

그 슈게모리 가문 출신인 현 마왕 폐하도 마리다나 귀인족한테는 매우 무르다.

그렇지만 완고하게 작위를 남작에서 올리지 않았던 건 주위에 대한 배려를 하지 않고 민폐를 끼치는 귀인족이었기에, 제국 귀족한테서 반대 의견이 많이 나왔기 때문이라고 들은 적이 있었다.

하지만 내가 데릴사위로서 에르윈 가문을 책임지고 이끌게 되어, 주위 가신들의 평판도 좋아짐으로써 마왕 폐하도 마침내 승작을 결정한 듯하다.

어? 승작이 뭐냐고? 승작은 공적에 의해 작위가 오르는 겁니다.

이세계 판타지 세계에서의 출세 필수 아이템인 작위.

에란시아 제국도 작위제를 가진 봉건국가. 작위는 제대로 있다고요.

황가, 대공, 공작, 황작, 후작, 변경백, 백작, 궁중백, 자작, 남작, 기사작. 이렇게 11종류가 제정되어 있다.

각각의 작위와 영지는 황제의 서명이 들어간 인가장을 받는 것으로만 인정된다.

또한 황제가 죽어 황제 선거를 통해 다음 황제로 바뀌게 되면 충성을 다시 맹세하고 영지와 작위를 인정받기 위해 제도에서 인가장을 받지 않으면 안 된다.

참고로 봉건국가는 황제가 '이 몸이 너희들 귀족의 영토를 나쁜 녀석들한테서 지켜 주는 것이니, 군사비를 부담하거나 군사력을 제공해라. 그리고 나를 주군이라고 불러라'라는 요구를 하는 것이며, 귀족은 '우리의 영토 영유를 인정해 주고, 나쁜 녀석들한테서 보호해 준다면 상납금이라든가 병사를 제공하지. 그리고 주군이라고 불러도 좋아. 하지만 너무 무리한 요구를 한다면 이쪽도 생각이 있다고'라는 느낌으로 섬기고 있는 사람이 다수다.

그렇기에 마왕 폐하도 광대한 직할령을 지닌 대영주 중 한 명이며, 파벌 귀족들이나 그 밖의 귀족의 충성을 받아 에란시아 제국 황제 지위에 취임하고 있다.

그러니 너무 무모한 요구를 한다면 귀족들이 반발하여 반란이 일어나거나, 암살당할 위험성도 있는 것이다.

황제인데도 힘이 너무 약하잖아, 라고? 뭐, 그렇게 권한이 약한 건 아니지만, 절대적인 권력을 가지지 못하는 것이 봉건국가의 힘든 부분이려나.

간단하게 작위에 관해 설명하면, 에란시아 제국 황제의 어려움을 이해할 수 있지 않을까 한다.

황제 : 에란시아 제국의 최고 지휘관이자 최고 지도자. 제국에 충성을 맹세하는 제국 귀족을 거느리고 타국과의 전쟁을 지도할 책무와, 국내를 통치할 권한이 주어진 존재. '황제'가 될 수 있는 건 초대 황제의 네 명의 아들이 각자 세운 일가인 '황가'의 당주가 황제 선거에서 승리하지 않으면 취임할 수 없다고 정해져 있다.

황가 : 초대 황제의 아들 네 명만이 임명된 작위.

광대한 영지를 부여받고, 혈연에 의해 습작(襲爵)되고 있다. 황제를 배출할 수 있는 건 초대 황제의 적남이 일으킨 슈게모리 가문, 차남이 일으킨 힉스 가문, 삼남이 일으킨 와레스반 가문, 사남이 일으킨 노트 가문, 이렇게 '4황가'뿐이다.

커다란 영지를 배경으로 한 군사력으로 제국에 끼치는 영향력도 크고, 또한 많은 배신(陪臣)을 거느리고 있다. 독립적인 통치권을 황제로부터 인정받아 수호직이라는 군사적 직역도 겸임하기에 자유롭게 귀족을 서임할 수 있는 권한을 지닌다.

대공 : 건국 시 큰 영지를 영유하는 것이 허용된 아인종의 네 가문을 가리키는 특별한 작위.

미노타우로스인 리아트 가문, 리자드맨인 파르브라우 가문, 반어인인 루세트 가문, 묘인인 아마라 가문, 이렇게 네 가문은 '4대공'이라 불리고 있다. 영지는 독립적인 통치권이 허용되어, 황가 다음가는 높은 영향력을 지닌 귀족 가문이다.

초대 황제가 제정한 황위 계승법인 '4황 4대공제'에 의한 황제 선거로 선정된 황제를 해임할 권한을 지닌 가문이다.

황제 해임에는 '4대공' 가문 중 세 가문의 승인이 필요하며, 황제를 해임할 수 있는 권한을 가지기에 에란시아 제국 내에서의 영향력은 크다.

공작 : 에란시아 제국에서는 대공가에 필적하는 최고위 귀족. 병합한 타국의 왕을 봉작하기 위한 작위. 대공가에 준하는 영지와 병력을 가지기에 황제로서도 무시할 수 없고 방심도 할 수 없는 대귀족.

에란시아 제국에는 건국부터 현재까지 항복하고 병합되어 공작에 임명된 가문이 13가문 있어서, 각각의 공작가가 4황 4대공 가문 중 어느 한 가문을 추대하고 있다.

황작 : 혈통적으로 현 황제의 직계 자식한테 주어지는 작위다. 황위 계승은 없고, 성인이 된 후에는 황가를 잇거나 신적강하(臣籍降下)(황족이 신민으로 신분이 내려가는 것.)하여 새롭게 작위를 얻게 되기까지의 임시 작위. 영지 등은 없고, 미성년인 황제 일족에 대한 명예 호칭 같은 작위로 자리매김되어 있다.

후작 : 수호직인 황가의 지휘하에서 군사 지휘관 권한을 가지고 있으며, 군사령관 정도의 권한을 지닌 직역. 당연히 큰 영지와 군사력을 가진 대귀족. 중요한 지역을 맡은 군사력을 가진 가문이 임명되는 작위라고 할 수 있다.

에란시아 제국은 황가가 사방을 지키는 수호직에 임명되고 있어서, 그 밑에 항상 수 명의 후작가가 있고, 적국 침공 시에는 주변 귀족들에 대한 군사적 지휘권을 가진다.

에란시아 제국에서는 군사적인 이유로 각 후작 밑에 백작과 자작 등이 배속되어 군사적 지휘권을 확립하고 있다.

변경백 : 후작과 마찬가지로 군사적 지휘관을 가진 군사령관 직역. 국경 부근이나 새롭게 얻은 영토 등의 정치적 정세가 불안정한 땅에 배속된 자에게 주어지는 작위.

후작과 마찬가지로 주변 귀족에 대한 군사적 지휘권 우위성이 부여되어 있어서 주변 백작이나 자작 등을 거느리고 군사적 지휘권을 확립하고 있다.

백작 : 상위 지휘관인 후작이나 변경백 지휘하에 부대를 이끄는 부장(部將)으로서 자신의 병사를 이끌고 전투에 참가한다. 자신도 자작이나 남작과 같은 귀족을 배신으로 거느리고, 군사적 집단을 형성하고 있다.

궁중백 : 영지를 지니는 백작과 다르게, 영지를 가지지 않고 에란시아 제국 행정관으로서 채용된 자가 서임되는 작위. 봉토는 없으며, 봉급만으로 고용되는 샐러리맨 귀족이다. 영지를 가지지 못한 귀족 자제가 채용되는 경우도 많고, 유능함을 나타내면 영지가 딸린 백작으로 승격되는 경우도 있다.

자작 : 백작의 보좌역이다. 업무로서는 도시나 성의 관리를 맡게 된다. 성주라고 할 수 있는 직역. 백작이나 후작이 많은 영지를 가지는 대귀족이라면 자작은 중소 귀족 정도쯤 된다고 할 수 있다. 대귀족 자제가 부모의 작위를 잇기 전까지 칭하는 작위이

기도 하다.

　남작 : 소귀족들의 작위. 그 밖의 수많은 귀족이다. 상위 지휘
관인 백작이나 후작을 따르며 군을 이끈다. 소대장 같은 역할. 참
고로 서임자가 누구인지에 따라 궁중에서의 석차가 바뀐다.
　참고로 우리 당주는 마왕 폐하가 직접 서임한 것이기에 직신(直
臣) 취급. 즉, 마왕 폐하로부터 전쟁 허가를 받으면 얼마나 하건
괜찮다. 같은 남작위라면 최상석 귀족으로 취급된다.

　기사작 : 평민 직업 군인 중에서 뛰어난 자에게 주어지는 1세대
한정 작위. 황제한테서 서임받으면 직신으로 취급되고, 잘하면
남작과 같은 습작 가능한 작위를 받을 가능성도 있다. 전투 능력
에 뛰어나고, 직접 군마와 장비를 갖출 수 있는 샐러리맨 전사다.

　이런 느낌의 작위가 있어서, 아르카나령을 공략하고 리히트의
신병을 확보할 수 있다면 정식으로 '자작'님이 될 수 있는 것이다.
　이건 분발할 수밖에 없어! 지위가 오르면 중요한 일을 맡게 되
어 영지도 한층 늘어날 가능성도 높아지고 말이지.
　영지가 늘면 아이들이 늘어도 나눠서 주는 것도 가능해진다.
　"감사한 말씀입니다! 마왕 폐하께는 알베르트가 감격하고 있었
다고 전해 주십시오. 반드시 아르카나령을 함락시켜 리히트의 신
병을 확보해 보이겠습니다."
　"알겠습니다. 폐하께 전하여 두겠습니다. 그러면, 이걸로 실례

하지요."

밀정은 고개를 한 번 숙여 인사하고는 집무실에서 소리도 없이 떠나갔다. 교대하는 것처럼 와리드가 어디선가 모습을 나타냈다.

"축하드립니다! 에르윈 가문의 번영은 저희 일족의 번영. 그리고 산의 민족의 번영이기도 하니까 말입니다. 경사스러운 일입니다."

"아직 내시에 불과해. 아르카나령을 함락시키지 않으면 모든 건 공증문에 지나지 않으니까 말이야."

"확실히, 그 말씀대로군요."

"그래서 다시금 확인하고 싶은데, 진행하고 있던 건 실행 가능하겠어?"

"아르카나령 영내 탐색 건 말씀이십니까? 일단, 알렉사반을 통해 그 나라에 만든 도노반 상회라는 위장 조직으로 판로를 지니고 있기에 실행 가능합니다만……. 정말로 가시는 것입니까?"

와리드는 그다지 내켜 하지 않는 듯했지만, 아르카나령 영내의 모습을 제대로 파악해 두지 않으면 견고한 산들로 둘러싸인 요충지에 있는 아르카나성을 함락하는 건 지극히 어려운 일이다.

가능하면 이쪽의 노력은 적게, 영지의 피해도 적게, 모략을 사용하여 적을 무너뜨리고 마왕 폐하가 원하는 리히트의 신병을 붙잡고 싶다.

"그래, 내 눈으로 확인하는 편이 성공률도 높을 테고 말이야. 수고는 끼칠 거라고 생각하지만, 호위 건도 부탁해."

"딸인 류미나스도 동행시킬 것이기에 호위는 만전입니다만, 위험하다고 판단하면 되돌아가겠습니다."

"아아, 그 부분은 와리드랑 류미나스한테 따를 생각이야."

"그렇다면 시급히 가도록 하시죠. 애슐리령을 스치듯이 흐르는 엘펜강을 타고 내려가, 알렉사 왕국의 자즈령 쪽에서 도노반 상회 사람으로서 들어가면 의심받지 않고 그칠 터입니다."

와리드를 비롯한 알렉사반이 확실하게 공작을 벌여 준 덕분에 알렉사 왕국에서 식료품을 다루는 도노반 상회라는 위장 조직을 설립할 수 있었고, 신분을 속이고 적 영내에 들어갈 수 있다면 포박당할 위험성도 낮다.

이 은밀 탐색행으로 아르카나령 영내를 발가벗기고 와야겠지.

나는 집무실 의자에 앉을 틈도 없이 이레나한테 손짓했다.

"이레나, 미안하지만 집무 대행을 부탁해. 결재 서류는 돌아오면 바로 정리할 생각이야. 긴급한 사안만 리셸을 통해서 와리드나 류미나스한테 돌려줘."

"네, 알겠습니다. 이쪽에서 처리할 수 있을 듯한 것에 관해서는 가능한 한 처리해 두겠습니다."

"미안하지만, 그렇게 해줘."

이레나는 고개를 한 번 숙인 뒤, 문관들이 대기하는 인접한 방으로 가서 업무를 배정하기 시작했다.

"리셸, 마리다 님 호위랑 정보 관리를 부탁해. 긴급한 안건은 방금 말했던 대로 해줘."

"네에네에, 알겠습니다~. 베르타도 있고, 저도 조금은 여유가 생겼으니 정보 전달이 어긋나는 사태는 일어나지 않도록 힘낼게요!"

"그렇게 해줘. 정보가 목숨이니까 말이지."

나는 격려를 담아 리셸의 어깨를 가볍게 두드렸다.

"좋아, 이걸로 준비는 됐어. 출발하자."

집무실을 뒤로한 나는 와리드, 류미나스와 함께 마차에 타서 애슐리령을 출발했다. 그리고 배를 타고 엘펜강을 내려가 아르카나령에 인접한 알렉사 왕국의 자즈령에 잠입하게 되었다.

와리드, 류미나스와 함께 밤의 어둠에 섞여 엘펜강을 내려온 배에서 내려, 적국에 잠입한 나는 알렉사반의 위장 조직인 도노반 상회의 상대(商隊)와 합류하여 아르카나령으로 향하는 가도를 달리고 있다.

"자즈령은 사람이 거의 없네요."

아르카나령을 향해 달리는 마차 짐칸에서 바깥을 보고 있던 류미나스의 말에 이끌려 시선을 향했다.

시야 안에는 쇠락한 농촌과 어촌을 겸한 작은 선착장이 세 곳밖에 보이지 않았다.

"이 자즈령은 알렉사 왕국에서도 빈곤한 지역 취급이라서 영지 개발이 거의 이뤄지지 않고 있지. 덕분에 영민도 적다고 기억하고 있어."

스테판의 영지에 있는 원류에서부터 흐르기 시작하여 알렉사 왕국의 부도(副都)인 티아나까지 이어지는 도르펜강과, 애슐리령 근방부터 흐르기 시작한 엘펜강의 합류점이자, 우리가 이번에 공격할 산에 둘러싸인 아르카나령으로 들어가는 유일한 보급로가 이 자즈령이다.

2년 전에 즈라, 자이잔, 베니아를 향해 침공해 왔던 알렉사 왕국군을 기습하여 격파한 것도 이 자즈령 부근이었을 터다.

"아깝네요. 배가 저만큼 오가고 있는데도 선착장이 거의 없어요."

류미나스가 가리킨 곳에는 도르펜강을 오가는 수많은 하선이 보였다.

그 대부분의 하선이 맞은편 강가 선착장에 정박하여 짐을 내리고 있다.

"여기는 에란시아 제국과의 최전선에 가까우니까 말이지. 선착장을 정비한 후에 적한테 이용되고 싶지 않다고 여겨지고 있는 거야."

"그렇군요. 이용될 바에야 방치해 두는 편이 좋다는 판단인가요."

"그런 거지. 그 덕분에 아르카나령으로 물자를 수송하는 능력은 그렇게까지 높지 않다고 생각해. 맞은편에서 작은 배에 옮겨 실은 뒤에 자즈령으로 와야만 하니까 말이지."

합류한 첩보원들한테서 듣게 된 정보는 자즈령 측에 접안하고 도하할 수 있는 건 짐마차 1대가 겨우 탈 수 있는 작은 배밖에 없다는 것이었다.

그렇기에, 자즈령으로 도하할 수 없도록 도르펜강과 엘펜강의 합류점을 봉쇄하면 아르카나령에 물자를 반입하는 건 손쉽게 저지할 수 있을 것 같다. 하천 봉쇄에 스테판의 도움을 받는 것도 괜찮을지도 모르겠다.

나머지는 티아나에서 알렉사 왕국군 원군이 왔을 경우의 대처겠군.

하천을 봉쇄한 것으로 인해 도하를 포기해 준다면 좋겠지만, 억지로 도하해 올 경우에는 어딘가에서 요격하지 않으면 아르카나령으로 물밀듯이 밀고 들어와 버린다. 가능하면 영지가 될 아르카나령을 가급적 엉망으로 만들고 싶지는 않으니까, 귀인족이 농성하여 원군의 움직임을 막을 수 있는 장소가 없으려나.

덜컹덜컹 흔들리는 짐마차는 아르카나령으로 이어지는 급경사 가도를 높은 지대를 향해 나아갔다.

이윽고 경사의 기울기가 완만해지고, 가도 양옆이 깎아지른 듯한 절벽으로 좁아졌다.

"세워 줘!"

마부를 맡고 있던 와리드가 짐마차를 세웠다.

"왜 그러시지요? 뭔가 문제라도 있었습니까?"

"아, 아니, 조금 이 주변을 조사하고 싶어. 시간은 있어?"

와리드는 말없이 고개를 끄덕이고는 부하 첩보원들에게 지시를 내려 주위를 경계시켰다.

나는 짐마차에서 내리고는 주변 지형을 보며 돌아다녔다.

좌우의 깎아지른 절벽이 성벽을 대신할 수 있는 장소 같군. 시야가 트인 높은 지대고, 도하해 오는 적도 잘 보인다. 이곳을 피해 아르카나령으로 빠지는 길도 없는 듯하다.

엘펜강을 타고 내려온 귀인족들을 여기에 주둔시켜 간이적인 진을 쌓게 하면 알렉사 왕국군이 수천의 병사로 밀어닥쳐도 쉽게 물리칠 수 있으리라.

"알베르트 님, 무엇을 조사하고 계신 건가요?"

주변 경계를 끝내고 내가 있는 곳으로 온 류미나스가 나한테 말을 걸었다.

"아아, 적의 원군이 왔을 경우 움직임을 묶을 수 있는 지점으로 이 장소가 딱 좋겠다 싶어서 말이지. 조사하고 있었던 참이야."

"원군 말인가요?"

"그래. 알렉사반에서 받은 정보에 의하면 왕위 계승에 위기감이 커지고 있는 오르그스가 외국 출정에서의 성과를 원해서 리히트가 틀어박힌 아르카나령을 구원하러 움직일 가능성은 높으니까 말이지. 그때, 원군은 이 길을 지나갈 수밖에 없어. 거기에 브레스트 경과 라토르가 진을 치면 어떻게 될 거라고 생각해?"

"그 두 분이 이런 장소에 진을 치면 격파하는 건 무리네요."

"그 말대로야. 도리어 원군으로 온 알렉사 왕국군을 격파해 주겠지."

류미나스가 주위의 지세를 보고 내 설명에 납득한 것처럼 고개를 끄덕였다.

"그럼, 사전에 이 땅에 보급 물자를 저장해 둘까요. 이 땅은 앞으로 도노반 상회로서 몇 번인가 왕복하게 될 테고 말입니다."

"그렇게 해주면 고맙겠네. 브레스트나 라토르도 빈손으로 올 수 있다면 상당히 일찍 도착할 수 있겠지."

"알겠습니다. 알렉사반에는 이 땅에 보존 식량과 텐트 등을 교묘하게 은폐하여 저장하도록 연락해 두겠습니다."

와리드가 부하 중 한 명에게 손짓하고는 귀엣말했다. 부하는 고개를 끄덕인 뒤 왔던 길을 혼자서만 되돌아갔다.

"원군이 오지 않을지도 모르지만, 대비는 해 둬서 나쁠 건 없어."

"알베르트 경의 말씀대로입니다. 약간의 지출을 아꼈다가 나중에 허둥대기보다는, 사전 준비에 돈을 투자하는 편이 좋은 결과를 가져다줄 것으로 생각합니다."

"그렇게 되어 줬으면 좋겠네. 시간을 빼앗아서 미안했어. 앞길을 서두르자! 이 앞은 이제 아르카나 영내고, 사람도 늘어나. 얼굴이 들키지 않도록 해야겠네."

"그렇군요. 저희는 알렉사 왕국에서 식료품을 취급하는 도노반 상회 사람들이니까 말입니다. 실수하지 않도록 잘 부탁합니다. 데릴사위인 젊은 부회장 베르트 경."

"알겠습니다, 알겠습니다. 제 장인 어르신인 바리드 경."

아르카나령에 잠입하는 내 신분은 와리드가 분장한 도노반 상회 회장 바리드의 딸을 아내로 맞아들여 데릴사위가 된 젊은 부회장 베르트라는 사람이다.

아르카나령에 온 이유는 신규 개척한 판로에 인사하러 돌아다니는 겸 시찰이라는 말을 퍼뜨려 두었다.

"알베르트 님, 짐마차 안에서 머리를 염색하고 화장하죠. 알렉사 왕국 내에서 알베르트 폰 에르윈은 지명 수배 중이니까 말이에요. 자즈령은 사람이 거의 없었지만, 아르카나령은 남들의 눈이 있습니다."

"그러네. 변장은 해둬야겠지. 잘 부탁해."

"네, 그럼 지금부터 하죠."

나는 류미나스한테 손을 잡혀 짐마차로 돌아간 뒤 아르카나령 영내에 들어가기 전까지 변장을 끝냈다.

좌우의 절벽에 시야가 막히고 노폭도 좁은 가도를 짐마차가 나아간다. 이윽고 좌우의 절벽이 없어지고 시야가 트이자 눈앞에는 공략 목표인 아르카나령의 전모가 보였다.

"지도로는 봤지만, 이 정도로까지 높낮이 차이가 있을 줄이야. 애슐리령 쪽에서 이쪽을 보면 2,000m 정도의 차이가 있는 것도 납득이 되는 지형이네……. 애슐리쪽에서 공격하면 산을 오르는 듯한 장소고, 성으로 이어지는 꾸불꾸불한 가도를 나아가는 것도 고생이야."

시야 끝에 있는 아르카나령 영내에서는 산들이 연이어진 경사면에 생긴 매우 좁고 작은 평지에 여러 개의 소규모 촌락을 만들어 계단식 밭을 경작하며 생활하고 있었다.

그 촌락 자체가 영주가 사는 산의 꼭대기에 있는 단애절벽을 이용하여 만들어진 견성(堅城) 아르카나성을 지키기 위한 보루나 외성 역할을 하도록 만들어져 있고, 산들이 대군의 이동을 가로막는 성벽 대신으로서 앞길을 가로막고 있다.

"역시나 자즈령 쪽에서는 산 표면을 따라 만들어진 잔도(棧道)를 통해 아르카나성에 직접 갈 수 있는 길이 만들어져 있습니다."

이제부터 나아갈 길은 산의 표면을 깎아 낸 구멍에 목재를 끼워 넣어 만들어진 잔도가 이어지고 있다.

"그런 것 같네. 알렉사 왕국 측의 원군이 이 잔도를 써서 아르카나성에 들어가면 함락시키는 건 절망적이겠어."

"하지만 그 아르카나성을 함락시키지 않으면 안 됩니다. 황제 폐하께서도 어려운 일을 내려주셨군요."

"뭐, 수집해 준 정보에서 공략의 실마리 같은 건 잡았으니까, 이 은밀 탐색행으로 확실하게 계책을 짜도록 하겠어."

"알겠습니다! 그러면 각 촌락을 돌아보도록 하지요. 인사하는 겸, 영내 상황도 파악할 수 있을 거라고 생각합니다."

"그래, 어디부터 갈지는 맡기겠어."

"옙! 알겠습니다."

와리드가 말한테 채찍질했고, 한 무리의 짐마차는 아르카나성으로 이어지는 잔도를 나아갔다.

잔도는 짐마차가 한 대 지나갈 수 있을 정도의 폭밖에 없어서, 마차끼리 서로 지나가려면 여러 개 만들어진 퇴피소에서 기다려야만 해서 원활한 이동이 불가능한 장소였다.

이 잔도로는 대량의 물자를 운반하는 건 무리다. 자즈령의 빈약한 하역장도 가미하면 의외로 말려 죽이는 건 쉬울지도 모르겠다. 역시 무리해서 현지를 확인하길 잘했다.

떠오른 계책 중 하나를 수첩에 기록해 두자, 와리드가 운전하는 짐마차는 겨우 아르카나성 앞에 왔다.

"산꼭대기를 깎아 내서 성을 세웠네요. 주위는 산으로 둘러싸여서 공격 경로가 정면밖에 없는 듯해요."

"뒤쪽은 험준한 절벽이라는 모양이라, 저희 고슈토족 사람이라도 후방에서의 잠입은 힘들다는 보고를 받았습니다."

이것이 대(對) 에란시아 제국 최전선 기지이자 리히트 폰 에라크슈가 성주를 맡은 아르카나성인가.

건축 당시의 최고 기술의 정수를 모아 만들어진 훌륭한 방어 거점이라는 이야기에 거짓은 없는 듯하다.

그 아르카나성을 지키는 에라크슈 가문의 최대 동원 가능 인원수는 농민병을 포함하면 500명 정도.

소수라고는 해도 견성에 틀어박힌 적을 정면으로 공격하면 아무리 우리 근육 뇌들이 싸움에 능하여도 큰 손해를 입을 것은 분명하리라.

천천히 나아가는 짐마차 안에서 슬쩍 성을 보고 있었더니, 성에 들어가는 중인 에라크슈 가문 가신들의 모습이 이상하다는 걸 알아차렸다.

"어이, 거기 멍청한 녀석들! 누가 우리 고참 가신과 같은 길을 걸어도 된다고 말했지! 길가로 비켜라! 길가로! 우리는 리히트 님의 아버님께서 황작이셨을 때부터 모셔 오고 있단 말이다! 네 녀석들 따위 시골 놈들과는 격이 다르다! 길가로 붙어서 넙죽 엎드려라!"

휘황찬란한 의복을 입은 자들한테서 방해꾼 취급을 받은 사람들이 길가로 비켜서 이마를 지면에 문지르는 것처럼 넙죽 엎드렸다.

휘황찬란한 의복을 입은 자들은 웃으면서 성으로 들어갔다.

"젠장, 우리가 도와주지 않으면 영지도 만족스럽게 운영하지 못하는 무능한 놈들 주제에 으스대기는!"

"최근에 고참 가신 녀석들이 더더욱 기고만장해지고 있어. 리히트 경이 녀석들을 거만하게 굴도록 두고 있는 거다."

"그리고 또 우리 지역의 가신단만 상납금이 늘어난다는 모양이야. 지금까지 이상으로 납부하라니, 역시나 그건 힘들다고. 게다가 일부가 알렉사 왕국에 납부되는 것도 아니꼽단 말이지."

남겨진 자들의 대화가 천천히 나아가는 짐마차 안까지 들려왔다.

이것이 와리드의 보고로 올라왔던 고참 채용 가신과 지역 채용 가신의 격차 실태인가.

리히트를 조사시켰을 때 판명된 것인데, 그의 부친이 선선대 에란시아 제국 황제의 삼남으로, 장남이 황가 와레스반 가문을 이은 타이밍에 신적강하했다는 모양이다. 그때, 리히트의 아버지가 아르카나성을 받고 가문명을 에라크슈라 하여 백작가를 일으켰다.

그런 에라크슈 가문 내에는 두 개의 파벌아 존재한다. 하나는 리히트의 아버지가 미성년인 황제 일족한테 주어지는 '황작'이었을 때부터 섬기고 있었던 '고참 가신단'. 또 하나는 아르카나성을 받은 뒤 아르카나령 영내의 유력자를 가신으로 채용한 '지역 가신단'.

이 두 파벌이 존재하고 있어서, 에라크슈 가문 내에서는 '고참 가신단'이 상석, '지역 가신단'이 말석으로 정해져 있는 듯하다.

다만, 가신의 수로 따지면 '고참 가신단'이 2할이고 '지역 가신단'이 8할을 차지하기에 영지를 원활하게 운영하려면 '지역 가신단'의 협력이 필요불가결하다.

그런 신분 격차를 떠안고 있으면서도, 아버지 대에서는 어찌어찌 협력해서 해왔던 모양이지만, 리히트의 대가 되어 형세가 변하기 시작했다.

형세가 변한 이유는 아르카나령이 에란시아 제국에서 알렉사 왕국 소속이 되었기 때문이다. '지역 가신단'은 에란시아 제국 소속이었기에, 리히트를 영주로 맞아들이고 신분 격차가 있다고 하더라도 참으면서 섬기고 있었다. 그랬던 것이, 영주인 리히트가 자신의 사정으로 궁지에 몰려 멋대로 소속을 알렉사 왕국으로 바꾼 것으로 인해 '지역 가신단'의 불만이 매년 커지고 있는 상황이었다.

그런 상황이 된 이유는 십수 년 전 리히트가 마왕 폐하가 참가한 황제 선거에서 에란시아 제국 귀족들한테 퍼뜨린 유언비어 때문이다.

유언비어는 황제 선거에 입후보한 크라이스트가 아버지와 형을 모살하고, 슈게모리 가문 당주를 이었다고 하는 내용이라는 듯했다.

당시, 황제의 의뢰로 슈게모리 가문이 원군으로 참가한 전투에서 크라이스트의 아버지와 형이 비명횡사한 것도 있어서, 리히트의 유언비어는 투표권을 가진 대귀족들을 크게 동요시켰다는 모양이다.

덕분에 슈게모리 가문의 크라이스트가 안정적으로 이길 거라는 말을 들었던 황제 선거는 와레스반 가문의 도레스가 우세한 상황까지 뒤쫓아왔다. 하지만 마지막에 아슬아슬하게 져서, 황제 선거는 도레스가 패퇴했다.

뭐, 그 성격의 마왕 폐하니까 '반대! 반대! 크라이스트의 황제 취임 반대~!'라고 목청 높여 외쳤던 리히트는 황제 선거 후에 신변의 위험을 느끼고 영지에 틀어박혔다.

영지에 틀어박힌 리히트는 자신의 친척인 와레스반 가문에 비호를 요청하여 어찌어찌 수년은 비호받았지만, 해마다 강해지는 마왕 폐하의 압력에 견디지 못하고 '죄송함다, 싸움 걸었던 마왕이 제 목숨을 노리고 있으니 댁이 지켜 주지 않겠습니까?'라며 알렉사 왕국에 뛰어든 리히트를 '좋아, 우리가 지켜 주마. 그 대신에 에란시아 제국 쳐부수는 맨이 될 수 있겠지'라는 걸로, 반 에란시아 제국의 선봉으로 맞아 들여져 현재 상황이 생겨난 것이 8년 전이다.

마왕 폐하도 아무리 그래도 선선대 황제의 핏줄을 지닌 리히트가 알렉사 측으로 붙을 거라고는 생각지 않아서, 그 후의 혼잡하고 어수선한 상황으로 인해 손을 대지 못하고 말았던 상태였던 듯하다.

그랬는데, 최근에 와서 에르윈 가문이 대 알렉사 왕국전에서 연전연승하여 리히트의 신병을 노릴 수 있는 상황이 되어, 작년 말에 마왕 폐하가 마리다한테 아르카나령의 공증문을 내려준 것이 사정의 내막 같다고 판명되었다.

마왕 폐하의 사적인 원한도 얽힌 안건이기에 확실하게 리히트의 신병을 확보하지 않으면 안 된다.

다행히 '고참 가신단'과 '지역 가신단' 사이에 깊은 골이 있는 건 현장에서 확인해서 파악했다. 모략으로 그 골에 쐐기를 박으면, 에라크슈 가문 가신단은 쉽게 둘로 갈라질 것 같다.

우리 에르윈 가문이 포섭하는 건 다수파인 '지역 가신단' 쪽일 것이다. 그쪽을 포섭할 수 있다면 각 촌락이 보루나 외성처럼 강화된 천연의 요충지인 아르카나령의 방어력은 무력화할 수 있을 터다.

"사악한 얼굴이 되어 있어요. 도노반 상회의 부회장 베르트 님은 상쾌한 호청년으로 부탁드릴게요."

옆에 있던 류미나스가 내 뺨에 양손을 가져다 댔다. 그녀도 또한 상인의 딸처럼 변장하고 있어서, 여느 때의 닌자 스타일은 아니었다.

"아아, 미안. 사랑하는 나의 아내 미나스. 이제부터 얻게 될 이익을 생각하고 있던 참이야."

"그건 무척 일에 열심이시네요. 하지만 저는 그런 베르트 님을 좋아해요."

"사위와 우리 딸의 사이는 아주 뜨겁군. 손주 얼굴이 기대되는구나."

"그쪽도 힘내겠습니다. 장인어른."

와리드가 웃자, 류미나스가 얼굴이 빨개져서는 고개를 숙였다.

귀엽네~, 은밀 탐색에는 신세를 지고 있으니 류미나스한테도 잔뜩 서비스해줘야겠어.

짐마차는 천천히 아르카나성 앞에서 멀어져 비탈길을 내려가기 시작했고, 조금 큰 촌락을 향해 이동했다.

좁은 길의 오르막과 내리막이 계속되고 날이 질 무렵이 가까워졌을 즈음, 짐마차는 조금 큰 촌락에 도착했다.

도노반 상회가 새롭게 획득한 식료품 판매 상대가 이 촌락의 주인이었다.

"먼 길, 잘 오셨습니다!"

마중해 준 것은 회색이 섞인 검은 단발에 온화해 보이는 검은 눈동자를 지녔으며, 햇볕에 탄 피부와 커다란 체격을 가진 장년 남자였다. 나는 능력을 사용하여 그를 감정했다.

이름 : 니콜라스 폰 브라프
연령 : 49 성별 : 남 종족 : 인족
무용 : 47 통솔 : 68 지력 : 59 내정 : 67 매력 : 79
지위 : 에라크슈 가문 가신

에라크슈 가문의 '지역 가신단'을 통솔하는 남자. 역시나 균형이 잘 잡힌 높은 능력치다.

리히트한테서도 신임받고 있으며, '고참 가신단'들도 니콜라스한테는 거만한 태도를 취하지 않는다는 이야기는 정말일 것이다.

그가 '고참 가신단'과 '지역 가신단' 사이에 가로놓인 깊은 골이 벌어지지 않도록 붙잡아 매어 두고 있는 존재.

이번 아르카나령 공략에서 가장 중요한 인물인 것이다.

"니콜라스 공께서 직접 마중해 주신다니, 황송합니다. 이번에는 거래 물건뿐만이 아니라 저희 사위와 딸을 데리고 찾아왔습니다. 앞으로도 니콜라스 공께서 도노반 상회를 잘 챙겨 주시기를 부탁드리겠습니다."

도노반 상회의 회장 역을 맡은 와리드가 니콜라스한테 정중하게 인사하자, 우리도 함께 머리를 숙였다.

"아니아니, 이쪽이야말로 싼 가격에 식료품을 구입할 수 있는 도노반 상회와는 앞으로도 관계를 돈독히 해나가고 싶다고 생각하던 참입니다. 오늘은 술자리를 마련해 두었으니 부디 들어와 주십시오."

"사양하는 것도 실례가 될 테니 말씀 감사히 받아들이겠습니다."

우리는 니콜라스의 안내로 집 안으로 들어갔고, 환대의 주연이 열렸다.

주연이 시작되자 니콜라스는 직접 술병을 들고 와리드와 우리의 술잔에 특제 술을 따라 주었다.

"요 몇 년, 전쟁이 계속된 자츠바룸 지방의 식료품 가격은 오르고만 있습니다. 장인어른께서도 이번 거래 물품을 모으는 데 상당한 고생을 하셨습니다."

"이야~, 정말로 사위 말대로입니다. 자츠바룸 지방의 식료품 가격이 올라서, 거기에 이끌려 왕도 루튠에서도 가격이 오르기 시작하고 있습니다."

"그렇습니까……. 그러한 상황 속에서 이번에도 바리드 공께서 애써 주셔서, 정말로 큰 도움이 되었습니다."

니콜라스는 상인인 우리를 깔보는 태도를 티끌만큼도 보이지 않고, 감사를 표하는 것처럼 머리를 깊이 숙였다.

"저희도 에라크슈 가문의 중신인 니콜라스 공과 연줄을 맺은 덕분에 장사 규모가 커지니 감사할 따름입니다."

"제가 중신이라니, 누가 그런 말을 하였습니까? 저 같은 건 에라크슈 가문의 가신 말석에 간신히 이름이 올라가 있는 자에 지나지 않습니다."

니콜라스는 겸손하게 머리를 긁적이고는 자신이 에라크슈 가문의 중신이라는 것을 부정했다.

"장인어른으로부터 이야기를 들었습니다만, 니콜라스 공께서는 알렉사 영내에서 일어나는 이곳저곳의 분쟁을 해결하고 계신다던가?"

"아니아니, 말석 가신인 저는 그저 단순히 쌍방의 주장을 듣고 있을 뿐입니다. 다투고 있는 사람들을 진정시키고, 서로 얼굴을 보게 하여 납득시키고 있을 뿐입니다. 진정하면 태반의 분쟁은 대화로 해결됩니다."

니콜라스는 웃고 있지만, 냉정함을 잃고서 싸우고 있는 사람을 진정시키는 건 지극히 어려운 일이다.

흥분하여 충고의 말이 귀에 들어오지 않는 사람도 있고, 격분하여 중재하고자 끼어든 사람을 공격하는 사람도 존재한다.

그런 어려운 조정 역할을 큰 문제 없이 오랫동안 맡아 올 수 있는 건 역시 니콜라스가 지닌 인간적인 매력 덕분이리라.

만났을 때부터 어딘가 기시감이 있다 싶었는데, 니콜라스는 산의 민족의 또 한 명의 대수장 하킴과 닮은 느낌이 든다.

사람을 안심시키고 진정시키는 겸손한 자세와 외모, 그리고 이성적인 말투가 많은 사람의 신뢰와 존경을 모으고 있는 것일지도 모른다.

"그게 대단한 겁니다."

"저를 칭찬하셔도 아무것도 나오지 않습니다."

"제 사위는 상인의 재능을 가지고 있을 뿐만 아니라 인물을 감정하는 눈도 예리합니다. 그런 사위가 니콜라스 공을 마음에 들어 한다면, 한층 더 돈독히 친분을 맺어야만 하겠군요."

와리드가 니콜라스의 빈 술잔에 새로 술을 따랐다.

"그렇게 치켜세워 주시는 건 감사한 일이지만, 제 영지는 좁고 가문은 부유하지 않기에 도노반 상회를 크게 만들 수 있을 정도의 장사는 불가능할 겁니다."

"자자, 술잔이 비었습니다. 저희가 가지고 온 술도 맛봐 주시기를 부탁드리겠습니다."

"이거, 미안합니다. 실로 맛있는 술이로군요."

내가 니콜라스의 술잔에 따른 술이 눈 깜짝할 사이에 사라졌다.

이미 상당한 양의 술을 마셨는데, 흐트러진 낌새는 전혀 보여 주지 않나.

술에 취하게 해서 뱃속의 진심을 끌어내려고 생각했는데, 니콜라스가 엄청난 술고래라면 이쪽이 먼저 취해 쓰러질지도 모른다.

니콜라스의 빈 술잔에 술을 따르며 그의 낌새를 주의 깊게 관찰했다.

"마음에 드셨다면 다음번 거래 때, 싼 가격으로 제공해 드리겠습니다. 이번에는 최소한으로 필요한 것만 챙기라는 말이었기에."

"아니아니, 고마운 말입니다. 고마운 말입니다. 맛있는 술은 모두들 기뻐할 겁니다."

"알겠습니다. 그러면 술은 언젠가 반드시 가지고 오도록 하지요. 그때는 니콜라스 공의 체면을 세우는 의미도 포함해서, 싸게 해드리겠습니다."

"바리드 공의 사위분은 정말로 장사 수완이 능숙하군요. 하지만 장사는 제가 주선할 수 있는 범위 안에서만 가능합니다. 그 부분은 잘 부탁드리지요."

"알고 있습니다. 니콜라스 공의 도움이 될 수 있다면 저희도 만족입니다."

니콜라스는 부드러운 미소를 띠면서도 우리 도노반 상회가 에라크슈 가문에 과도하게 파고들지 않도록 못을 박았다.

신참 상인이 주군인 리히트한테까지는 접근하지 못하도록 하는 것인 듯하군.

영주가 상인한테 빚을 거듭 져서 영지 운영이 불가능해져서 몰락한 귀족 가문은 지천으로 있고, 중신인 니콜라스도 그 부분은 확실하게 경계하고 있다는 건가.

의외로 바닥을 보여주지 않는 주의 깊은 면모도 갖추고 있다. 그를 이쪽으로 포섭하려면 상당히 궁지에 몰아넣지 않으면 안 될 것이다.

아르카나령을 탈취한 후에 반드시 필요해지는 인재이기에 원망받고 싶지는 않지만…….

영지 사랑과 리히트에 대한 충성심을 니콜라스 자신의 손으로 천칭에 매달게 할 수밖에 없을지도 모르겠어.

말은 그렇게 해도 나는 악한 군사님이고, 악랄한 방법을 떠올리고 마는 천재이기에, 리히트를 배신한다는 선택지밖에 선택할 수 없는 상황으로 몰아넣어 버리겠지만.

리히트를 배신하게 만든 대가는 너 자신을 총대관으로 임명해서 아르카나령을 크게 발전시키는 것으로 용서해 줬으면 한다. 나는 네가 그만한 능력, 인격, 인망은 갖추고 있다고 산정했으니까 말이지.

'니콜라스 공…… 미안하다.'

"베르트 공, 표정이 좋지 않은 기색입니다만, 왜 그러십니까? 술을 너무 마신 것이려나요?"

"아, 아니요. 아무것도 아닙니다. 아직 술은 남아 있고, 만남에 감사하는 축하의 술이니 즐겁게 마시지요. 자자, 한 잔 더."

"이거, 미안합니다! 정말로 고맙습니다."

나는 니콜라스한테 새로 술을 따랐고, 니콜라스가 따라 준 술을 받으며, 그날 밤은 실컷 술을 마시기로 했다.

그 주연 도중, 머릿속에서는 어렴풋하게 존재하던 아르카나령 공략 작전의 개요가 점점 확고해지고 있었다.

다음 날, 거래 상품을 인도한 뒤 니콜라스한테서 새로운 거래처가 될 만한 곳을 소개받기 위해 그쪽 촌락을 방문했다.

"부족한 물건은 없으십니까? 장인어른도 저도 장사를 확대하고 싶다고 항상 생각하고 있어서, 부족한 것이 있다면 뭐든지 말씀해 주십시오."

"니콜라스 님의 소개라서야. 무턱대고 돌려보낼 수도 없는 노릇이군. 보존할 수 있을 것 가은 식량이라든가 있으면 가지고 와 줘. 당신네는 가격이 싸잖아?"

니콜라스한테 소개받은 촌락은 지역 가신단에 이름을 올린 자가 통치하는 곳이었다.

"보존 식량 말입니까? 괜찮습니다만, 어느 정도 필요하십니까?"

촌락 주인은 잠시 말없이 이쪽의 얼굴을 살피며 생각에 잠겼지만, 결의를 굳힌 듯이 입을 열었다.

"사실은 그다지 말하고 싶지 않지만, 우리 마을은 3년 연속해서 흉작이라 말이지. 식량 사정은 그다지 좋지 않네. 그래서 우리 가문은 농성용으로 보존해 뒀던 식량이 이제 얼마 남지 않았어. 거기에 더해서 자츠바룸 지방의 식량품 가격이 높아지기만 하고 있어서, 값싼 보존 식량이 손에 들어온다면 모아 두고 싶은 거다."

니콜라스가 이 촌락을 우리한테 추천한 건 흉작으로 식량이 부족하다는 걸 알고 있었기 때문인가. 그로서는 이 마을 사람들이 굶지 않도록 선의로 추천한 것이겠지만, 이 인연은 잘 사용토록 하자.

"그렇군요, 그러한 사정이 있었습니까. 저희 도노반 상회가 힘이 되어 드리겠습니다. 수량은 마을 규모로 보건대 이 정도일까요?"

주판을 튕겨 필요한 보존 식량의 수량을 내놓았다.

"당신, 젊은데 굉장하군. 거의 정확한 수량이다."

"그러면 이 정도의 가격으로 어떻겠습니까?"

도노반 상회는 알렉사 왕국 내에서 알렉사반이 첩보 활동을 하기 위한 위장 조직 중 하나이기에 이익을 낼 생각은 거의 없다. 그렇기에 파격적인 가격을 설정하고 있다.

"싸군. 여러 가지로 비용이 나갈 일이 많아서 돈이 없는 우리로서는 도움이 되지만. 당신, 그렇게 해서 이익을 낼 수 있는 건가?"

"앞으로도 저희를 잘 봐주신다는 조건이 붙긴 합니다만."

"호오, 역시나 그 부분은 제대로 생각했나."

"예, 뭐어, 이쪽도 장사이기에."

그리고 에라크슈 가문의 중신 니콜라스를 에르윈 가문에 포섭하기 위한 함정으로 사용하겠다는 흑심도 포함하고 있습니다만.

이 사람한테는 지역 가신단이 리히트한테서 이반하고 싶다는 마음을 강하게 만들기 위해, 힘내게끔 하자.

"첫 거래량으로서는 불만은 없다. 그걸로 부탁하지."

"알겠습니다. 약속한 물품은 가급적 빨리 가지고 오겠습니다."

나는 장사용 미소를 띠고는 촌락 주인과 악수를 나눴다. 그 후, 또 다른 촌락 주인을 소개받아 다섯 곳 정도 마을을 방문하며 다녔다.

그러는 중에 모인 정보는 지역 가신단은 어디고 전부 흉작의 영향과 알렉사 왕국에 상납금을 내는 것에 고심하고 있으며, 현재의 곤경을 초래한 리히트와 고참 가신단에 대한 반발심이 강해져 에란시아 제국에 복귀하는 것을 열망하고 있는 낌새를 느낄 수 있었다.

은밀 탐색행을 해서 선명해진 건 아르카나령 내부에서 일어나고 있는 다양한 삐걱거림을 니콜라스 한 사람이 필사적으로 붙들어 매어 두고 있는 상황이었다.

니콜라스를 구슬릴 수 있다면 아르카나령의 태반은 에르윈 가문의 손에 떨어진다.

그렇게 되면 견성인 아르카나성에 틀어박힌 병사는 소수에 불과하다. 병사가 부족한 성을 전투 전문가인 귀인족한테 공격시키면 적은 손해로 함락시키는 게 가능하리라.

리히트는 사로잡혀 마왕 폐하한테 목이 날아가고, 에르윈 가문은 당당히 '자작가' 대열에 끼게 될 터다.

촌락을 돌며 얻은 정보를 더한 형태의 아르카나령 공략 작전 개요를 수첩에 적고 있었더니 짐마차가 은밀 탐색행 마지막 목적지에 도착했다.

"베르트 님, 이전에 말씀드린 그 보고를 받은 장소에 도착했습니다."

류미나스가 말을 건네자, 나는 수첩을 덮고 짐마차에서 내렸다.

눈 아래에는 애슐리령과의 영지 경계가 되는 엘펜강이 흐르고 있었고, 오른편에는 아르카나의 마을이 보이고, 같은 정도의 거리에 애슐리령 농촌도 보이는 장소에 서 있다.

"여기면 애슐리령 쪽이 가까워?"

"어떠려나요? 아르카나령의 촌락이 약간 가까운 느낌도 듭니다. 산속 깊은 곳에 있는 장소고, 길다운 길이 없기에 마차로 오려면 매우 고생하겠지만요."

류미나스의 대답을 듣고 짐마차가 진행해 왔을 장소를 뒤돌아봤다.

잡초와 잡목림투성이인 경사면을 짐마차로 가는 건 역시나 힘든가. 길 정비부터 시작하지 않으면 안 될 것 같다.

정보가 올라왔을 때는 농담이겠지 싶었는데, 이만큼 사람이 사는 마을에서 떨어진 장소라면 발견되지 않았던 것도 이상하지는 않군.

나는 허리의 검을 뽑고는 울창하게 난 잡초를 베어 앞으로 나아갈 길을 만들었다.

"이 앞에 있는 거지?"

"예, 틀림없습니다. 아르카나령 영내의 정보를 모으고 있던 부하가 니콜라스를 조사하던 때 미행하여 알아낸 장소입니다."

"그럼, 확인해 보도록 하지. 보고가 진짜라면 에르윈 가문의 부엌 사정은 일변할 테고, 아르카나령의 가치는 수십 배로 뛰어오를 거니까 말이야."

"그렇지요. 저도 자신의 이 눈으로 확인하고 싶다고 생각하고 있습니다."

우리는 어떤 것을 확인하러 이 산속 깊은 장소에 왔다. 그것을 확인하기 위해 나는 잡초를 베어서 생겨난 길을 나아갔다.

잠시 나아가자, 한층 험한 산의 경사면이 보였다. 경사면은 비바람에 노출되어 있었기에 표면이 흑갈색으로 변색되어 있었다.

"검게 변색된 저 장소가 은광맥이 노출되어 산화한 곳이야?"

"예, 그렇다고 들었습니다. 니콜라스 공과 광맥을 찾는 전문가인 광부들의 대화를 들은 부하의 말에 의하면 상당히 대규모인 은광맥이 아닐까 하는 이야기였습니다."

"대규모 은광맥인가. 이쪽에서도 독자적으로 조사할 가치는 있을 것 같아. 경사면을 적당하게 깎아서 광석을 가지고 돌아가도록 하지. 유망할 것 같으면 거금을 부어서라도 은광산으로 개발해야만 하겠어."

"그렇지요. 은은 에란시아 제국에서는 그다지 산출되지 않고, 화폐용 귀금속으로서 수요가 매우 높은 금속입니다. 그것이 산출되는 광산을 가진 에르윈 가문은 에란시아 제국 유수의 부유한 귀족의 대열에 들게 될 것입니다."

"아아, 그렇게 되어 줬으면 좋겠네."

우리는 광상(鑛床)이라 예상되는 경사면에서 캐낸 광석을 짐마차에 싣고는, 깎아 낸 흙을 되돌렸다.

"좋아, 이걸로 은밀 탐색은 끝이네. 나랑 류미나스는 이대로 엘펜강을 넘어서 애슐리령으로 돌아갈게. 와리드는 계속해서 도노반 상회 회장으로서 아르카나령 사람과 연을 돈독히 해줘."

"알겠습니다! 류미나스 외에 호위 세 명을 붙이겠습니다. 그리고, 이미 엘펜강 맞은편에는 마중할 영내반 사람이 와 있습니다. 아르카나령 국경 경비원이 없는 장소에서 신호를 보내면 안전하게 돌아갈 수 있습니다."

"수완이 좋네. 도움이 됐어. 은밀 탐색이 성공한 건 와리드와 고슈토족의 협력 덕분이야."

"저희 고슈토족에 대한 포상은 제 딸 류미나스의 아이한테 알베르트 경의 피를 받는 것입니다. 잘 부탁드리겠습니다."

"그러네. 알겠어. 여기서부터 애슐리성까지는 마차로도 며칠 걸리고, 그동안 할 것도 없으니까 분발하도록 하지."

나는 옆에 있던 류미나스의 허리를 손으로 붙잡아 끌어안았다.

"네? 아, 네! 히, 힘낼게요! 이레나 씨라든가, 다른 분들처럼은 못할지도 모르지만, 저 나름대로 노력하겠습니다!"

"빨리 손주를 부탁드리겠습니다! 아~, 그리고 방금 채취한 광석은 자즈령 경유로 보내드리게 하겠습니다."

"알았어. 와리드도 모쪼록 방심하지 않도록 조심해 줘."

고개를 끄덕인 와리드는 말에 채찍질을 하고는, 능숙하게 짐마차를 조종하여 천천히 비탈길을 내려갔다.

"자 그럼, 우리도 영내반과의 합류 지점으로 서두르자."

"네, 이쪽이에요!"

류미나스와 호위들한테 인도받아, 나는 영내반과 합류했고, 애슐리성으로 귀환하기로 했다.

그리고 지금은 애슐리성으로 향하는 마차 안에서, 류미나스와 애정행각을 벌이는 도중이다.

"아버지도 조금 전에 말씀하셨지만, 일족 사람들한테서 알베르트 님의 아이를 빨리 가지라는 말을 들어서……"

옆에 앉아 있는 류미나스가 내 쪽에 몸을 기댔다.

"그래서, 이레나 씨한테 물어봤더니 이 책이 무척 참고가 된다는 이야기를 들어서, 틈을 내서 읽어봤는데요."

류미나스가 옷 주머니에서 꺼낸 건 작은 책자였다.

어디 보자, 「이것만 할 수 있으면 고지식한 남성분도 당신한테 홀딱 빠져 당신 마음대로. 실천편」이라고 적혀 있군. 제목부터가 위험한 냄새밖에 나지 않는 책자인데.

"그래서, 거기에 눈동자를 촉촉하게 적시고 남성을 올려다보라고 적혀 있었던 거야?"

"네, 맞습니다. 어떤가요? 저는 제대로 해내고 있나요?"

응, 응. 실로 파괴력이 높아. 책자로 공부했다고 말해 주지 않았더라면 더욱 두근두근했겠지.

여느 때는 검은 천으로 얼굴을 가리고 있는 경우가 많지만, 류미나스도 상당한 미인 얼굴이고, 아직 앳된 느낌도 살짝 보이니까 그 표정을 하는 건 치사하다고 생각한다고.

마리다였다면 이미 침대로 운반당해 여러 가지로 야한 일을 당해 버렸을 터다.

나는 애써 냉정한 표정을 만들고는 류미나스를 끌어안았다.

"잘 해내고 있다고 생각해. 실로 마음이 두근거리는 표정을 하고 있어."

내 말에 류미나스의 뺨이 빨갛게 물들었다.

"그 밖에는 뭔가 적혀 있었어?"

"아, 네. 입꼬리를 올린 자연스러운 미소를 보여주라고 적혀 있어요. 잘 해내고 있나요?"

평소에는 호위 임무로 인해 표정을 그다지 보여주지 않는 류미나스이기에, 이 미소의 파괴력은 엄청났다.

"그, 그리고, 자연스러운 보디 터치라는 건 이런 느낌일까요?"

류미나스의 손이 내 하복부에 슬그머니 들어왔다.

아니, 그건 보디 터치라기보다도 유혹하는 거니까! 야한 짓 하고 있어요!

일부러? 일부러 하고 있는 건가? 아니, 야한 것에 순진한 류미나스이기에 그런 발상에 이르렀을 가능성도 있군.

의표를 찌르는 장소에 보디 터치를 당해 나도 모르게 목소리가 새어 나오고 말았다.

"기분 좋으셨나요? 정답이었던 거려나요? 어렵네요. 자연스러운 보디 터치라는 건."

일부러 하고 있는 건지, 정말로 모르고 하고 있는 건지 판단이 되지 않지만, 그건 그것대로 어쩐지 흥분되고 만다.

이 내가 농락당하다니 류미나스, 무서운 아이.

이대로라면 류미나스한테 주도권을 빼앗길 것 같았기에 나는 그녀의 꼬리에 손을 뻗었다.

"자연스러운 보디 터치의 극의(極意)는 상냥하게 만지는 거야. 거칠게 만지면, 자 이렇게――."

"후아아아앗! 갑자기 제 꼬리를 만지작거리시면 안 된대도요!"

갑작스러운 자극에 몸을 움찔 떨더니, 그녀의 체온이 조금 올라갔다.

"깜짝 놀랐지? 그러니까, 상냥하게 살포시 만지는 게 정답."

"앗, 흐읏. 천천히라도 꼬리는 안 돼요오. 그 왜, 저기, 거기는, 만지지 않아도――."

"그럼 류미나스는 이쪽이 더 좋은 걸까나?"

꼬리를 만지고 있던 손을 그녀의 하복부로 슬그머니 움직였다.

"그쪽은, 더 안 돼요. 그 왜, 마차 안이고, 위험하니까요. 게다가 땀도 흘렸고요."

허둥댄 류미나스가 손에 들고 있던 그 책자를 떨어뜨렸기에, 내가 주워서 한 손으로 책자 페이지를 팔락팔락 넘겼다.

"남성분 중에는 여성의 냄새에 반응하는 사람도 있다, 라고 적혀 있어. 나는 류미나스의 냄새가 싫지는 않네."

그녀의 목덜미에 코를 가까이 대고 냄새를 킁킁 맡았다. 이전에 만든 향유를 보디 크림 대신으로 쓰고 있기에 감귤계의 상큼한 냄새가 났다.

"그, 그게, 하지만, 저기. 갑자기 그런 말씀을 하셔도 준비가. 게다가 알베르트 님도——."

"괜찮아. 나는 준비가 다 됐고, 지금 류미나스 쪽도 준비하고 있잖아."

"하으읏! 그, 그렇긴 하지만요. 저 혼자로 괜찮으려나요? 알베르트 님의 기분을 상하게 만들지는 않을까요?"

걱정스러운 듯이 이쪽을 올려다보는 류미나스의 얼굴을 봤더니, 들끓어 오른 물건이 한층 열을 띠었다.

"괜찮아, 류미나스라면 할 수 있어."

"그, 그래도, 걱정되니까 이걸 마셔 주세요. 산의 민족 특제 영양 음료예요."

류미나스가 작은 유리병에 든 녹색 액체를 쭈뼛쭈뼛 내밀었다.

으음, 이걸 마시면 한층 엄청나지는데 괜찮으려나.

괜찮지 않을 것 같으면 내가 참으면 될 뿐인 이야기인가. 거절해서 류미나스를 불안하게 만드는 것도 불쌍하고 말이지.

"알았어. 마시도록 하지."

유리병 뚜껑을 열고는 안에 든 녹색 액체를 단숨에 다 마셨다.

풀 냄새와 흙냄새, 그리고 단맛이 혼재하는 액체가 위 안으로 떨어지자 지친 몸 전체에 의욕이 넘쳤다.

영양제이자 정력제이기도 하기에 하반신의 들끓어 오른 물건이 터무니없는 상태가 되어 있었다.

"그럼 애슐리성에 도착할 때까지 둘이서 힘낼까."

"히, 힘내겠습니다! 앗! 알베르트 님, 처음부터 격렬한 건 안 되니까 말이에요. 저, 부서져 버리니까요."

"괜찮아, 부드럽게, 부드럽게 힘낼 생각이니까."

나는 류미나스의 옷을 벗기고, 나도 알몸이 되어 들끓어 오른 물건을 부끄러워하는 그녀 안으로 삽입했다.

그 후, 특제 영양 드링크 효과와 일을 완수한 안도감과 류미나스의 귀여운 조르기와 와리드의 요망에 따라 엄청나게 분발해 버렸다.

그 왜, 류미나스는 몸집이 작지만 몸을 단련하고 있어서 의외로 체력이 있으니까 힘내 버리는지라, 류미나스가 힘내면 나도 힘내 버리는 노릇이라, 그 결과 온종일 둘이서 애정행각을 벌이고 말았다. 그리고, 류미나스의 꼬리는 그녀가 최고로 흥분하는 부분이라는 게 판명되었다.

※오르그스 시점

자츠바룸 지방의 병사를 동원한 아르코 가문의 스라트령 탈환에 실패하고 벌써 3개월이 경과했다.

내가 있는 집무실에서 창문으로 살펴보니 남부 코르시 지방에서 동원된 귀족 병사가 성 밖에 텐트를 치고 주둔하고 있었다.

이번에야말로 그 지긋지긋한 에르윈 가문과 약삭빠른 알베르트를 없애 버려야만 한다.

그러지 않으면, 아버지는 내 능력에 의문을 품고 폐적하겠지.

폐적당하면 고란이 왕이 되고, 내 머리는 몸통에서 잘려 떨어진다.

그것만큼은 절대로 회피하지 않으면 안 된다. 그걸 위해서는 외국 출정에서의 승리. 승리밖에 없다.

창밖을 보고 있었더니 방의 문을 노크하는 소리가 났다.

급히 집무실 의자에 앉아, 집무를 보고 있었던 척하고는 입실을 촉구했다.

"실례하겠습니다. 전하께 말씀드리고 싶은 사항이 있습니다."

방에 들어온 것은 재상 자잔이었다. 무능한 녀석이기는 하지만, 코르시 지방의 대영주이며 지금은 참전한 귀족들의 조정 역할을 명령해 두었다.

"또 분쟁이냐? 그러한 사소한 것은 네 선에서 처리하라고 말했을 터다."

"그런 게 아닙니다. 역시, 외국 출정을 중지하시고 왕도로 귀환하시는 편이 좋지 않겠습니까? 정무 대행자로 되어 있는 전하가 외국 출정을 지휘한다는 이유로 부재인 상황을 고란이 궁정 내에서 규탄하고 있습니다."

눈앞에서 무릎을 꿇고 보고하는 재상 자잔한테서 지금 제일 듣고 싶지 않은 고란의 이름을 듣게 되어, 배 속이 부글부글 끓어오르는 분노를 느끼고, 손에 들고 있던 붓을 집무 책상에 내동댕이쳤다.

"자잔, 너는 나를 왕도의 비웃음거리로 삼고 싶은 거냐!"

이쪽의 노기에 겁을 먹은 자잔이 지면에 조아리며 납죽 엎드렸다.

"그런 뜻으로 드린 말씀이 아닙니다. 하지만, 이대로 고란을 내버려 두면 그의 파벌은 늘어나기만 할 뿐입니다."

"시끄럽다! 그런 건 알고 있다!"

고란 녀석, 남이 왕도에 없는 틈에 있는 일 없는 일 전부 퍼뜨리고 말이다!

이쪽의 참전 요청을 무시한 자츠바룸 지방 녀석들도 고란을 왕위에 앉힐 응원을 시작했다던가.

조금 진 정도로 시끄럽게 떠드는 녀석들은 내 치세가 되었을 때 처분하지 않으면 안 되겠군.

"자잔, 고란파에 가담한 귀족 일람을 만들어 둬라! 녀석들은 내가 왕위에 앉았을 때 처형하겠다!"

"전하! 그 왕위에 앉을 수 있을지가 미심쩍어지고 있는 겁니다! 현 상황을 인식해 주십시오! 고란파는 왕도 내부뿐만이 아니라 자츠바룸 지방의 귀족을 포섭하기 시작해서, 코르시 지방 귀족도 일부가 동조하고 있습니다. 이 기세대로라면 반수 이상의 귀족이 고란을 지지하는 쪽으로 돌아서고 맙니다!"

"시끄럽다! 왕국군의 병권은 이쪽이 쥐고 있다! 그런 나한테 거역하는 녀석은 전부 토벌해 주마!"

"말씀을 삼가십시오! 그러한 말씀을, 바깥에서 해서는 안 됩니다!"

"나는 알렉사 왕국의 왕위 계승 제1위이자, 정무 대행자이며, 왕국군 총사령관이란 말이다! 그런 내가 어째서 말을 삼가야만 하는 거냐! 웃기지 마라!"

자잔의 이의에 화가 나서 근처에 있던 촛대를 던졌다.

퍽, 하는 둔한 소리가 났나 싶더니만 자잔의 이마에서 피가 흘렀다.

"전하, 조금 더 주위를 살펴봐 주십시오! 이대로는 나라가 하나로 뭉치지 않습니다."

"시끄럽다! 나한테 훈계하지 마라! 그만 됐다! 물러나라!"

다른 촛대를 손에 들자, 자잔은 입을 다물고는 고개를 숙인 뒤 집무실에서 나갔다.

"망할! 고란한테 말해라! 그 녀석이 왕위를 바라지 않으면 싸움 따위 일어나지 않는다고!"

문을 향해 손에 들고 있던 촛대를 던지자, 둔한 소리를 내며 나뒹굴었다.

"거칠어져 계시는군요."

문을 열고 들어온 건 곰 같은 귀와 꼬리를 지니고, 수염을 텁수룩하게 기른 '웅인족'이라는 아인이다.

에란시아 제국 황제의 혈연을 지닌 자로, 그 나라를 영토째로 배신하고 아버지로부터 백작 작위를 하사받은 남자였다.

"무슨 볼일이지. 리히트, 너를 부른 기억은 없다!"

"전하한테서는 부름을 받지 않았습니다만, 자잔 경한테서는 부름을 받았습니다. 하지만, 자잔 경은 방에서 나가고 만 모양이군요."

"그러면 너도 이 방에서 나가라! 아인한테 쓸 시간 따위 없다."

"그러시, 다면, 전하가 이 티아나 땅에서 전사하는 것을 잠자코 아르카나성에서 바라보기로 하지요."

리히트가 이쪽을 비웃는 듯한 시선을 보냈고, 등을 돌려 떠나가려 했다.

"기다려라! 무슨 말이냐! 내가 티아나에서 전사 따위 할 리가 없지 않으냐! 이 땅은 알렉사 왕국 내부라고!"

"정말로 그렇게 생각하고 계신 거라면, 올해 중으로 머리가 떨어지겠지요. 전하도, 저도."

뒤돌아본 리히트가 수도(手刀)를 만들어 자신의 목을 툭툭 치는 시늉을 해 보였다.

대체 무슨 소리지?! 에란시아 제국군이 티아나까지는 쳐들어올 리가 없잖냐! 하지만, 만에 하나 그렇게 되면…….

적장 앞에 강제로 꿇어 앉혀져, 목이 베이는 자신의 모습을 상상했더니 다리가 제멋대로 떨리기 시작했다.

"리히트, 특별히 말하는 것을 허락한다! 설명해라!"

"알겠습니다."

씨익 웃은 히리트가 종자한테서 지도처럼 보이는 종이와 서류를 받아 들고, 응접 테이블 위에 펼쳤다.

"전하, 에란시아 제국은 두 번 대승하였습니다. 2년 전은 이곳, 작년에는 이곳입니다."

리히트는 함구령을 내려 뒀을 터인 알렉사 왕국군이 패배한 지점을 정확하게 지도에 그려 넣었다.

소문이 나돌고 있다고는 들었지만, 이렇게까지 퍼져 있는 건가! 자잔, 그 무능한 놈!

"화내지 마십시오. 다들 알고 있습니다. 이미 즈라, 자이잔, 베니아는 에란시아 제국의 손에 떨어졌고, 아르코 가문의 스라트도 배신했다는 것을."

리히트는 담담한 어조로 알렉사 왕국이 잃은 영토를 지도에 추가로 그렸다.

"그래서, 제가 통치하는 아르카나령이 이곳에 있습니다."

아르카나령은 돌출부로서, 에란시아 제국 내부로 튀어 나가 있다.

"그런 것 정도는 알고 있다. 그게 어쨌다는 거지."

"그러면, 이쪽에 선 두 개를 더하도록 하겠습니다. 한쪽은 엘펜강, 다른 한쪽은 도르펜강입니다. 흘러서 다다르는 곳은 티아나."

"아아, 그래. 너도 도르펜강을 타고 내려온 것이지."

"예, 그렇습니다. 아르카나령에서 닷새 만에 이 티아나까지 도착했습니다."

"그렇겠지. 강을 이용하면 그 정도겠지."

이쪽의 대답에 불만스러워 보이는 표정을 띤 리히트는 자신의 영지인 아르카나령을 강조하는 것처럼 붓을 써서 동그라미로 감쌌다.

"즉, 에란시아 제국이 우리 아르카나령을 함락시키면 엘펜강과 도르펜강을 이용하여 닷새 만에 티아나까지 진군할 수 있다는 의미입니다!"

"그, 그런 기책(奇策)을 쓸 리가 없지 않나."

리히트는 짜증을 숨기지 않고, 응접용 테이블에 손을 내리쳤다.

"무릅니다! 상대는 그 크라이스트가 이끄는 에란시아 제국이란 말입니다! 게다가 티아나 공략이라면 에르윈 가문과 스테판이 선봉에 설 터! 남부 수호직인 슈게모리 가문의 병사도 동원하면 총 병력 2만~3만으로 티아나를 덮칠 겁니다. 전하는 대군에 포위되어 도망칠 곳을 잃고, 머리를 사냥당합니다. 물론, 고란 경이 장악하고 있는 왕도에서 구원병 따위 한 명도 보내오지 않을 테지 말입니다!"

3만의 대군에 포위된다……. 말도 안 된다……. 있을 수 없는 일이라고 말하고 싶지만, 부정은 할 수 없다.

"어떻게 하면 좋지? 거기까지 내다보고 있다면, 계책은 있는 것이겠지?"

"아르카나령의 방어력을 높여 적의 수중에 떨어지지 않도록 해야만 합니다. 제가 그 땅에서 적을 견제하고 있으면 티아나 기습은 불가능합니다."

배신자인 아인 영주가 통치하는 지나치게 돌출된 영지이기에 전략적인 가치가 없다고 하여 지금까지는 대충 취급해 왔지만, 그 정도로까지 중요한 땅이 되어 있었다니…….

"지원을 늘리라고 말하는 건가?"

"그렇습니다. 일단, 식량 지원을 늘려 주셨으면 합니다. 그리고, 인접한 자즈령의 선착장을 대형 하선(河船)이 기항할 수 있는 선착장으로 개축하여 주셨으면 하는군요. 지금의 하역량으로는 아르카나령에 필요한 물자를 확보할 수 없습니다."

"식량 지원은 늘리지. 하지만 아르카나령이 함락되면 개축한 자즈령의 선착장이 이용될 가능성이 있다. 그쪽은 조금 생각하게 해다오."

리히트는 불만스러워 보이는 표정을 띠었지만, 아르카나령이 함락되었을 때의 일도 생각하지 않으면 안 된다. 이쪽이 만든 것을 적이 이용해서, 이쪽이 멸망하면 웃음거리도 못 된다.

"유예는 그다지 없습니다. 에란시아 제국은 두 번 알렉사 왕국군에 이겨서 기세를 타고 있으니까 말입니다."

"알고 있다. 일단 티아나에서 곧바로 지원이 갈 수 있도록은 해두지. 적의 침공이 있다면 곧바로 연락해라."

"아르카나령이 전하의 목숨을 지키고 있다는 것을 명심해 주십시오. 그러면, 실례!"

리히트는 고개를 숙여 인사하고는 문을 난잡하게 닫고, 방에서 나갔다.

"알고 있다!"

자잔 녀석도 리히트의 말을 듣고 나한테 티아나를 떠나 왕도로 돌아가라고 말했던 건가.

젠장, 젠장, 젠장! 물러나는 것도 머무르는 것도 지옥이지 않은가! 외국 출정에서 성과를 올리기는커녕, 자신의 목숨이 위태롭다.

하지만 여기서 도망치면 확실하게 폐적이다. 아르카나령을 끝까지 지키고, 침공해 온 에란시아 제국군을 격퇴하여 그걸 외국 출정 성과로 삼아 귀환하면 내 지위는 보전될 터다.

빼앗긴 영토 탈환은 포기하고, 방어에 전력을 쏟을 수밖에 없겠지.

나는 집무 책상에 돌아가 새롭게 방어 계획 책정을 명하는 서류를 쓰기 시작했다.

제2장 ♥ 유능한 형님은 의지가 된다

제국력 261년 자수정월(2월)

아르카나령 은밀 탐색행을 성공시키고, 애슐리성으로 돌아와 집무실에서 이후의 계책을 세우고 있던 나한테, 스테판이 아내인 라이아를 동반하여 마리다의 회임 축하 선물을 가지고 와주었다.

"스테판 경, 라이아 님, 축하 선물은 감사히 받겠습니다."

"언니~! 이 옷은 언니가?"

"그래, 이제부터 또 한층 배가 커질 거잖아. 그걸 위해서 배 주위는 낙낙하게 해 뒀어. 입어 볼래?"

"입을래! 입을래! 입는 거다! 리셸! 옷을 갈아입겠다! 준비하는 거다!"

언니를 잘 따르는 마리다가 오랜만에 귀향한 언니 라이아한테 아침부터 찰싹 달라붙어 있다.

"마리다 님, 라이아 님은 스테판 경의 아내분입니다. 제대로 스테판 경의 허가를 받고 나서 거처로 모시고 가 주십시오."

"내 언니라고! 스테판의 허가는 필요 없다!"

마리다 씨, 스테판은 변경백님이고 우리 가문보다 상석인 귀족입니다만—.

절차는 똑바로 밟아야죠. 마왕 폐하처럼 오냐오냐해주는 것도 아니고 말입니다.

"뭐, 마리다니까 어쩔 수 없지. 라이아, 느긋하게 귀향을 즐기도록 해라."

"역시나, 스테판인 거다! 말이 통하는 형부는 싫지 않다고. 자, 언니, 가자!"

"그래그래, 그럼, 이것부터 입어 보렴."

"알겠는 거다~. 베르타, 언니한테 차를 가지고 오는 거다!"

시끌벅적하게 떠들면서 마리다가 라이아를 데리고 안쪽 거처로 사라졌다.

"배려, 감사드립니다."

"아니아니, 라이아도 기대하고 있었으니 말이지. 딱히 신경 쓰지 않아도 돼. 우리는 유일한 친척이니까 말이야. 그건 그렇고 마리다가 아이를 가질 줄이야…… 으음."

"열심히 했기에, 아이가 생겼습니다. 차기 에르윈 가문 당주로서 제가 확실하게 양육할 생각입니다."

"그게 좋겠군. 마리다한테 맡기면 귀인족 풍습에 물든 사람이 되고 말아. 알베르트가 양육자라면 필시 현명한 아이로 자라겠지. 지력과 체력을 갖춘 뛰어난 가주가 차대를 짊어지면 에르윈 가문은 평온무사할 거다."

"그렇게 되도록 노력하겠습니다! 성 아래에 준비한 저택에서 답례의 술자리를 마련하였으니 그쪽으로 가시지요."

"성 아래의 저택?"

"예, 여기서는 조금 이야기할 수 없는 것의 상담을 받아 주십사하고."

내 말에 스테판의 눈썹 한쪽이 치켜 올라갔다.

회임 축하 선물을 가지고 왔다는 이야기였지만, 스테판은 분명 독자적인 첩보망으로 아르카나령의 일을 알아차리고 우리의 상황을 확인하러 온 것이라고 생각된다.

그 정도 첩보망은 정비되어 있고, 우리 쪽에서도 의도적으로 스테판한테 정보가 새어 나가도록은 해뒀기 때문이다.

이쪽에서 부탁하는 것이라 해도, 저쪽에도 이득이 있는 것으로 해두면 대가를 지불하는 것도 싸게 그친다.

작년의 '용사의 검'에 대한 모략으로 진 빚은 베일리아 가문의 영토가 된 즈라, 자이잔, 베니아와 애슐리령의 교역로 개설 부담금으로서 금년도 예산에서 갹출해 뒀다.

제국 금화 2,000닢 정도 들지만, 바가지 씌워졌다는 정도의 부담금은 아니기에 메리트도 생각해서 생글생글 웃는 얼굴로 받아들였다.

"좋다. 알베르트가 골치를 썩이는 의논 거리에 내가 답해 줄 수 있을지 모르겠지만, 들어보기는 들어보기로 하지."

"감사합니다! 이레나, 류미나스, 마차를 준비해 줘! 그 저택으로 가겠어."

나와 스테판은 마차를 타고 성 아래 한구석에 만들어진 마르제 상회 소유 저택으로 향했다.

사람을 물리고, 나와 스테판 둘만 남게 된 저택의 한 방에서 서로 술잔을 주고받았다.

"작년 말에 저의 주군 마리다 님이 새롭게 아르카나령을 마왕 폐하로부터 하사받은 건 알고 계시리라고 생각합니다만."

"그래, 알고 있다. 마왕 폐하께서도 마리다와 알베르트라면 그 난공불락의 아르카나성을 함락시킬 수 있을 거라고 내다보고 미리 하사하신 것이겠지."

"하지만, 현재는 리히트 경이 아르카나성에 눌러앉아 있는 상황입니다."

"그렇지. 그 아르카나성이 있는 탓에 동서 가도는 감시당하고, 산적들이 아르카나령에서 드나들어 대상을 습격하는 사건도 계속되고 있다. 정말로 성가신 성이야."

"스테판 경이라면 그 성을 어떻게 함락시키시겠습니까?"

"상담할 내용이란 건 아르카나령 공략에 관한 이야기인가?"

"예, 그렇습니다. 스테판 경도 저희가 어떻게 움직일지 확인하러 오신 것이지요?"

술을 마시고 있던 스테판의 손이 딱 멈췄다.

"알베르트의 눈은 속일 수 없나. 그 말대로, 에르윈 가문이 어떻게 할 생각인지 탐색하러 왔다. 그래서, 어떻게 할 셈이지? 공격하지 않는 건가? 공격하는 건가?"

술잔을 테이블에 내려놓은 스테판이 이쪽의 답변을 재촉했다.

"저희 가문은 공격할 것입니다!"

"승산은 있나? 그 요충지라고! 1만의 병사가 있다고 해도 함락시킬 수 있을지 어떨지."

"1만의 병사는 필요 없습니다! 에르윈 가문만의 힘으로 아르카나성은 함락시킬 것입니다."

"바보 같은 소리 마라! 전투에 능숙하다고는 해도, 그 아르카나 성을 에르윈 가문만으로 함락시킨다니."

"농담이 아닙니다."

"알베르트가 그렇게까지 말한다면, 이미 계책은 세워져 있는 것이겠지?"

"예, 세워져 있습니다. 다만, 스테판 경의 힘을 빌리게 되는 부분도 있습니다. 하지만 아르카나성이 저희 에르윈 가문의 것이 되면 스테판 경의 부담도 줄어들 터입니다."

동서 가도를 오가는 대상을 습격하는 산적의 은신처를 없앨 수 있고, 아르카나령을 경계하여 배치한 병사도 다른 장소로 이전할 수 있다.

그것만으로 스테판한테는 상당한 이익이 될 터였다.

"우리 가문으로서도 아르카나령에 눌러앉은 리히트를 배제할 수 있는 건 고마운 일이다. 계책을 들려다오."

옛날에 스테판이 알렉사 왕국과 타방면에서 싸우고 있을 때, 리히트의 군세가 국경을 침범해 영지를 휩쓸고 간 것으로 인해 우세했던 싸움을 멈추고 정전했다는 이야기도 들었다.

싸움이라면 웅인족의 피를 지닌 리히트도 강하다. 단 야전(野戰)이라면, 이다.

성에 틀어박힐 수밖에 없는 상황을 만들어 아군을 믿을 수 없는 상황으로 몰아넣으면 별반 힘을 발휘할 수 있는 남자라고는 생각되지 않는다.

이번 아르카나령 공략 작전은 리히트의 강점인 야전은 못 하게 할 생각이다. 난공불락의 견성인 아르카나성 안에 가둬 놓고, 그 동안에 손발인 가신을 빼앗고, 최후에 신병을 포박할 것이다.

"알겠습니다. 아르카나령 공략을 위한 계책 말입니다만……"

내가 신호를 보내자 안쪽에서 류미나스가 나타나 스테판 앞에 지도를 펼쳤다. 지도는 귀인족한테 만들게 한 정교한 아르카나령 영내 지도였다.

"호오, 이미 이러한 정교한 지도까지 만들어져 있었나."

"원래 에란시아 제국령이었으니까 말이지요. 제국 자료실에서 자료를 가져와, 지도를 만들고 밀정들의 보고를 가미하였습니다. 그렇기에 그렇게까지 수고를 들인 것도 아닙니다."

"아니아니아니, 그건 알베르트의 첩보력과 귀인족의 힘이 있기에 가능한 일이라고. 나도 이렇게까지 상세한 지도는 가지고 있지 않아."

"그러면 답례품으로서 드리겠습니다. 저희 에르윈 가문과 베일리아 가문은 친척이니까 말이지요."

지도를 건네는 의미는 두 가지. 하나는 친척으로서의 신뢰의 증표. 또 하나는 에르윈 가문이 쇠퇴하여 아르카나령을 유지하지 못할 때는 베일리아 가문에 맡기겠다는 의미다.

"흠, 좋다. 지도는 받지. 알베르트가 있는 한 에르윈 가문이 끊기는 일은 없을 테지만 말이야."

"감사합니다. 그러면 계책을 설명토록 하겠습니다. 이번에는 책략을 써서 에라크슈 가문 내부를 무너뜨려 나가고자 생각합니다."

지도에는 이미 은밀 탐색행으로 수집한 정보와 마르제 상회의 아르카나반이 모은 정보를 토대로 에라크슈 가문의 가신 이름이 색깔로 구분되어 적혀 있다.

　도노반 상회 사람으로서 에라크슈 가문 가신의 각 집을 방문하여 장사 이야기를 하며 당주와 알렉사 왕국에 관해 어떻게 생각하는지를 한층 자세하게 알아내 주었다.

　"파란색이 알렉사 왕국파, 빨간색은 에란시아 제국파로 구별하였습니다."

　"흠, 알렉사 왕국파는 신적강하했을 때의 '고참 가신'이 태반인가. 빨간색은 지역 유력자에서 가신이 된 사람들이고. 지역민은 역시 에란시아 제국에 복귀하고 싶은 모양이군. 경제권 상으로도 에란시아 제국 쪽이 가깝고, 영주와는 생각에 차이가 있는 모양이군."

　역시나 유능한 형님 스테판이다.

　색 구분과 가신의 이름을 본 것만으로 아르카나령 영내의 사정을 거의 알아맞혔다.

　'잠깐, 진짜로 어느샌가 주위가 적투성이잖아. 우리 위험한 거 아니야? 전 에란시아 제국령이고, 항복해서 영주의 머리를 갖다 바치자고'라고 생각하는 지역 채용 에란시아 제국파와 '이 정도로 겁먹지 말라고. 에란시아로 돌아가면 죽을 거고, 이제 곧 알렉사 본국에서 대군을 불러들여서 주위의 에란시아 제국 영주를 쳐죽여 주겠어'라는 고참 알렉사 왕국파로 나누어져, 일촉즉발인 상황이다.

　"지역에서 채용되어 가신이 된 유력자들이 주위가 적으로 둘러싸인 현 상황을 두려워하고 있다는 거군. 확실히 주위가 적국에 둘러싸여 후방도 위태롭다고 하면, 동요하지 말라는 편이 이상하지. 나도 주변에 밀정을 보내고 있었지만, 이렇게까지 질 높은 정보는 얻지 못했다."

"스테판 경께서 칭찬해 주시니 정말로 기쁩니다. 부하들이 우수한 것이고, 제가 우수한 것은 아닙니다."

"아니, 정보를 어떻게 수집할지는 알베르트 경의 지시인 것이지. 그렇지 않다면 이렇게 세세하게 정보를 수집하지는 않을 터. 혹시, 스스로 잠입한 건 아니겠지?!"

역시, 스테판은 굉장한데. 내가 직접 잠입해서 첩보 활동을 한 것까지 생각이 미친 듯하다.

마왕 폐하의 마음에 들어 하는 심복이라는 말을 들을 만하다. 빠른 머리 회전은 우리 선혈귀의 몇십 배는 될 것 같다.

그렇기 때문에, 스테판을 모시고 싶지는 않단 말이지. 자신이 가진 능력을 남김없이 모조리 쓰지 않으면 공적을 인정해 주지 않을 것 같고 말이야.

그 점에서 우리 아내는 전투만 하게 해 두면, 가문 통솔은 맡겨 줘서 내 마음대로 할 수 있다. 그것이 우리 당주님의 최대이자 최고의 장점이라고 말할 수 있으리라.

"스테판 경한테는 못 당하겠군요. 그 말씀대로, 제가 저의 눈으로 확인하고 왔습니다."

"직접 간 건가……."

스테판 역시 아무리 그래도 내가 스스로 적진에 들어가 정보를 수집해 올 거라고는 진심으로 생각지 않았던 모양이라 놀란 표정을 짓고 있었다.

그게 가능했던 것도 고슈토족과 마르제 상회 알렉사반의 협력 덕분이다.

그들이 없다면 나도 적지에 잠입하려고는 생각하지 않는다.

신뢰하여 몸을 맡길 수 있는 사람이 있기에 가능했던 은밀 탐색행이다.

"예, 그 결과. 에란시아 제국 복귀를 지향하는 지역파 가신을 공략하여 이쪽으로 끌어들이고자 생각합니다! 하지만 그걸 위해서는 그들에게 에란시아 제국 쪽으로 돌아서는 데 대한 선물을 주지 않으면 안 됩니다. 거기서 스테판 경께서 수고를 해주십사 하고."

"마왕 폐하께 그들이 지닌 영지의 소유권을 인정해 주도록 조언해 주었으면 한다는 건가?"

"역시나 스테판 경은 이해가 빠릅니다. 그렇게 해주신다면 감사하겠습니다. 제국으로 돌아선 자는 저희 가신으로 편입하겠습니다. 대 알렉사 왕국의 선봉으로서 열심히 이용하겠으니, 아무쪼록 폐하로부터 기존 영지의 소유권을 인정한다는 허가를 받고 싶습니다."

"흠, 영지 소유권을 인정한다는 허가인가⋯⋯."

아르카나령은 고립되기 쉬운 지형이라서 지역의 지지를 얻지 않으면 빼앗은 후의 영지 경영은 잘 풀리지 않으니까 말이지.

치안 안정이야말로 안심·안전한 영지 운영의 기초. 그걸 위해서 꼭 책략에 응한 자들에 대한 영지 소유권 인정이 필요해진다.

"좋다. 그 건, 내가 책임지고 맡도록 하지. 마왕 폐하께는 내 쪽에서 경위를 전해드리겠다."

"옙! 감사합니다. 이러한 이야기는 우리 당주로서는 잘 설명할 수 없으니까 말입니다. 스테판 경께 맡길 수 있어서 큰 도움이 됩니다."

"확실히 마리다한테 맡기기에는 조금 불안이 있군. 허가 건은 맡겨 둬라. 그 밖에도 내가 나설 차례는 있는 것이지? 얼른 말해 봐라."

"예! 허가 건과는 별도로 이쪽 장소를 봉쇄하도록 군을 내보내 주신다면 감사하겠습니다."

내가 지도로 가리킨 곳은 인접한 자즈령에 있는 엘펜강과 도르펜강의 합류 지점이 되는 지역이었다.

"호오. 어째서 이 장소를 봉쇄하지 않으면 안 되는 것이지?"

내가 표시한 지역이 의외였던 모양이라, 스테판이 의도를 묻는 듯한 시선을 보냈다.

"강을 봉쇄하고, 아르카나령에 물자를 반입하는 것을 저지하였으면 하는 겁니다."

"호오, 아르카나령의 병참 보급로를 차단할 생각인가? 하지만 식량은 비축해 뒀을 터다."

나는 새롭게 종이 한 장을 스테판에게 내밀었다.

"설마…… 이러한 사태였을 줄이야. 강을 봉쇄하고 식량 유입을 저지하면 기아 상태가 된다니."

내민 종이에는 도노반 상회 사람으로 분장한 첩보 조직이 각 촌락의 비축 상황을 조사하여 정리한 일람이 실려 있다.

곧바로 봉쇄하면 아르카나령의 각 촌락은 2개월도 기다리지 않고 비축 식량을 다 먹어 치우게 되는 상황이다.

원래부터 식량은 자급할 수 있는 분량으로는 부족한 토지여서, 에란시아 제국 측이었을 때는 애슐리령에서 수입하고 있었고, 알렉사 왕국 측이 된 후에는 도르펜강 맞은편 영지에서 수입하고 있었다.

알렉사 왕국으로 바뀌고 나서도 어찌어찌 식량 확보는 되고 있었지만, 요 수년 영내는 흉작이고 수입처였던 자츠바룸 지방의 식료품 물가 급등으로 보존식량을 확보하지 못하여 보충하는 것보다 소비하는 양이 늘고 있다.

"최장 4개월 정도 봉쇄해 주신다면, 아르카나령을 함락해 보이겠습니다."

"흠, 봉쇄로 식량 위기가 되면 지역파는 한층 알베르트가 내미는 책략의 손을 잡기 쉬워지나."

"예, 그렇게 되도록 이미 손은 써 뒀습니다."

은밀 탐색행 종료 후에도 아르카나령 영내의 촌락에는 도노반 상회가 싼 가격으로 식료품을 제공할 수 있다고 선전하여 기존 상인들과 갈라놓는 공작이 진행되고 있다.

스테판이 앞서 말한 그 지점을 봉쇄해 준다면 기존 상인은 완전히 아르카나령에는 도달하지 못하여, 도노반 상회가 반입하는 식량에 의지하는 사태가 될 것이다.

"그렇다면 곧바로 현장 검사와 순시라는 형태로 도르펜강과 엘펜강을 돌아다니는 부대를 전개시키지. 강가 맞은편의 자츠바룸 지방 병사는 성에 틀어박혀 국경 부근에는 거의 없으니까 말이다. 이쪽의 봉쇄를 저지한다고 하면 티아나에서 오는 원군 정도겠지."

"그렇지요. 티아나에서 원군이 오면 무리하지 않고 봉쇄를 풀고 퇴각시키셔도 괜찮습니다. 스테판 경께서 국경에서 견제해 주시는 것만으로도 적 입장에서 보면 충분히 위협이겠지요."

"알겠다. 그렇게 시키도록 하지. 전투에서 귀인족의 사냥감을 낚아채면 나중에 불평을 들을 테니까 말이다."

"배려 감사드립니다! 마왕 폐하께 아르카나령 함락 보고를 올릴 때는 스테판 경의 진력 덕분이라고 덧붙여 두겠습니다."

"흠, 그러면 서둘러 움직여야만 하겠군."

스테판이 손을 흔들자 소리도 없이 검은 옷을 입은 자가 안쪽에서 나타났다.

내 호위한테는 스테판의 수하는 통과시키도록 통지해 두었기에 류미나스도 상대의 등장에 놀란 기색은 보이지 않았다.

"성으로 돌아가서 도르펜강과 엘펜강을 봉쇄하도록 부대를 편제시키고, 곧바로 내보내도록 전해라. 그리고, 에르윈 가문의 책략 대상에서 제외된 자는 우리 가문에서 수를 써라. 동요 작전의 희생양으로 삼겠다."

"옙!"

검은 옷을 입은 자는 스테판의 지시를 받더니, 곧바로 방에서 뛰쳐나갔다.

"이걸로 수일 내로는 봉쇄가 시작될 거다. 에라크슈 가문에 쓸 책략에 관해서는 에르윈 가문은 철저하게 좋은 아군을 연기하는 것이겠지?"

"그렇습니다. 그렇기에 악역은 스테판 경께 의지해도 괜찮겠습니까?"

"맡겨 둬라. 알베르트가 있는 한 아르카나령은 내 영토는 되지 않으니까 말이지. 철저하게 악역을 맡아 주마."

상사로서는 무척 대하기 어려운 사람이지만, 친척으로서는 무척 의지가 된다.

여기는 형님의 말에 기대는 것이 가장 좋은 결과를 불러올 것이다.

"그러면, 부탁드리겠습니다."

"음, 부탁받았다. 그러면 라이아는 한동안 머무르게 하겠다만, 나는 내일에는 제도로 가겠다."

"알겠습니다. 그러면 라이아 님의 송영은 에르윈 가문이 책임지고 맡겠습니다."

"흠, 잘 부탁한다. 에르윈 가문이 호위라면 도중의 안전은 문제없겠지."

그 뒤, 우리는 밤이 깊어질 때까지 술잔을 주고받으며, 양가의 발전과 아르카나령 점령 후의 일에 관해 자세하게 대화를 나누었다.

스테판이 제도로 떠나고 며칠 뒤. 라이아가 스테판의 영지인 파브레스령으로 귀환하는 날이 되었다.

"언니~! 아직 여기에 있어도 괜찮은 것이지? 돌아가기에는 이른 거다!"

"나도 마리다랑 이야기하고 싶은 건 아직도 많이 있어. 하지만 말이야, 파브레스령은 지금 서방님도 부재중이고, 아내로서 남편이 돌아올 장소를 지켜야만 하는 건 마리다도 알잖니."

"하지만, 베일리아 가문은 고위 귀족인 거다! 언니가 없더라도 괜찮은 거다!"

"마리다 님, 고집을 부리시면 안 됩니다. 라이아 님은 베일리아 가문에 시집가신 분. 저쪽 가문에서의 일을 해야 하는 몸입니다."

"알베르트는 심술쟁이! 나는 언니랑 아직 더 같이 있고 싶은 거다~!"

바닥을 구르며 버둥버둥 날뛰려고 하는 마리다를 나는 순간적으로 끌어안았다.

"마리다! 당신의 몸은 혼자만의 것이 아니에요! 알베르트 경과의 소중한 아이가 깃든 몸을 소홀하게 다룬다면, 앞으로 저는 마리다와는 일절 만나지 않겠어요!"

"언니~, 그런 건 싫은 거다! 사과할 테니까 용서해 줬으면 하는 거다!"

온화한 라이아가 저렇게까지 노기를 보이는 건 드물다. 스테판과의 사이에서 아직 아이가 생기지 않는 것을 신경 쓰고 있는 것일지도 모르겠군.

"마리다 님, 아이가 태어나면 또 파브레스령에 인사하러 갈 것이니 참아 주십시오."

"알베르트, 꼭인 거다! 거짓말하면 용서하지 않겠느니라!"

"예, 예, 알고 있습니다. 제가, 마리다 님한테 거짓말을 한 적이 있습니까?"

마리다는 말없이 생각에 잠기기 시작했다.

"어머나어머나, 부부 사이는 뜨겁네~. 그러면 알베르트 경, 저는 돌아갈 테니 마리다를 잘 부탁드려요."

"알겠습니다. 라이아 님도 가시는 길 조심하시기를."

"좋아, 라이아 누님을 무사히 파브레스령까지 모셔다드린다! 방해하는 녀석은 전부 쳐부순다! 출발!"

호위 부대를 이끄는 라토르가 부하 병사를 데리고 라이아가 탄 마차를 에워싸고는 성문을 나갔다.

"헉! 언니~ 꼭 곧바로 갈 거다! 기다려 주는 거다~!"

끅끅거리며 소리 높여 운 마리다가 라이아가 탄 마차가 보이지 않게 될 때까지 양손을 계속 흔들었다.

그 후, 자수정월(2월) 중순에는 베일리아 가에 의한 도르펜강과 엘펜강 봉쇄가 시작되어 물자 반입로가 막힌 아르카나 영민들이 불안을 품기 시작했다.

그리고 하순에는 스테판의 정치력에 의해 마왕 폐하로부터 책략 대상자가 가진 영지의 소유권을 인정한다는 허가가 내려져, 나는 불만이 높은 지역파 가신부터 와해시키는 공작을 시작하기로 했다.

※리히트 시점

성내 공기는 잔뜩 긴장되어 있었고, 나란히 늘어선 가신들이 나한테 향하는 시선은 의심으로 가득 차 있었다.

먹을 것이 없어질지도 모른다. 단지 그것만으로 가신들의 충성이 소리를 내며 무너져 간다.

"영내의 식량 사정은 어떻게 되고 있지. 보고하라."

"옙! 에란시아 제국에 의한 하천 봉쇄로 자츠바룸 지방에서의 식량 지원은 두절. 현재, 일부 상인이 하천 봉쇄를 빠져나와 가지고 오는 물품으로 버티고 있는 상황. 비축분은 버텨 봤자 2개월 치가 될까 말까입니다."

가신의 보고를 듣고 주먹을 강하게 꽉 쥐었다.

알렉사 왕국과의 싸움에서 두 번이나 대승한 에란시아 제국이 나의 신병을 노릴 것이라고는 생각했지만, 내가 상정했던 올해 청옥월(9월)보다도 움직이는 게 빨랐다.

티아나의 얼간이 왕자한테 요청한 식량 지원은 에란시아 제국의 변경백 스테판이 행한 도르펜강과 엘펜강 하천 봉쇄로 인해 맞은편 마을에서 산더미처럼 쌓여만 가고, 이쪽으로 건너오지 못하고 있다.

"티아나의 오르그스 전하한테 사자를 보내라! 스테판의 하천 봉쇄를 풀기 위해 티아나에 있는 군을 북상시키라고 전하고 와라! 아르카나가 함락되면 다음은 티아나라고 덧붙이는 걸 잊지 마라!"

"옙! 곧바로 사자를 보내겠습니다!"

가신 중 한 명이 대회합실에서 뛰쳐나갔다.

그 무능 왕자가 티아나에 있는 군을 북상시키는 것을 즉단할 수 있을지 어떨지가 아르카나의 운명을 결정짓는다.

그렇게 생각하니 너무나도 불리한 도박이라 위 근처가 찌릿찌릿하며 아파지기 시작했다.

"당분간 버텨라! 이 아르카나는 천연의 요충지. 적도 쉽게는 침공해 오지 않는다! 오르그스 전하가 스테판을 쫓아내면 식량 수입은 재개될 터다! 각 촌락에서 절약하도록 힘써라."

나란히 늘어선 가신들의 눈에 떠오른 의심의 빛은 내 말로 사라질 기색을 보이지 않고 있다.

아직 내가 독단으로 알렉사 왕국에 붙은 것에 원한을 품은 자가 있는 모양이다.

알렉사 왕국이 에란시아 제국에 패배했다는 소문이 흐를 때마다 지역 가신들한테서 향해지는 시선이 차가움을 더해 갔다.

그대로 크라이스트가 황제가 된 에란시아 제국에 있다가는 내 목은 떨어졌을 거란 말이다! 목숨을 지키기 위한 결단이었단 말이다!

나의 가신이라면 당주의 결단을 좋게 받아들이고 묵묵히 따르는 것이 충의이지 않나!

지역 가신들한테서 날아드는 차가운 시선에 견딜 수 없게 된 나는 모여든 가신들한테 대회합실에서 나가도록 말없이 손을 내저었다.

"리히트 님, 기다려 주십시오! 절약만으로는 어쩔 도리가 없습니다!"

팽팽하게 긴장된 분위기를 없애는 것처럼 발언한 것은 중신인 니콜라스였다. 지역 가신이지만 아버지 대부터 섬기며 여러 가지로 조정을 맡아 주고 있는 인재다.

"그러면 니콜라스, 현 상황을 타개할 방책을 말해 보라."

"방책은 없습니다만, 에란시아 제국의 하천 봉쇄를 은밀히 빠져나와 식량을 반입해 주고 있는 도노반 상회를 더욱 활용할 수밖에 없습니다."

"하지만 신흥 상인 따위한테 모든 걸 맡길 수는 없는 노릇이다. 계속해서 알렉사 국내의 상인한테 식량을 반입해 주도록 교섭하고 있다. 게다가 티아나의 군이 움직일 때까지의 인내다."

니콜라스는 아직 뭔가 말하고 싶어 하는 듯한 기색을 보였지만, 나는 다시 한번 가신들에게 퇴실을 촉구하기 위해 말없이 손을 내저었다.

내 모습을 본 니콜라스를 포함한 가신들은 아무 말도 하지 않고 머리를 숙이고는 잇따라 대회합실을 떠나갔다.

"오르그스 전하, 부탁이니 약한 태도를 보이지 말라고."

재차 위의 통증을 느낀 나는 대회합실을 나와 휴식하기 위해 자신의 방으로 돌아가기로 했다.

제3장 ♥ 귀인족과 철포

제국력 261년 남옥월(3월)

하천 봉쇄가 시작되어 동요하는 아르카나령 영내에서 우리 첩보 조직이 만든 도노반 상회가 유일하게 식량을 반입하는 상인으로서 점점 점유율을 늘리고 있다.

물론 정체를 의심받지 않도록 최소한의 식량밖에 반입하고 있지 않다.

그렇더라도, 식량 수입의 길이 끊긴 아르카나령 사람에게는 중요시되고 있는 모양이다.

덕분에 여러 가지로 에라크슈 가문의 정보도 입수하기 쉬워져서 책략도 서서히 진행되고 있다.

지금의 진척도로 가면 다음 달에는 니콜라스를 동요시키는 데까지 진행할 수 있을 것 같았다.

그렇기에 지금의 나는 다음 달의 책략에 대비해 애슐리성에서 쌓인 정무를 처리하고 있는 참이다.

"알베르트 님, 이전에 말씀드린 토인족 건, 제1차 채용자가 결정되었습니다. 선발은 리셀 씨와 류미나스 짱이 하고 있습니다."

이레나가 내민 서류를 훑어보았다.

흠, 제1차 채용자는 30명인가. 여성 15명, 남성 15명. 집사 5명, 메이드 10명, 요리인 5명, 정원사 10명.

연령층도 폭넓게 채용하고 있군. 이거라면 여러 파견 요청에 대응할 수 있을 것 같다.

"업무 수주는 어때? 오고 있어?"

"이미 3건 정도 상담(商談)에 들어갔다는 모양입니다. 전부 최근 애슐리령 영내에서 대두하기 시작한 신흥 상인 가문이네요."

"예상대로의 수요는 있을 것 같네."

"네, 애슐리령은 인구도 증가하고 있고, 상거래도 이전보다 한층 활발해졌으며 부유층도 늘어났습니다. 수요는 앞으로도 순조롭게 늘어 갈 것으로 생각되네요."

가사 대행 파견업으로 돈을 벌면서, 영내 첩보망도 확충할 수 있어서 일석이조군.

"일단 업무에 임하는 사람한테는 무리를 시키지 않도록 철저히 해줘."

"잘 알고 있습니다. 리셸 씨와 류미나스 쨩도 채용자한테 그 부분은 철저히 주지시키고 있었습니다."

정보 수집은 부차적인 일이기에 위험을 무릅쓰면서까지 손에 넣을 필요는 없고, 본업을 확실하게 해주는 게 대전제다.

정보 제공도 일하는 중에 들은 소문 이야기, 밀담, 내방자 성명, 파견처의 업적, 지인·친구 관계 등을 제공하는 것만으로도 괜찮다고 해뒀다.

이러한 집안 내부의 이야기는 전속으로 사용인을 고용하는 곳에서는 그다지 유출되지 않지만, 우리의 가격 저렴한 파견 서비스를 이용하면 확실하게 유출되고 만다. 파견처 고객의 정보를 누설하면 신용 문제로 발전하지만, 인건비를 아낀 쪽이 잘못이라고 말할 수밖에 없다.

게다가 수집한 정보는 내가 쓸 뿐이고, 파견된 곳의 사람이 나쁜 짓을 꾸미지 않는다면 악용할 생각은 없다.

뭐, 나쁜 짓을 하려고 했다간 곧바로 제거해 버릴 이유로 쓰겠지만.

그때는 마르제 상회에 민폐가 되지 않도록 고발자를 따로 준비할 생각이다.

내 첩보 조직의 위장막 역할인 마르제 상회와의 연결점이 공공연하게 알려질 수는 없는 노릇이고 말이지.

지금도 마르제 상회에는 회장으로 다른 사람을 앉히고 있고, 와리드나 에리나, 리셀에게도 연결점이 추적되지 않도록 충분히 신경 써서 운용 관리를 하도록 말해 뒀다.

그 덕분이기도 해서, 나와 마르제 상회의 연결점을 아는 자는 적다.

에란시아 제국 내라면 마왕 폐하와 스테판이 어렴풋이 눈치채고 있는 느낌이지만, 모르는 척해주고 있는 모양이라, 타국에서는 거의 눈치챈 자는 없다고 생각된다.

그 마르제 상회도 영내반은 마르제 상회 본점 소속, 국내반은 마르제 상회 각 지점 소속, 알렉사반은 위장 상회인 알렉사 상회의 도노반 상회 소속, 국외반은 산의 민족 행상인이라는 형태로 해서 연결점을 쉽게 추적하지 못하도록 해 뒀다.

그것들 각 조직을 지휘 · 감독하는 것이 와리드, 올라온 정보를 통합 · 정리하는 것이 리셀, 자금을 융통하는 것이 이레나고, 류미나스는 방첩 담당 겸 호위관으로 되어 있었다.

현재로서는 이 포진으로 문제없이 운용되고 있고, 충분한 정보도 입수되기에 만족하는 중이다.

"토인족 건은 수요에 따라 앞으로도 인원을 늘릴 예정입니다."

"아아, 그 부분은 맡길게. 이건 그쪽에서 처리해 줘."

나는 마르제 상회 안건을 쓴 서류를 이레나한테 도로 내밀었다.

"알겠습니다. 그러면 다음은 이쪽 서류를 부탁드리겠습니다."

이레나는 새로운 서류를 내 앞에 내밀었다.

내용은 리제가 꼭 아르코 가문 가신으로 채용하고 싶은 인물이 있다는 건의가.

아르코 가문은 에르윈 가문의 보호령이기에 가신 채용에 마리다의 결재 혹은 대행자가 된 내 결재가 필요하기는 하지만.

평소라면 내가 추천한 사람을 리제가 그대로 채용한다는 형태였을 터다.

그런 리제가 가신을 고용하고 싶다고 부탁하는 건 드문 일이군.

"리제, 잠깐 괜찮겠어?"

빈자리가 되어 있는 마리다의 자리 옆에서 집무를 보고 있던 리제를 손짓으로 불렀다.

"아, 응. 그 건이네."

집무를 보던 붓을 멈추고 내 앞에 오더니, 리제가 서류 한 장을 내밀었다.

"이 사람을 우리 가문에서 고용하고 싶은데, 그 왜, 작년에 바프스트령 강제 사찰에서 대활약했던 사람."

리제가 내민 서류에 적혀 있던 이름은 바프스트령에서 '용사의 검' 잔당을 감싼 죄로 사형된 촌장의 아들이었다.

이름은 밀러라고 하며, 아버지의 죄를 크게 부끄러이 여겨 자기 마을의 병사를 지휘하여 분전함으로써 리제의 강제 사찰을 크게 도운 남자다.

그 뒤, 아버지와 형제는 사형을 선고받았지만, 밀러와 그 가족은 리제와 마리다한테서의 제명 탄원이 있어서 황제 직할령이 된 바프스트령에서의 추방 처분만으로 그쳤다.

리제는 그 밀러라는 남자를 아르코 가문의 가신으로 쓰고 싶다고 말하고 있는 것이다.

"마음은 이해하지만, 마왕 폐하의 눈도 있고, 가신으로서 고용하는 건 힘들지 않겠어?"

바프스트령에서 본 밀러의 지휘는 용맹하며 과단했고, 시야도 넓었으며, 병사를 능숙하게 다루어 인망도 두터운 양장(良將) 타입으로, 에르윈 가문에는 존재하지 않는 버텨서 지키는 것이 가능한 지휘관으로도 생각됐다.

나도 원하기는 했지만, 부친이 그라이제 가문의 모반에 가담했었기에 마왕 폐하의 인상이 좋지 않다.

"바로 그래서, 우리 아르코 가문에서 고용하는 거야. 에르윈 가문이 그를 고용하면 마왕 폐하도 마리다 언니와 싸우게 되니 곤란할 테니까 말이야. 우리는 마리다 언니 덕분에 슈게모리 파벌에 복귀했지만, 아직 전공을 세우지 않으면 안 되는 가문이고, 마왕 폐하도 언제든지 없앨 수 있다고 생각하고 있으니까 의외로 허락해 줄지도 모른다고 생각해."

"흐음……."

"망설이고 있는 모양이네. 알베르트가 본인을 면담해서 결정해 주지 않겠어? 그래도 안 된다면 나도 포기할게!"

리제가 밀러를 이렇게까지 원하는 건 그 탁월한 지휘 능력을 갖고 싶어 하기 때문이겠지.

바프스트령의 강제 사찰 막판쯤, 리제는 총대장으로서 호령만 내리면 되고 그녀의 가신들인 스라트 세력의 신임을 얻은 밀러가 지휘하고 있었던 느낌이었으니 말이다.

리제는 인망이 있지만, 전투 지휘는 서투르다. 거기에 밀러가 지휘관으로서 가세하면 아르코 가문의 스라트 세력의 전투 능력은 격변할 가능성이 있단 말이지……

면담해서 능력을 사정하고 채용해야 할지 판단하는 편이 좋아 보이는군.

"좋아, 면담해서 판단하도록 하지."

"아싸! 어~이! 알베르트가 면담해 준대!"

문관들이 일을 보고 있는 방을 향해 리제가 말을 걸자 햇볕에 탄 피부에 갈색 머리카락을 지닌 체격이 큰 인족 남자가 등을 구부린 채 문을 열고 방에 들어왔다.

리제는 내가 면담할 거라는 걸 내다보고 이미 밀러를 옆방에 대기시키고 있었던 모양이다.

"알베르트 경께는 폐를 끼치고 있습니다! 도와주신 이 목숨! 부디 알베르트 님을 위해 쓰게 해주실 수 없겠습니까!"

밀러는 집무실에 들어오자 곧바로 내 앞에서 넙죽 엎드렸다.

그런 밀러에게 능력을 발동시켰다.

이름 : 밀러

연령 : 28 성별 : 남 종족 : 인족

무용 : 64 통솔 : 78 지력 : 61 내정 : 54 매력 : 71

지위 : 전 바스프스령 촌장의 아들

바프스트령의 강제 사찰에서 보여준 지휘 능력대로 밸런스가 좋은 양장 타입이었다.

갖고 싶은 마음이 굴뚝 같을 정도로, 지금의 나한테는 원하는 인재다.

지휘 능력은 라토르가 우수하지만, 귀인족의 특성도 있어서 공세에밖에 쓸 수 없고, 인내가 불가능하다.

수세에서 인내할 수 있을 것 같은 밀러의 존재는 희소성이 높은 인재다.

배신을 싫어하는 마왕 폐하를 납득시키려면 대 알렉사 왕국전에서 전공을 팍팍 세우게 해줄 수밖에 없나…….

게다가 리제의 말대로 충근(忠勤)을 기치로 삼는 에르윈 가문의 가신이 아니라면 마왕 폐하의 험악한 느낌도 다소는 누그러질 가능성은 있다.

지금의 밀러한테는 아르코 가문의 가신으로서 스라트 세력을 지휘하게 하는 것이 가장 풍파를 일으키지 않고 그칠 거라고 생각됐다.

그리고 밀러가 스라트 세력을 이끌고 전공을 세워, 마왕 폐하의 의심이 걷히면 에르윈 가문의 가신으로 승격시키는 건 괜찮을지도 모르겠다.

밀러를 써서 아르카나령을 공략한다 치고, 또 하나 정도 더 마왕 폐하가 기뻐할 선물도 준비하지 않으면 안 되겠지.

"미안하지만 지금의 너로는 내 밑에서 일하는 건 불가능하다."

고개를 든 밀러는 절망한 것만 같이, 고개를 푹 숙이고 말았다.

"여, 역시, 아버지의 건이⋯⋯"

"그래. 우리 에르윈 가문은 마왕 폐하께 절대적인 충성을 맹세하는 가문. 그 가문에 모반자를 가신으로 고용할 수는 없는 노릇이다."

"⋯⋯예, 역시 이뤄지지 않는 소원⋯⋯ 이었습니다."

일어선 밀러는 나한테 시선을 맞추지 않도록 고개를 숙여 인사한 뒤 방에서 나가려 했다.

"기다려라! 조급하게 굴지 마라! 우선은 아르코 가문을 섬기고, 아르코 가문의 가신으로서 리제를 출세시켜 마왕 폐하를 향한 충근을 나타내 보여라! 그 충근을 마왕 폐하한테 인정받으면 너는 에르윈 가문의 가신으로 삼겠다!"

떠나려 했던 밀러가 걸음을 멈추고, 이쪽을 뒤돌아봤다.

"저를 리제 님의 가신으로 삼아 주신다는! 그리고, 충근을 나타나 보이면 알베르트 님 밑에서 일하는 것도⋯⋯"

"가능해! 리제, 그걸로 괜찮겠어?"

"나는 그걸로 괜찮아."

"리제 님, 알베르트 님, 감사합니다! 이 밀러, 아르코 가문을 위해, 에르윈 가문을 위해, 에란시아 제국을 위해 이 목숨이 있는 한 열심히 헌신해 보이겠습니다!"

밀러가 소리 높여 울며, 나와 리제를 향해 배례(拜禮)했다.

지휘는 냉정한데, 의외로 마음은 뜨거운 남자로군. 장래, 리제와의 사이에 태어날 아이를 지키는 역할로 삼는 것도 괜찮을지도 모르겠다.

아르코 가문은 머잖아 에르윈 가문에 병합되어 가로격 가문이 될 예정이고, 밀러 같은 남자가 당주를 지탱해 주면 매우 큰 도움이 된다.

"그러면 오늘부터 밀러를 아르코 가문 가신으로 채용하는 것을 결정한다."

나는 이레나한테서 받았던 서류에 결재 도장을 찍고, 결재 완료 상자에 서류를 넣었다.

나중에 마리다와 연명 서한을 보내 리제를 옹호해 둬야만 하겠군.

아르카나령 공략에서도 리제가 이끄는 아르코 가문에 전공을 세우게 하는 형태로 예정해 두자.

"일단 밀러는 지휘관으로서 채용. 스라트령에서 병사 훈련을 부탁해 둘게. 이건 내가 주는 임명서와 지시서. 스라트성의 대관한테 보여주면 곧바로 대응해 줄 거야."

리제는 이미 준비해 뒀던 서한을 밀러한테 건넸다.

"옙! 저 같은 것이 지휘관으로 괜찮겠습니까?"

"아아, 괜찮아, 괜찮아. 바프스트령 강제 사찰에서 다들 밀러의 지휘에 감탄하고 있었으니까 말이야. 반발하는 사람은 적을 거라고 생각해. 만약 반발하는 사람이 있다면 아르코 가문 당주인 나한테 직접 말하라고 지시서에 써 뒀어. 병사를 단련하는 것이 밀러의 일. 잘 부탁해!"

"옙! 잘 알겠습니다! 스라트의 병사를 에르윈 가문에 뒤처지지 않도록 단련시키겠습니다!"

밀러는 나와 리제한테 배례하고는 서한을 넣고 방에서 나갔다.

"이걸로 우리 병사도 풋내기라고 귀인족 사람들한테 웃음당하지 않게 되면 좋겠네."

"밀러의 수완에 기대해 두자."

"그러네."

그 뒤 오전 중의 결재를 끝내고 점심 휴식을 사이에 낀 뒤 오후에 제일 먼저 인프라 정비 부대 '두더지의 발톱' 지휘관 레이모어와 성내의 방에서 면회하게 되었다.

"알베르트 님, 이번 달을 기해 베스 하천과 베저강 합류점의 제방 공사가 완료되었습니다!"

"음, 수고 많으셨습니다! 약속대로 귀경을 전사장에 추천하고 영내의 농촌 하나를 영지로 드릴 생각입니다."

"그렇, 다면, 받고 싶은 마을이 있습니다만, 들어주실 수 있으시겠습니까?"

세가 많이 걷히는 마을이 좋다는 것일까? 일단 목수들의 고용비를 조금이라도 조달할 수 있도록 세수가 높은 마을을 줄 생각이기는 하지만.

"즉답하기는 어렵지만, 의견은 존중하지요. 말씀해 보십시오."

"옙! 그러면 실례지만 말씀드리겠습니다! 저한테 배령(拜領)해 주실 마을은 개척촌에서 선택해 주십시오! 아직 세가 걷히지 않는 땅이기는 합니다만, 저 자신이 직접 손보고 농민과 함께 만든 마을을 받고 싶습니다!"

개척촌이라고?! 거기는 앞으로 2년은 세가 나오지 않는 장소다! 마리다 님과의 약정이 우선되기에 레이모어한테 줘도 세는 일절 징수할 수 없다.

그런 개척촌 중 하나를 영지로 줬으면 한다니……. 뭔가 다른 이유도 있는 건가.

"이유는 자신이 직접 손을 본 것과 농민과의 유대뿐입니까?"

"제방 공사를 하면서 수로가 개통된 개척촌의 개간 작업도 봤습니다만, 그 땅은 매우 비옥합니다! 밭으로 만들면 작물 수확은 애슐리에서도 상위에 들어갈 거라고 전망하고 있습니다."

확실히 레이모어의 판단은 틀리지 않으리라. 개척촌 부근은 수년 이내에 애슐리 유수의 풍족한 수확을 가져다주는 지역으로 변모할 것이라고 생각된다.

"하지만 수년은 기다려야만 합니다. 그때까지 세수는 일절 레이모어 경의 품에 들어오지 않습니다. '두더지의 발톱'이 해산되어 버리면 제가 곤란하기에."

"알베르트 님께서 염려하시는 점, 걱정하실 필요는 없습니다!

자비로 부담하고 있었던 목수 일은 에르윈 가문에서 윤택한 자금을 받을 수 있고, 무엇보다 예산의 잉여금을 '두더지의 발톱' 운영비로 돌려도 괜찮다는 알베르트 님의 배려로 자금 면의 불안은 없습니다."

레이모어한테 인프라 정비 예산 견적도 내게 하고 있는데, 특별히 과대한 예산 견적을 내는 인상은 없었고, 엄격한 눈으로 예산을 관리하는 밀레비스도 견적은 문제없다고 보고 있다.

물론 이레나도 체크해서 OK했고, 나도 문제없다고 결재했다.

그래서, 잉여금은 거의 나오지 않을 거라고 생각하여 일일이 반납하지 않고 레이모어의 자산으로 돌려도 괜찮다고 통지해 뒀다.

그것도 목수 집단 '두더지의 발톱' 운영에 자금이 들 거라고 내다보고 부여한 특전이다.

"불안하시다면 제방 공사 및 개척촌 수로 개착에서 발생한 잉여금을 정리한 이쪽 서류를 확인해 주십시오."

레이모어가 내민 서류를 받아 들고 내용을 확인했다.

제국 금화 350닢 정도 잉여금이 나왔나. 하지만 예산 견적으로는 이만한 잉여금은 나오지 않았을 터다.

"일은 확실하게 처리하였습니다. 지정된 건축 자재, 공법, 노동 시간을 준수하고 제방과 수로 완성 검사는 귀인족 분에게 맡겼습니다."

완성 검사를 맡긴 귀인족한테는, 파괴할 때를 대비해 제방이나 수로가 평면도대로 만들어져 있는지를 철저하게 조사시켰다.

싸움에 관한 것이 되면 심상치 않은 집중력과 장인 기질을 발휘하는 귀인족의 완성 검사도 통과했기에, 자재나 공법을 제멋대로 바꿔서 발생시킨 잉여금은 아니라는 것이다.

"이렇게까지 잉여금이 나온 이유를 알려 주시겠습니까?"

"예! 하나는 귀인족 분의 협력입니다! 규정된 임금을 지불하고 있습니다만, 작업량이 평범한 사람의 5배 이상. 즉 5인분의 일을 하셔서 공기(工期)의 총인원수를 삭감할 수 있었습니다."

비번일 때의 아르바이트로서 귀인족들한테는 수로 개착이나 제방 공사를 추천하고 있었는데, 그것이 예상 이상의 성과를 낳았다는 것인가.

"또 하나는?"

"또 하나는 추가 인원으로 투입된 알렉사 왕국군 포로의 수가 이쪽의 예상을 상회하여 당초보다 인건비를 삭감할 수 있었습니다."

작년에 있었던 알렉사 왕국군의 침공에서도 대승리해서, 포로로 삼은 자 중 몸값을 받을 수 없는 녀석은 무료 노동력으로 제방 공사에 보냈으니까 말이지.

그것들 예상외의 요인으로 그만한 잉여금이 나왔다는 것인가.

"잘 알았습니다."

"그러면 모쪼록 개척촌 중 하나를 저한테 주시기를, 다시 한번 부탁드리겠습니다."

"그 부탁, 받아들이겠습니다. 전사장으로의 승격과 영지 하사는 추후에 지시하겠습니다. 앞으로도 일에 힘써 주시기를."

"옙! 감사합니다!"

레이모어는 무척 기뻐하는 기색을 보였다.

마을 사람들과의 인연도 깊고, 목수 집단의 유지 관리도 문제 없다면 희망하는 장소를 줘서 기분 좋아지게 만드는 편이 좋다.

　"영지 건은 이걸로 됐다고 치고. 오늘 불러낸 것은 또 하나 더 레이모어 경의 힘을 빌리고 싶은 일이 생겼기 때문입니다."

　"저의 힘을 빌리고 싶은 일 말입니까? 그건 목수 일에 관련된 것입니까?"

　"조금 다릅니다. 거기 있는 나무 상자에 든 내용물을 봐 주시겠습니까?"

　방 한구석에 놓인 나무 상자를 가리켰다. 집무실이 아니라, 일부러 사람이 없는 성의 한 방으로 레이모어를 부른 것은 나무 상자의 내용물이 이유였다.

　레이모어는 내 말대로 나무 상자의 내용물을 확인했다.

　"이건…… 돌……. 아니, 무언가의 광석입니까?"

　"지금부터 하는 이야기는 절대로 외부에 새어나가지 않도록 해 주십시오."

　레이모어는 사람이 없는 방으로 불려 온 이유를 알아차리고, 말없이 고개를 끄덕였다.

　"실은 아르카나령에는 은광맥이 있습니다. 규모는 알 수 없지만, 그 광석은 거기서 채취한 것입니다."

　"이 무슨! 은의 광맥이라고요?!"

　"목소리가 크다!"

　"헉! 실례했습니다! 너무나도 갑작스러운 일이라……"

　역시 레이먼드라도 놀라나. 나도 놀랐고 말이지. 가까운 곳에 손을 대지 않은 은광맥이 있다는 걸 알고 냉정하게 있을 수 있는 사람은 없다.

나는 레이모어 앞으로 가서 나무 상자 안의 광석을 꺼냈다.

"실은 이걸 감정할 수 있는 사람을 찾고 있습니다만, 레이먼드 경의 곳에는 베테랑 광부는 없습니까?"

"광부 말입니까……. 우물 파기 직인 같은 사람이라면 있습니다만……. 광부는 없군요. 애슐리령 영내는 평야가 많고 광산도 없기에 광부는 가까이 오지 않고 말입니다."

인프라 건축을 계속 다뤄 왔던 레이모어의 부하 중에서라면 광맥을 다뤄본 경험자도 있을 거라고 생각했는데, 생각이 물렀나.

이렇게 되면, 영외에서 실적 있는 광부를 초빙할 수밖에 없나.

국내반에 유력한 광부를 찾도록 지시는 해 뒀지만, 어디고 전부 막대한 계약금을 선금으로 준비하라는 답변을 하고 있다.

니콜라스가 은광맥을 발견해도 광산 개발까지 손을 대지 못하고 있는 건 나와 마찬가지로 광부에게 막대한 계약금을 낼 방도가 없기 때문일 것이다.

에란시아 제국 내에서 광산 개발을 자력으로 할 수 있는 건 광대한 영지를 지닌 대귀족인 '황가'나 '대공가' 정도로, 다른 귀족 가문은 여러 가문이 광부를 고용하여 광산을 개발하고, 출자한 돈에 따라 이익을 분배하는 방식을 취하고 있다.

원래라면 에르윈 가문도 어딘가 다른 귀족 가문과 서로 돈을 내서 광부를 고용해야겠지만, 가능하면 아르카나령의 은광산 개발은 자력으로 하고 싶다.

자력으로 은광산 개발에 성공하면 막대한 부를 에르윈 가문이 독점할 수 있고, 영내를 한층 더 충실하게 만들 수 있기 때문이다.

물론 마왕 폐하한테 찍히지 않도록 상납금으로서 얼마 정도 납부할 생각이기는 하다.

마리다와 귀인족한테 무른 마왕 폐하이기에 돈 씀씀이가 헤픈 귀인족이 생활에 곤란함을 겪지 않도록 부를 지니기 위함과, 알렉사 왕국을 상대하는 전비 조달을 위함이라는 두 가지 이유를 대서 상납금을 납부하면 광산 영유는 용인받을 수 있으리라고 내다보고 있다.

그 때문에, 어떻게 해서든 광부를 고용하고 싶지만, 믿고 있었던 레이모어의 목수 집단에 광부가 없었기에 자력으로의 광산 개발 계획은 좌절될지도 모르겠다.

이렇게 되면 친척인 스테판과 공동개발이라는 형태로 할 수밖에 없나.

"저희 '두더지의 발톱'에 광부는 없습니다만, 실은 제 아는 사람 중에 광산 기술자 집단이 있어서 말이지요. 에란시아 제국에서 광산을 여러 개 만들어 낸 바 있어서 실력은 확실한 사람들입니다만———."

"이름을 말해 보십시오! 계약 조건은? 곧바로 올 수 있는지?"

나는 레이모어의 어깨를 양손으로 붙잡고는 격렬하게 흔들었다.

"하, 하아, 그것이 매우 성격이 비뚤어진 사내들이라……. 몇 번이나 고용주와 싸우고 결별한 바 있습니다."

"고용주와의 싸움 내용은 계약금입니까?"

"아, 아니요, 구멍을 파는 것이 삶의 보람 같은 남자들이라, 계약금은 그렇게까지 높지 않다고 생각됩니다. 다만, 보통 광부와 다르게 그들은 광산 기술자 집단입니다. 그렇기 때문에 광산 개발 계획에도 관여하여 심상치 않은 수준으로 안전 대책을 세우기에 물주인 귀족과 싸우게 되는 일이 많아서, 평판은 좋지 않습니다."

그 사람들이 실력이 있는데도 국내반의 정보망에 걸리지 않았던 건 출자한 귀족의 평판이 나빴기 때문일지도 모른다.

그건 그렇고 신경 쓰이는군. 계약금은 높지 않다는 게 제일 신경 쓰이지만, 광산의 안전 대책을 심상치 않은 수준으로 세운다는 점도 신경 쓰인다.

나로서도 견고한 광산을 만들어 줬으면 하기에 안전 대책에는 철저히 유의하자고는 생각하고 있던 참이다.

만나보는 것도 괜찮나. 타협이 되지 않으면 광석 감정만 시키는 것도 괜찮을 테고.

"레이모어 경, 그 광산 기술자 집단과 내밀하게 연락은 취할 수 있습니까?"

"예에, 뭐어, 지금은 일이 없어서 본거지에 돌아갔을 거라고 생각하기에 연락은 취할 수 있습니다만. 고용하시는 겁니까?"

"조건이 타협된다면, 말이지요. 그들이 제시하는 계약금과 안전 대책비가 우리가 준비할 수 있는 예산을 넘지 않는다면 고용할 생각입니다. 타협되지 않는다면 비밀을 지키도록 돈을 건네주고 돌아가게 할 겁니다."

"알겠습니다. 일이 없어 한가한 사람들이기에 스라트성에서 고

슈토족 촌락까지의 가도를 지나는 데 방해되는 산에 구멍을 뚫어
달라고 의뢰하겠습니다. 광산 이야기를 한다고 쳐도 영내에 머물
게 하여 비밀을 유지하지 않으면 안 될 테니 말입니다."

"비밀을 유지해 주는 건 고마운 일입니다. 하지만, 그걸로 오겠
습니까?"

"뭐, 오겠지요. 구멍을 뚫지 않으면 진정이 되지 않는 사람들이
고 말입니다."

레이모어의 말에, 희미하게 귀인족과 같은 냄새가 느껴지는 사
람들인 느낌이 들었다.

그래도 뭐어, 만나보지 않으면 모른다.

"좋습니다. 그러면 초빙하는 역할은 레이모어 경에게 맡기지요."

"분부대로! 그러면 우선 이쪽에 오도록 그들과의 교섭에 들어
가겠습니다."

레이모어는 내게 고개 숙여 인사하고는 방에서 나갔다.

"자 그럼, 광산 건은 레이모어의 교섭 결과를 기다릴 수밖에 없
군. 교섭이 성립되도록 기도할 수밖에 없겠어."

나는 방에서 나와 이레나와 리제가 기다리는 집무실로 돌아가
기로 했다.

남옥월(3월)도 하순이 되어, 남국 태생인 나와 리셸이 추위에
떨지 않고 그치는 날이 늘었다. 아르카나령의 정보는 수시로 도
노반 상회 경유로 들어와서, 식량 불안으로 인해 '고참 가신'과 '
지역 가신'들과의 사이에서 옥신각신하는 싸움이 일어나고 있다

는 정보를 파악하고 있다. 기회가 무르익을 때까지는 앞으로 조금 더, 라는 참일 것이다.

책략 준비도 진전되어 아르카나령 침공도 가까워졌기에 귀인족 기술자에게 제작을 의뢰했던 시제품 병기를 마리다와 브레스트, 라토르가 참석한 데서 검사하게 되었다.

"시제품은 알베르트가 고안한 병기라고 했는데, 그런 막대 조각이 쓸만한 물건이 되는 건가?"

"뭐, 일단은 보고 있어 주세요."

내가 귀인족 기술자에게 의뢰하여 시작(試作)을 거듭하고 있었던 건 이전 생의 기억을 토대로 설계한 화승총이다. 흑색 화약을 사용하고, 전장식(前裝式) 활강 총신을 지녔으며, 착화에 화승을 사용하는 매치락(matchlock) 방식 머스킷 총이다. 전장 130㎝, 총신 길이 100㎝의 표준 사이즈 물건을 만들게 했다.

"표적은 사람을 본뜬 짚 인형에 갑옷을 입혀 세워 뒀고 30m, 50m, 100m, 200m에 설치해 두었습니다."

시험 사격을 행하는 귀인족 기술자가 마리다와 브레스트, 라토르한테 화승총을 보여주고 설명해 갔다.

"선전은 됐다. 싸움에서 쓸만한 물건이 되는지만, 보여라."

"아버지의 말대로다. 그 막대 조각이 도움이 되는 모습을 보여 달라고."

"숙부님과 라토르의 말대로이니라. 싸움에 쓸 수 있는지, 쓸 수 없는지는 보면 아는 거다."

무구에 관한 귀인족의 사정은 심상치 않을 정도로 엄격하다.

그들한테 무구는 싸움에서 목숨을 맡기는 도구이기에 요구되는 스펙이 높다.

"그러면 설명은 나중으로 하고, 시험 사격을 보이도록 하지."

내가 귀인족 기술자에게 가장 가까운 장소의 표적을 노리도록 지시를 내렸다.

고개를 끄덕인 귀인족 기술자는 허리에 찬 탄띠에서 화약과 탄환을 종이로 감싸 밀랍으로 굳힌 카트리지를 꺼내고 끝부분을 물어뜯어 화승총 총구에 밀어 넣고는 꽂을대로 쳐서 다졌다.

"답답하군. 품이 많이 드는 거다."

"싸움에서 저렇게 우물쭈물하고 있다간, 죽는다."

"안 되겠구만. 쓸모없다고."

이미 귀인족 세 사람한테는 대혹평인 듯하다. 확실히 준비에 시간은 걸리지만, 단점을 지우고도 남을 위력을 가지고 있다.

"세 분 다 조용히."

꽂을대로 다지기를 끝낸 귀인족 기술자가 화승을 꺼내 매치락의 판 스프링에 끼웠다.

"화승 냄새로 들키겠구나."

"야습에서는 쓸 수 없겠군. 빛이 없는 장소에서 화승에 불을 붙이면 그것만으로도 이쪽의 위치가 노출된다."

"비가 내리면 끝장이잖아."

무기를 보는 눈은 확실한 귀인족이기에 처음 보는 것일 터인 화승총의 약점을 잇달아 맞혀 나갔다.

귀인족 기술자가 화승에 불을 붙이고는 가장 가까운 30m 표적을 향해 탄환을 발사했다.

"연기가 많구나. 시야가 막히는 건 좋지 못한 거다."

"소리도 크다. 적한테 여기에 있다고 알려 주는 것이나 마찬가지군."

"흐음, 표준 갑옷은 관통인가. 저 거리에서 맞으면 즉사군. 맞으면 말이지. 저런 느린 총알, 귀인족이라면 어린애라도 피할 수 있다고."

으음, 엄청나게 혹평입니까? 일단은, 적을 일격으로 쓰러뜨릴 수 있는 무기입니다만.

결점 지적은 어느 정도 예상하고 있었지만, 혹하여 반응을 보일 거라고 생각했던 위력에 귀인족들은 흥미를 나타내지 않았다.

그렇다면, 교전 거리의 우위성을 보여주도록 할까.

"다, 다음, 50m를 노려라!"

귀인족 기술자는 차탄 장전을 끝내고는 50m 표적을 쏘아 꿰뚫었다.

마리다와 브레스트, 라토르는 표적에 가까이 다가가 화승총의 위력을 확인했다.

"안 되겠구나. 50m에서도 적은 꿰뚫었지만, 결점이 너무 많은 거다."

"그 정도로는, 돌을 던지는 편이 적을 쓰러뜨릴 수 있다."

"이건 쓸모없는 무기구만."

어라라? 평가 너무 혹독하지 않습니까? 화승총이라고요! 화승총! 전장을 일변시킬 최신 병기입니다만!

"아, 아직 표적은 남아 있습니다."

귀인족의 엄격한 평가에 초조함을 내보인 나는 다음 표적을 노리도록 지시를 내렸다.

발사된 탄환은 흉부를 벗어나 복부에 맞았다.

"명중 정확도가 낮군. 교전 거리 100m로는 기마로 돌격당하면 차탄 장전 중에 베이고 마는거다."

"갑옷도 안쪽으로 우그러들었지만, 이래서는 행동 불능으로 만드는 게 고작인 정도인가."

"알베르트가 전장을 일변시킬 무기라고 하길래 기대했는데, 이래서야 말이지."

어? 어어? 진짜로? 당신들은 이 로망 무기에 두근거리지 않는 거야? 이상하지 않습니까?

"아, 아직 200m 표적이——."

"알베르트! 그 무기가 쓸모가 없다는 걸 내가 가르쳐 주마!"

애용하는 창을 손에 든 브레스트가 30m 표적 앞에 섰다.

"그 화승총으로 나를 쏴라."

하?! 무슨 말을?! 죽는다고요! 총알이 나온다고요! 총알, 엄청나게 빨라서 보이지 않는 총알이!

"브레스트 경, 미치기라도 했습니까?"

"미치지 않았다! 얼른 쏴라."

귀인족 기술자가 망설임 없이 장전 작업을 진행하여 총구를 겨누더니 방아쇠를 당겼다.

"헉?! 정말로 쏘다니 무슨 짓을——."

연기를 밀어젖히고 나타난 브레스트는 화승총을 든 기술자의 목덜미에 창을 들이대고 있었다.

브레스트의 몸에는 총탄에 의한 상처는 보이지 않았다.

"빗나갔어?"

"아니다. 총알을 벴다. 그런 느린 총알 따위, 우리 귀인족한테는 위협이 아니다. 까닭에 적도 쉽게 피하거나, 총알을 베어 버려 몸에 상처를 입히는 것 따위 불가능하다. 그래서 쓸모없는 무기인 거다."

귀인족이 변태적인 전투광이라고는 해도 철포의 총알을 베는 요술 쇼 같은 짓이 가능할 리가——.

표적 근처에서 부스럭부스럭하다가 돌아온 마리다가 손안에 있는 물건을 나한테 내밀었다.

"숙부님은 거짓말을 하지 않았느니라. 그 정도 속도라면 임신하여 몸이 무거운 나라도 벨 수 있겠구나. 해봐도 되겠느냐?"

내민 탄환은 반으로 딱 갈라져 있었다.

"아, 안 됩니다! 아니 그보다, 총알을 벤다든가 말도 안 됩니다!"

"아니아니, 나도 할 수 있다고."

이번에는 라토르가 브레스트와 같은 장소에 서서 귀인족 기술자한테 쏘도록 요구했다.

결과는 같아서, 총탄은 베이고 라토르의 몸은 상처 하나 나지 않았다.

"아니아니, 말도 안 돼. 말도 안 된다니까요. 마리다 님이나 브레스트 경, 라토르만 할 수 있는 기술이지요?"

"그렇지 않다고 생각하느니라. 종사들한테도 시켜 봐도 된다. 녀석들이라도 벨 수 있는 거다."

"그렇지. 이 정도를 베지 못하는 녀석이 종사가 될 자격은 없을 테고. 라토르, 종사들을 모아 와라."

"오우, 알았어. 일단 맞은 녀석은 종사 자격 박탈이겠지."

"그렇구나."

하? 이 녀석들, 변태야? 말하는 것의 의미를 모르겠다만…….

그 뒤, 라토르에 의해 소집된 종사들도 브레스트와 마찬가지로 30m 거리에서 발사된 총탄을 벤다는 기술을 해내 보였다.

아무래도 나는 아직 귀인족의 전투력을 과소평가하고 있었던 모양이다. 아니, 그래도 보통, 총의 탄환을 벨 수 있을 거라고는 생각하지 않잖아…….

그래도 화승총 양산을 포기할 수 없는 나는 뒷날, 시제로 만든 총 20정의 화승총을 집단 운용하여 화력을 올린다는 운용법을 마리다와 브레스트, 라토르한테 제시했지만——.

귀인족은 날아온 총탄을 피하거나, 쳐서 떨어뜨리거나 해서 상처 하나 없는 채로 화승총 부대에 도달했다.

몇 번이나 사람을 바꿔 시험했지만 화승총의 속도로는 귀인족을 맞힐 수 없었다.

"내 계획이 물렀던 모양이야…… 설마 그 정도까지일 줄이야……."

"알베르트, 화승총은 아직 개량의 여지가 있지만, 실전에는 쓸 수 없느니라."

"마리다의 말대로군. 귀인족한테는 필요 없는 병기다."

"장난감으로서는 재미있지만 말이지."

귀인족들의 화승총에 대한 평가는 '채용 불가'였다.

"알겠습니다. 그렇다면 농민병이 쓸 공여 병기로서의 채용을 목표로 하겠습니다. 그들의 손실을 줄이기 위한 병기로서 의견을 받았으면 하여."

채용처 변경을 제안했기에, 화승총을 손에 든 마리다와 브레스트, 라토르가 서로 이마를 맞대고 이야기하기 시작했다.

조금 전까지의 무기 평가는 기준이 '귀인족'이었다. 그걸 전투에서 임시로 동원되는 '농민병'이 쓸 무기로서 재평가받는 것이다.

대화가 종료된 모양이라, 마리다가 화승총을 내게 돌려줬다.

"농민병에 공여하는 것이라면 채용은 흔쾌히 허락하겠느니라. 실력 차이가 나는 근접 무기나 활과는 다르게 일정한 동작으로 나름의 명중 정확도는 나오고, 훈련도 그렇게까지 필요하지 않고 다룰 수 있다. 높은 곳에 있는 진지에 틀어박혀 교전 거리 100m로 노려 쏘면 적의 반격은 받지 않고 일방적으로 유린할 수 있다고 생각하는 거다. 개량할 점이 있다고 한다면 근접 전투용 무기를 달 수 있다면 좋겠구나. 길이 상으로도 단창 정도는 되니 그 부분을 살리고 싶다."

"농민병에 공여하는 무기라면 개량을 거듭해서 채용한다는 길도 있군."

"농민병들은 약하니까 말이지. 녀석들이 멀리서 나름대로 정확하게 노릴 수 있는 무기라는 느낌이라면 괜찮다고 생각해."

마리다가 내놓은 농민병에 공여하는 무기로서의 화승총 총평에 브레스트도 라토르도 수긍해 주었다.

"감사합니다. 그러면 농민병에 공여하는 병기로서 개량 시험 제작을 확대하도록 하겠습니다."

이리하여, 좌절될 뻔했던 화승총 양산화는 마리다와 브레스트, 라토르의 찬동을 얻어 한 걸음 나아가게 되었다. 물론 화승총 기술은 국외로 유출되지 않도록 엄중하게 관리하여 개발하고 있다.

상대가 귀인족이라면 도움이 되지 않는 병기라도, 일반 병사한테라면 상당한 위협과 화력이 될 터이기에 아르카나성을 공략할 때 어딘가에서 실전 투입해보고 싶다.

그런 생각을 하며, 마리다가 지적한 개량점을 토대로 새로운 평면도를 만들어 귀인족 기술자한테 건네고, 개량 작업에 착수하게 했다.

※오르그스 시점

"전하, 리히트 경한테서 구원을 요청하는 사자가 또 찾아왔습니다! 이쪽이 서한입니다!"

시종이 집무실로 달려 들어와 내 앞에 서한을 내밀었다.

어차피 또 같은 내용이겠지. 티아나의 군을 북상시켜 스테판의 하천 봉쇄를 풀라는 내용이다.

옆에 있던 자잔이 시종한테서 서한을 받아 들고는 내용을 펼쳤다.

"전하, 어떻게 하실 생각이십니까?"

"기다려라! 지금 생각 중이다! 스테판이 배를 내보내서 하천을 봉쇄하고 있는 장소에 어슬렁어슬렁 군을 진군시키면 어디선가 기습을 당할지도 모르지 않느냐."

리히트의 요청에 따라 아르카나 구원을 위해 티아나의 군을 움직이게 되면, 나 자신이 병사를 지휘하지 않으면 땅에 떨어지고 있는 아버지의 평가를 올리는 건 불가능하다.

하지만 섣부르게 티아나에서 나왔다가 적의 기습을 받으면 자신의 목숨을 위험에 노출시킬지도 모르기에 다리의 떨림이 멈추지 않았다.

"전하, 이대로는 아르카나가 함락됩니다!"

"알고 있다! 멍청한 놈이! 아르카나령 구원은 서둘러야만 하지만, 에르윈 가문이 엘펜강을 타고 내려와 티아나를 노린다는 이야기도 있단 말이다!"

"전하, 에르윈 가문이 아르카나령을 함락시키지 않고 이 티아나를 노릴 일은 없습니다! 여기서는 곧바로 병사를 북상시켜 스테판을 쫓아내야만 합니다!"

자잔이 웬일로 강한 어조로 나한테 출병하도록 촉구했다.

"하지만 스테판과 싸우는 사이에 그 알베르트가 있는 에르윈 가문이 가만히 있을 리가 없지 않느냐! 이쪽을 앞지를 계책을 노리고 있을 터다!"

"그렇다고 하더라도 진군해야만 합니다! 전하가 이대로 티아나에서 수수방관하고 있으면 아르카나령은 식량 부족으로 항복하고, 후방 기지를 확보한 스테판군과 에르윈군이 몰려올 겁니다!

그렇게 되면 도망칠 곳은 왕도뿐! 외국 출정의 성과 없이 왕도로 돌아가면 전하는 폐적당하고, 저도 재상에서 해임되어 책임을 지게 되겠지요! 그래도 괜찮으신 겁니까!"

언제나 비굴한 태도를 보이며 바닥에 엎드리고 있는 자잔이 처음으로 내보인 귀기 어린 표정에 압도당했다.

"나한테, 그렇게까지 말한 이상, 자잔도 가는 것이겠지!"

"당연합니다! 선봉은 제가 맡겠습니다! 자, 빨리 준비를!"

정말로 지금이 출진할 때일까……. 티아나의 군은 5,000명. 스테판이 하천을 봉쇄하고 있는 부대는 전부 모아도 1,000명 정도. 평범하게 싸우면 질 리가 없다.

하지만, 아르카나령 침공처럼 보이게 해 놓고서 이쪽을 꾀어내고 있는 것 아닐까 하는 의심이 걷히지 않는다.

함정이 아니라는 확증이 필요하다. 작년의 침공에서 총대장을 맡았던 브로리슈 후작도 다수의 호위병한테 보호받고 있었지만 머리를 베여 목숨을 잃었다.

역시 조금만 더 상대가 어떻게 나오는지를 기다리고, 그러고 나서 구원하러 가는 편이 함정이 아니라는 확증을 얻을 수 있겠지.

"중지다! 출병은 취소다! 아직, 나가지 않는다! 리히트한테는 잠시 더 버티라고 사자를 보내라."

"전하! 여기에 이르러 겁에 질리셨습니까!"

"그런 게 아니다! 겁을 먹은 게 아니다! 나한테는 인생을 거는 일전! 확실하게 성과를 올릴 수 있는 때를 노리는 거다! 그 정도는 알아라!"

자잔은 손에 들고 있던 리히트한테서의 서한을 찢어 버리더니, 노기를 감추지 않고 그대로 방에서 나갔다.

"나는 질 수도 없고, 목숨을 잃을 수도 없단 말이다!"

경솔하게 출병하여 적한테 패배당해 절대로 죽고 싶지는 않다. 나는 알렉사 왕이 되어야만 하는 인물이다. 절대로 죽지 않을 것이다.

다리의 떨림은 조금 전보다도 강해져, 아무리 때려서 멈추고자 해도 떨림은 수그러들 기색을 보이지 않았다.

제4장 ♥ 에라크슈 가문, 가신단 붕괴

제국력 261년 금강석월(4월)

해산달을 맞이한 마리다의 가까이에 있고 싶었지만, 에라크슈 가문 가신에 대한 책략을 진행해야만 해서 나는 다시 도노반 상회 부회장 베르트로서 아르카나령에 들어와 에라크슈가문 가신의 집들을 방문하고 있었다.

지금의 아르카나령은 스테판이 행한 하천 봉쇄의 영향으로 심각한 식량 위기가 한창이다.

도노반 상회 이외의 상인은 하천 봉쇄의 리스크를 꺼려 아르카나령에 물자 반입을 거절하여, 우리가 가지고 오는 식량만이 아르카나령의 태반의 촌락을 아사 직전에서 아슬아슬하게 지키고 있다.

우리와의 거래를 거절한 촌락은 이미 보존 식량을 다 먹어치워 들풀이나 작은 동물을 먹고 있는 듯하다.

아르카나령 영내는 서바이벌 생활도 새파랗게 질릴 위기 상황에 내몰려 있다.

"우리한테 팔아 준다고 말했던 양의 1할도 안 되지 않나! 이래서는 굶어 죽고 만다."

면회한 지역파 가신한테 와리드와 내가 머리를 숙였다.

"죄, 죄송합니다. 실은 고참 가신 분이 식량을 가지고 오라고 말씀하셔서서……. 저희로서도 장사 약속을 지키지 않으면 안 된다고 말씀드렸습니다만, 지역 가신 녀석들 따위 내버려 두라고 말하며 멋대로 가지고 가버리고 말았습니다."

"장인어른은 상대 분에게 저항하다가, 이러한 처사를 당하였습니다."

와리드는 얼굴에 푸른 멍으로 보이는 화장을 하고 있어서, 그걸 본 지역 가신은 얼굴이 시뻘게졌다.

"더는 참을 수 없다! 식량을 가져다주는 중요한 상인인 바리드 경에게 이러한 짓을 했을 뿐만 아니라 우리 가문이 구입할 예정이었던 식량을 훔치다니! 창을 들어라! 그 녀석을 죽여 주겠다! 언제까지고 이쪽을 깔보고는!"

노기를 내뿜은 지역 가신은 창을 손에 들고 마을의 젊은이들을 모아, 가지고 온 식량을 훔쳐 간 고참 가신의 촌락으로 향했다.

"니콜라스 공에게 제지를 부탁드린다고 시급히 연락을."

"네, 넵! 곧바로 전하고 오겠습니다!"

근처에 있던 젊은이가 니콜라스가 있는 촌락을 향해 뛰어갔다.

식량 위기가 심각해져, 식량을 둘러싼 분쟁은 격화 일로를 걷고 있었다.

아니 그렇다기보다, 우리가 격화시키고 있는 것이지만 말이지.

일부러 고참 가신에 공급하는 식량을 늘이고, 지역 가신은 줄임으로써 양자 사이에 가로놓인 깊은 골에 쐐기를 계속 박아 골을 넓혀 나갔다.

덕분에 아르카나령은 고참 가신과 지역 가신끼리 서로 으르렁거리며, 협력하여 파국을 극복하자는 감정은 사라졌다.

그리고 두 가신단을 이어주고 있던 니콜라스도 빈발하는 분쟁 중재로 인해 지쳐 버려, 아르카나령의 미래를 우려하여 에라크슈 가문에 대한 충성도 흔들리기 시작했다.

니콜라스가 자기 촌락의 사람들을 이끌고 소동을 수습하러 달려간 걸 확인하고, 짐마차로 돌아온 우리는 인기척이 없는 장소로 이동했다.

"슬슬 적당한 시기겠군요. 스테판 경이 짠 책략에 넘어간 지역 가신을 3명 정도 리히트한테 내밉시다."

"스테판 경에게는 나중에 잔뜩 감사해야만 하겠네. 우리가 영지 소유권을 인정해 줄 사람의 리스트에서 제외한 사람을 낚아 올려 준 거고 말이야."

"예, 이쪽의 책략이 잘 진행되도록 조력해 주었다는 것이군요."

리히트와 지역 가신 사이를 완전히 갈라놓기 위해 제물로 삼을 가신을 낚아 올리는 더러운 역할을 선뜻 해준 의지가 되는 형님한테는 반하고 말 것 같다.

제물로 삼을 가신을 우리가 낚아 올렸다면 니콜라스를 설득하지 못할 가능성이 있었다.

하지만 그 더러운 역할을 형님이 대신 떠맡아 준 덕분에 에르윈 가문은 지역 가신을 확실하게 지킨다는 대의명분을 내걸 수 있는 것이다.

라이아 건도 있고 하니, 다음에 방문할 때 산의 민족 특제 정력제를 보내는 것도 괜찮겠군.

"스테판 경이 제공해 준 제물을 써서 리히트가 배신자를 처분하도록 공작을 벌여 줘."

"옙! 곧바로 적의 손에 서한이 넘어가도록 하겠습니다. 서한을 손에 넣은 리히트는 고참 가신한테 떠밀려 가까운 시일 내에 배신자를 처분하겠지요."

"도노반 상회의 이름도 슬슬 버릴 때가 오고 있군. 알렉사반은 새로운 상회로 이행했어?"

"예, 이미 알렉사반 인원의 9할은 새로운 상회로 옮겼습니다. 도노반 상회가 에르윈 가문의 입김이 닿은 상회라는 게 발각되어도 알렉사반 인원을 포착할 수 없도록 해뒀습니다."

"조금, 아까운 느낌도 들지만 적국 내에 만드는 위장 조직은 모략마다 쓰고 버리지 않으면 위험하니까 말이지."

"첩보는 조직의 안전을 제일로 생각하지 않으면 안 됩니다. 뭐, 알베르트 경께 드릴 말씀은 아니지만 말입니다."

"정체를 파악하지 못하게 하는 게 중요해. 좋아, 리히트가 지역 가신을 처형한 시점에서 도노반 상회의 활동은 정지한다. 활동 정지 후, 남은 인원은 신속히 아르카나령을 탈출하여 신분을 바꾸고 새로운 상회에 합류하도록 통지를 내리도록. 그리고 내가 니콜라스와 면회한 뒤에는 첩보 활동 담당을 국내반으로 이행하겠어."

"옙! 알겠습니다."

"리히트가 움직일 때까지는 당분간 휴식이군."

그리고 나서 사흘 정도가 지나, 사건은 일어났다.

하천 봉쇄를 계속하는 스테판과 내통한다는 취지를 기록한 지역 가신의 서한이 고참 가신의 손에 넘어가 리히트에 의해 불려 간 3명이 성내에서 모살당해, 성 앞에 효수되었다.

덕분에 아르카나령 영내는 아침부터 벌집을 쑤신 것처럼 소란스러워져 있었다.

고참 가신은 '지역 가신'들이 반란을 꾀하고 있다며 리히트한테 토벌하도록 진언을 계속하고 있고, 지역 가신들은 니콜라스 밑에 모여 모살당한 3명 때문에 주군은 이쪽을 저버렸다며 떠들고 있었다.

정보의 착종, 혼란, 다양한 자의 의도, 눈앞에 닥친 기아와 적국의 그림자에 아르카나령 영민은 누구나가 혼돈스러운 상황에 내던져져 정상적인 판단을 하지 못하고 있다.

"이걸로 겨우 니콜라스 공략의 밑바탕이 갖춰진 모양이네."

"면회를 하러 가시지요. 이미 도노반 상회는 활동 저지. 호위와 국내반 사람은 탈출로에 배치 완료하였습니다."

"재빠른 일 처리에는 감사해야겠어."

"알베르트 님의 목숨은 제가 반드시 지키겠으니, 안심을!"

"의지하고 있을게. 류미나스."

와리드가 운전하는 짐마차는 지역 가신이자 에라크슈 가문 중신인 니콜라스 폰 브라프의 촌락으로 향했다.

니콜라스의 촌락에는 리히트의 처형에 동요한 지역 가신들이 몰려들어 엄청난 인파가 생겨나 있었다.

"도노반 상회의 바리드 공이다! 통과시켜라! 통과시켜!"

이쪽 짐마차를 발견한 사람이 옆으로 비켜, 촌락으로 들어가는 길이 났다.

"죄송합니다. 니콜라스 공과 면회를 하러 왔기에 통과시켜 주실 수 있겠습니까."

몰려들었던 지역 가신도 신세를 지고 있는 도노반 상회에 신경을 써줘서, 잇달아 옆으로 비켜주었다.

"오오! 바리드 공, 잘 와주셨습니다! 다들, 지금부터 나는 바리드 공과 상의할 것이 있네. 일단, 오늘은 각자의 촌락으로 돌아가시게나. 이야기는 제대로 듣겠네."

야윈 얼굴의 니콜라스가 몰려든 지역 가신들한테 마을로 돌아가도록 부탁하자 한 사람, 또 한 사람, 마을로 돌아갔다.

"후우, 보기 안 좋은 모습을 보여드렸군요. 자, 자, 집 안으로. 상담하고 싶은 것도 있어서 말입니다."

"고생하고 계신 것 같군요. 심중, 이해합니다. 이쪽도 사위가 상담하고 싶은 것이 있다고 말하고 있어서 말입니다."

"베르트 공이?"

니콜라스는 내 얼굴을 보더니, 한순간 생각에 잠겼지만 곧바로 집으로 맞아들여 주었다.

집의 한 방으로 안내받자, 곧바로 니콜라스 쪽에서 이야기를 꺼냈다.

"바리드 공, 식량 쪽은 조금 더 어떻게든 안 되겠습니까? 이대로는 수확 전에 아사자가 나오고 마는 상황입니다. 식량이 부족하여 분쟁이 끊이지 않고 일어나고, 영내는 소란스럽습니다."

"하지만 에란시아 제국군이 도르펜강과 엘펜강을 봉쇄하고 있어서 말입니다. 저희도 적국의 눈을 피해 운반하는 데는 한도가 있습니다."

와리드의 대답을 들은 니콜라스는 한층 표정이 어두워졌다.

지역 가신들의 마을에서 식량을 서로 융통해도 한 달 뒤에는 어디든 식량이 다 떨어질 터다.

고참 가신은 식량 융통에 협력할 생각은 제로.

그리고 영주 리히트는 영내 다수파를 점하는 지역 가신의 반란을 두려워하여 니콜라스의 제안을 들으려 하지 않는다.

니콜라스는 양쪽 사이에 끼어 이러지도 저러지도 못하게 되어 있었다.

이대로 무의미하게 시간을 보내면 아르카나령 영내는 아사자로 넘쳐날 상황이다.

"아무래도 무척 곤란하신 모양입니다. 그렇다면, 제가 니콜라스 공에게 드리는 제안을 들어주실 수 있겠습니까?"

"베르트 공의 제안입니까. 좋습니다, 들어보도록 하지요."

"옙! 그러면, 제안드리도록 하겠습니다. 아르카나령 영내의 참담한 상황을 회피하려면 인접한 에르윈 가문과 친교를 맺어야만 한다고 봅니다."

내 제안을 들은 니콜라스는 놀란 표정을 띠었다.

"무, 무슨 말을 하는 겁니까! 에르윈 가문은 적국이란 말입니다! 그곳과 친교를 맺다니!"

"하지만 아르카나령의 식량 위기를 회피하려면 풍부한 식량을 지닌 에르윈 가문에 의지하는 길밖에 없습니다. 장인어른도 그렇게 생각하지 않으십니까?"

"사위의 말대로입니다. 이미 에란시아 제국에 주위를 포위당해 하천도 봉쇄당한 아르카나령은 식량을 자력으로 보충할 수 없습니다."

"바, 바리드 공까지 그런 말을! 제정신입니까?!"

"제정신입니다. 에르윈 가문과 친교를 맺는 것이야말로, 아르카나령의 미래를 밝게 만드는 길입니다."

"저, 저는 에라크슈 가문 가신입니다! 신뢰하는 도노반 상회의 바리드 공이나 베르트 공의 말이라고는 해도, 적국과 내통할 수는 없습니다!"

"지역 가신은 에란시아 제국령으로 있고 싶었는데, 영주인 리히트 님이 자신의 사정으로 제멋대로 알렉사 왕국으로 전신(轉身)하여 지금 같은 상황이 된 것인데도 아직 그러한 말씀을 하시는 겁니까? 니콜라스 공의 눈에는 기아로 괴로워하는 영민들의 모습이 비치지 않는 것입니까?"

"크윽! 영민의 괴로움은 나날이 느끼고 있습니다! 하지만, 주군을 배신할 수는 없는 노릇입니다!"

"주군인 리히트 님은 니콜라스 공의 그 말을 믿고 있지 않습니다. 의심하고 있으며, 성에서 지역 가신을 모살하고 있습니다."

내 말에 니콜라스는 동요를 감추지 못했다.

"바리드 공, 베르트 공, 그대들의 정체는 뭐지! 상인은 아닐 것이다!"

니콜라스가 허리에 찬 검에 손을 대자, 류미나스가 움직임을 견제하는 것처럼 앞을 막아섰다.

나는 니콜라스가 움직이지 않는 것을 확인하고, 천천히 베르트의 변장을 지웠다.

"니콜라스 공, 처음 뵙겠습니다. 에르윈 가문의 알베르트 폰 에르윈입니다. 이후, 기억해 주시기를."

"?!"

나를 도노반 상회의 부회장이라고 생각하고 있던 니콜라스가 내 정체를 알고 놀라서 눈을 크게 떴다.

놀라는 건 당연하다. 경계를 접하는 적국의 가신이 눈앞에 있는 것이니까.

"상인이라고 신분을 속이고 아르카나령의 내정을 여러 가지로 탐색하고 있었던 점은 용서해 주십시오."

"처음부터 계산하고, 우리한테 접근한 건가……"

"아뇨, 아닙니다! 우리 에르윈 가문이 원하는 것은 영주 리히트의 신병뿐. 그것만을 위해서, 원래는 같은 에란시아 제국민인 아르카나 영민을 기아에 빠뜨릴 수 있는 하천 봉쇄는 그만둬야만 한다고 스테판 경에게 진언했습니다. 하지만 스테판 경은 저희의 의견을 받아들이지 않고 단독으로 하천 봉쇄를 실시했습니다. 이래서는 대량의 아사자가 나올 거라고 생각하여, 내정을 탐색하기 위해 쓰고 있던 상인 신분을 이용하여 은밀히 식량 제공을 계속하고 있었던 것입니다!"

스테판한테는 사전에 악역이 되어 주도록 허락은 받아 뒀다.

그 덕분에 우리는 아르카나 영민을 구하기 위해 구원 활동을 하고 있었던 것으로 할 수 있었다.

"크윽……."

"거듭 말씀드리겠습니다. 우리 에르윈 가문이 원하는 것은 영주 리히트의 신병뿐. 그걸 위해서만 아르카나 영민을 괴롭게 만들고 싶지는 않아, 이러한 사정이 되었습니다. 니콜라스 공, 에르윈 가문을 의지하십시오. 아르카나 영민에게 밝은 미래를 보여줄 수 있는 건 에라크슈 가문이 아니라 에르윈 가문뿐입니다!"

"입 다물어라! 적과 이야기할 건 없다! 목숨은 빼앗지 않겠으니 나가라!"

검을 뽑지 않고 이쪽한테 퇴실을 촉구하는 니콜라스의 얼굴은 고뇌로 가득 차 있었다.

뭐어, 당연한 반응이다. 식량을 수입할 최후의 희망의 끈이 끊어지고, 니콜라스는 영민을 식량 위기에서 지킬 것인가, 주군을 적국으로부터 지킬 것인가로 마음속으로 서로 싸우고 있는 것이리라.

니콜라스의 천칭은 내가 만들어 낸 상황으로 크게 흔들리고 있다.

"니콜라스 공이 에르윈 가문 밑으로 들어오면 아르카나 영민에 대한 식량 공급은 제가 보증하겠습니다. 애슐리 땅은 식량이 풍부하며, 에란시아 제국령이었을 때는 아르카나령에 수출하던 관계도 있습니다! 게다가 지역 가신 여러분의 영지 소유권을 인정한다는 허가도 마왕 폐하로부터 받았기에 지금까지와 같은 대우로 에르윈 가문에서 고용토록 하겠습니다. 그러니 모쪼록 우리한테 항복하십시오!"

나는 에르윈 가문에 항복함으로써 얻을 수 있는 조건을 니콜라스한테 제시했다.

"시끄럽다! 나가라! 두 번 다시 얼굴을 보이지 마라!"

검을 뽑지 않는다는 건 니콜라스도 또한 망설이고 있는 상황이 계속되고 있다.

나머지는 마무리 책략을 더하면 니콜라스는 꺾이고, 지역 가신은 이쪽을 따를 터다.

"알겠습니다. 이번에는 돌아가도록 하지요. 항복 회답 기한은 2주간. 2주가 지나면 에르윈 가문은 아르카나를 공격할 것입니다. 식량이 없는 아르카나령을 함락시키는 것은 어린아이의 손목을 비트는 것보다도 간단합니다."

니콜라스는 말할 기력도 잃었는지 내쫓는 것처럼 손을 내저었다.

우리는 공격받는 일 없이 그대로 집을 나와서, 문 앞에서 집안 사람이나 마을 사람한테 들리도록 다시 한번 니콜라스한테 못을 박기로 했다.

"니콜라스 공, 에르윈 가문 알베르트 폰 에르윈과의 약정! 잊지 마시기를! 아르카나령의 미래는 당신의 결단에 걸려 있습니다!"

이걸로 집안사람이나 마을 사람한테도 니콜라스가 에르윈 가문의 군사와 면회했다는 사실이 생겨났다. 내가 현재로서 원했던 건 '니콜라스가 나와 만났다'라는 사실뿐이다.

그 사실이 있으면 고참 가신과 반목하며, 영주에 대한 충성을 잃어 가는 지역 가신들에 대한 책략은 쉽게 진전된다.

어째서냐면 책략은 책략뿐만이 아니라 모략도 섞으면 극적인 효과를 내기 때문이다.

이미 주군한테서 마음이 떠나고 있는 지역 가신들이 믿는 것은 인망이 두터운 중신 니콜라스다.

그런 사람들의 귀에 '니콜라스 공도 적국과 **면회하고 있다**'라고 속삭이는 것이다.

나머지는 상대가 멋대로 상상해 준다. 나는 사실밖에 말하지 않았고 말이지.

믿는 상대였던 니콜라스가 에란시아 제국에 가세한다면 나도, 하고 움직이는 사람이 늘어난다.

에르윈 가문과 내통하는 것을 승낙하는 자가 늘어나면 머잖아 리히트도 사태를 포착할 것이다.

지역 가신의 내통을 두려워하여 궁지에 몰린 리히트는 사태를 수습하기 위해 중신 니콜라스를 처단하는 선택을 내릴 수밖에 없게 된다.

스테판의 책략에 의해 배신한 지역 가신과 마찬가지로, 성에 니콜라스를 불러내 모살할 터다.

이쪽과 내통하는 것을 약속한 지역 가신들을 이용하여 니콜라스가 성에 가는 것을 만류하면 진퇴유곡인 그는 영민의 생명을 선택하여 이쪽 손에 떨어질 것이다.

니콜라스가 이쪽에 떨어지면 나머지는 미리 짜고 치는 전투를 합의하여 싸움에 패배해서 포로가 되게끔 하고, 리스트에 올린 자들과 같이 애슐리령에 가족을 포함하여 전부 이송하여 신병의 안전을 확보한다.

니콜라스를 비롯하여 리스트에 넣은 사람들은 아르카나령 탈취 후의 영지 경영에 필요한 사람들이다.

그렇기에 한 사람도 잃지 않고 어떻게 해서든 구하고 싶다.

책략 제1단계를 달성한 우리는 니콜라스의 촌락에서 모습을 감추기로 했다.

다음 날부터 지역민으로 분장한 마르제 상회 국내반이 아르카나령 영내를 뛰어다니며 지역 가신들에게 '니콜라스 공이 에르윈 가문의 군사와 밀담했다'라는 이야기를 퍼뜨리기 시작하자, 소문은 눈 깜짝할 사이에 퍼졌다.

니콜라스가 에르윈 가문과의 내통을 생각하고 있다고 지레짐작한 사람은 이쪽의 책략에 곧바로 반응하여 영지 소유권 인정과 식량 지원을 받아들이고 내통자가 되었다.

그 후에도 계속된 책략의 결과는 리스트에 실은 지역 가신 전원이 에르윈 가문과의 내통을 약속해 준다는 모양새가 되었다. 그것과 동시에, 리히트의 호출에 응하지 않도록 니콜라스를 지키는 것에도 합의해 주었다.

※리히트 시점

어째서 이렇게 되었지. 내가 무엇을 그르친 것인지 모르겠다.

대회합실에 늘어선 가신들은 빗살이 빠진 것만 같이 숫자가 줄었다.

스테판과 내통을 약속했던 지역 가신 3명을 고참 가신들한테 떠밀려 성내에서 모살하고 나서부터 형세가 격변했다.

이 이상 반란을 꾀하지 않도록 배신자를 베어 머리를 효수함으로써 단단히 다잡을 생각이었지만, 그 이후로 지역 가신들은 병이라고 칭하며 한 명도 성에 오지 않게 되었다.

에란시아 제국을 배신한 나에 대한 충성심이 옅었던 지역 가신들은 그 한 건으로 이쪽을 저버렸을 가능성은 매우 높다.

거기에 더해, 영내의 식량 사정이 위험한 영역에까지 다다랐다.

원인은 유일하게 영내에 식량을 들여오고 있던 도노반 상회조차도 내방하지 않게 된 탓이다.

올해의 보리는 아직 여물지 않아서, 먹을 수 있을 만한 것은 다 먹어치웠다는 마을도 나오고 있어서 식량을 둘러싸고 가신끼리의 소동도 끊이지 않는다.

"오르그스 전하의 군은 아직인가……"

"시기(時機)를 살피기 위해, 잠시 더 버티라고 하십니다."

보고를 들은 고참 가신들의 시선이 이쪽으로 향하자, 위의 통증이 심해졌다.

중요한 상황에서 약한 모습을 보이는 건가……. 그런 자가 왕위계승자라서야, 알렉사 왕국은 길지 않을지도 모르겠군. 나도 배신하고 붙을 나라를 잘못 본 모양이다.

"와레스반 가문에 사자를 보내라. 아르카나령이 버틸 수 있을 것 같지 않으면 그쪽으로 망명하겠다고."

현 당주인 도레스한테는 현 황제인 크라이스트에 대한 허언을 퍼뜨림으로써 황제 선거에서 막판 추격을 연출해준 빚이 있다.

선거에는 졌지만, 황제가 되고 나서 매우 강권을 휘두르고 싶어하는 크라이스트를 불쾌하게 여기고 있을 것이다.

이전에는 분가 출신인 도레스한테 내가 은혜라도 베푸는 듯이 생색을 내며 이것저것 훈계를 했기에 관계가 틀어졌지만, 이쪽이 저자세로 나가면 같은 웅인족이자 와레스반 가문의 피를 잇는 자로서 분명 망명을 받아들여 줄 터다. 크라이스트의 눈이 닿지 않는 벽지에 작은 영지를 받아 권토중래를 기할 수밖에 없으리라.

가능하면 그런 사태를 피하고 싶지만, 자신의 목숨이 걸려 있기에 충분히 신경 써서 안전책을 강구해 둔다.

"넵! 곧바로 사자를 보내겠습니다!"

와레스반 가문에 망명하는 것을 입에 담음으로써 고참 가신들의 시선도 어느 정도 엄격함이 누그러진 모양이다.

이걸로 이반은 저지할 수 있을 터. 나머지는 망할 왕자가 너무나도 무거운 허리를 들어 올릴 때까지 식량이 버틸지 어떨지 하는 점이다만……. 어쩔 수 없지. 성의 비축분을 방출하는 것 말고는 지금의 위기를 넘을 수 없다.

"각 촌락에 성의 비축분을 방출한다. 식량이 부족한 자는 바로 신고하라. 단, 비축분을 방출하는 것은 이곳에 있는 자뿐이다. 성에 오지 않은 자에게는 방출하지 않는다."

고참 가신들은 자기들이 받을 수 있는 양이 늘어난다고 생각하여 희색을 띠었다.

2할의 병사밖에 되지 않지만, 없는 것보다는 낫다.

"오늘의 회의는 이걸로 종료한다. 각자, 각각의 책무를 다해라."

"""엡!"""

대회합실에서 가신들이 떠나가는 가운데, 한 명의 가신이 주위의 낌새를 살피고 있었다.

"리히트 님, 내밀하게 말씀드리고 싶은 것이 있습니다. 시간은 많이 빼앗지 않겠습니다."

퇴실하지 않고 남아 있던 고참 가신의 모습이 여느 때와 달랐기에, 손짓하여 가까이 불렀다.

"감사합니다!"

고참 가신이 내민 것은 한 통의 서한이었다.

「가신 중에 또 스테판과 내통하고 있는 자가 있습니다.」

가신이 건넨 서한을 펼치자 안에는 고참 가신의 이름이 적혀 있었다.

내용을 읽어 나가자 스테판이 병사를 이끌고 아르카나성에 침공했을 때, 성문을 열어 내통하겠다고 적혀 있었다.

오랫동안 자신을 섬기고, 영지도 많고, 중진이라고도 할 수 있는 자의 이름이 적힌 서한을 바닥에 내동댕이쳤다.

"이 녀석이고 저 녀석이고 전부 배신인가!"

"어떻게 하시겠습니까?"

서한을 주워든 가신이 배신자의 처우를 어떻게 할 것인지 물었다.

"정해져 있다. 배신하기 전에 처분한다. 오늘 결정된 비축분 방출 건으로 이야기가 있다고 불러내라."

"옙! 알겠습니다. 목을 칠 자도 준비하겠습니다!"

"음. 중진 가신이라고 할지라도, 나를 배신하면 어떻게 되는지 나타내 줘라."

말없이 고개를 끄덕인 고참 가신이 대회합실에서 뛰어나갔다.

저녁이 되어 이쪽의 부름에 응한 중진 가신은 대회합실에서 포박되어 그 자리에서 목을 쳤고, 그대로 계속 대회합실에 효수했다.

대회합실에 효수된 중진의 머리로써, 나를 배신하면 어떤 말로를 걷게 되는지 나타내 보이고 있을 터다.

나머지는 어떻게든 버텨서 오르그스 전하가 티아나의 군을 이끌고 북상하는 것을 기다릴 수밖에 없다. 망할 왕자, 빨리 움직이라고. 이대로라면 와레스반 가문에 기대지 않을 수 없는 상황이 된다.

아픈 위를 누르며, 오늘도 회의를 열기로 했다.

제5장 ♥ 중신 니콜라스 함락

제국력 261년 취옥월(5월)

책략이 예상 이상으로 순조롭게 진행되어 니콜라스한테 언도한 약속의 2주간이 눈 깜짝할 사이에 지나갔다.

너무나도 순조롭게 지역 가신 공략이 진전되었기에, 옵션이었던 모략을 발동시켜 뒀다.

지역 가신들이 출사하지 않게 됨으로써 초조함을 느낀 고참 가신 중에서 스테판의 책략에 낚인 자가 나온 것이다.

그걸 새로운 제물로 이용했다.

물론 리스트에 넣지 않은 고참 가신이기에 우리 쪽에 받아들일 생각은 없다.

그렇기에 그자가 내통을 약속한다고 쓴 서한이 리히트의 손에 넘어가도록 꾸몄다.

덕분에 효과는 직방. 모든 것을 의심하는 상태에 빠진 리히트는 고참 가신마저도 성내에서 죽였다.

나는 그 보고를 국내반이 첩보 활동 거점으로 삼고 있는 민가에서 와리드로부터 듣고 있었다.

"아르카나성 내부는 고참 가신 내통자를 처형한 것으로 인해 상호불신에 빠져 있군요."

"이쪽이 공격하면 자진해서 성문을 열어 줄 쓰고 버릴 내통자는 남겨 놔 줘."

"알고 있습니다. 의심받지 않을 자를 2~3명 정도는 확보해 두겠습니다. 에라크슈 가문을 가라앉는 배라고 판단하고 단념한 자가 내통하기 위해 다수 접촉해 오고 있으니까 말입니다."

"뭐, 리스트에는 남겨 두지 않았고, 인제 와서 떠드는 녀석은 필요 없어."

"잘 알고 있습니다. 내통자는 귀인족 분에게 처분하게끔 하지요."

와리드가 심보가 고약한 미소를 띠었다. 나도 와리드와 같은 얼굴을 하고 있는 거겠지.

많은 사람을 속이고, 목숨을 빼앗을 내가 이 세계에서 생을 끝낸 뒤에는 지옥에 떨어지겠지만, 그런 사소한 건 아무래도 좋다.

지금 살고 있는 세계에서 부귀영화를 다하여, 아이와 아내에게 편한 삶을 안겨주는 것이 나의 사명이니까 말이지.

그걸 위해서는 얼마든지 냉혹해질 자신이 있다.

"이걸로 아르카나성이 함락되면 알베르트 경의 이름은 널리 알려져, 에르윈의 '귀술사'라 불리게 되겠지요."

"그 이명, 어떻게든 안 되겠어?"

"전투 장인인 귀인족을 거느리고, 범용한 자의 발상으로는 미치지 못하는 영역의 신산귀모(神算鬼謀)를 발휘할 수 있는 자로서 '귀술사'만큼 딱 맞는 것은 없다고 생각합니다만. 류미나스도 그렇게 생각하지 않느냐?"

"네? 아, 네. 저도 '귀술사'라는 이명은 알베르트 님에게 어울린다고 생각해요."

좀 더 이렇게, '독안룡'이라든가 '기린아'라든가 '효장(驍將)'이라든가 하는 중2병 심리를 간지럽히는 게 있잖아. '귀술사'라니…….

"이명은 됐다고 치고, 이름이 널리 알려지는 건 곤란하네. 이번 같은 잠입 모략을 실행하기가 어려워져."

"그렇네요. 알베르트 님은 알렉사 왕국에서는 거액의 현상금이 걸려 있으니, 조심하지 않으면 안 돼요."

"알고 있어. 그래서, 요 2주 동안 류미나스가 구축한 경계망에 걸린 암살자나 밀정은 몇 명?"

"20명이에요."

의외로 많았다. 그만큼 내 목숨이나 정보를 원하는 자가 있다는 건가.

잠입 중에 정체가 발각되는 건 조심하지 않으면 안 되겠어.

"알베르트 경에게는 슬슬 대역도 필요할지도 모르겠군요. 화려한 의상을 입고 얼굴을 속여 두는 게 좋습니다. 그렇지, 이 가면 같은 건 어떻겠습니까?"

와리드가 국내반 밀정이 쓰고 있었다고 생각되는 은색 가면을 내밀었다.

가면인가. 눈에 띄지만 얼굴을 숨길 수 있고, 대역을 만드는 게 용이해지고, 얼굴이 드러나는 것도 방지되나.

나는 받아든 가면을 쓰고 거울 앞에 섰다.

의외로 나쁘지 않다. 눈가를 가리는 것만으로도 상당히 속일 수 있는 모양이다.

"일단 공개적인 자리에는 앞으로 이 가면을 쓰고 나가겠어. 그렇게 하면 나랑 같은 체격인 사람을 대역으로 쓰기 쉬워지겠지?"

"그게 좋지 않을까 합니다. 저도 호위하기가 쉬워져요. 상시 3명 정도 같은 차림으로 행동시키면 적은 어느 쪽을 노려야 할지 정할 수 없고 말이죠."

그리고, 신출귀몰한 인간을 연출할 수 있다는 효과도 있다. 지금은 내가 부재가 되면 적도 정보를 파악하기 쉽지만, 대역이 있으면 그것도 회피할 수 있다.

"좋아, 대역 건은 진행해 줘."

가면을 벗어 류미나스한테 건넸다.

"알겠습니다. 선정해 두겠습니다."

"그럼, 본론인 니콜라스의 대답을 들으러 가도록 하지."

우리는 국내반이 첩보 거점으로 삼고 있는 집에서 나와, 니콜라스의 촌락으로 마차를 몰았다.

"니콜라스 공, 회답 기한이 도래했기에 다시 만나러 왔습니다."

"…………."

니콜라스는 2주 전보다도 한층 야위어 있었다.

리히트한테 내통을 의심받아 변명을 위해 성으로 오라는 말을 들었지만, 에르윈 가문과의 내통을 결정한 지역 가신들이 필사적으로 말려 오늘 이날을 맞이했다.

"에라크슈 가문 가신단은 서로 반목하고, 영주 리히트는 가신들을 의심하는 상황. 영민은 내일 먹을 식량이 없어 굶고 있습니다. 이 상황을 어떻게든 할 수 있는 건 니콜라스 폰 브라프 공밖에 없다고 이전에도 말씀드렸을 터."

"…………."

니콜라스는 침묵한 채 말하지 않고, 자신의 양손을 물끄러미 바라본 채였다.

"영주 리히트를 따라 아르카나령 영민을 한층 괴롭게 만드는 농성전을 벌일 것인가. 아르카나령 영민의 미래를 위해 에르윈 가문에 그 몸을 맡길 것인가. 이 자리에서 답변해 주셨으면 합니다! 니콜라스 공의 답변이 없다면 즉시 개전하게 되고, 전쟁의 상도로서 적에게 이용당하지 않도록 이 아르카나의 토지를 황폐하게 만들지 않으면 안 됩니다. 저는 그런 짓을 하고 싶지 않습니다! 부탁입니다! 에르윈 가문에 몸을 맡겨 주십시오! 아르카나령 영민을 위해, 니콜라스 공의 그 힘을 써 주셨으면 하는 것입니다!"

나는 니콜라스의 손을 잡았다.

그가 항복하여, 원래 친 에란시아 제국인 지역 가신들을 규합하고, 애슐리령으로부터 식량을 들여오면 리히트를 단념한 사람이 많은 아르카나령은 곧바로 안정된 통치가 가능한 장소가 될 터다.

"마왕 폐하로부터 이미 영지 소유권 인정 허가는 받았습니다. 우리 에르윈 가문이 원하는 것은 에라크슈 가문 당주 리히트의 신병뿐! 아르카나령 영민의 목숨이 아닐지니!"

"으윽……."

니콜라스의 천칭은 내통하는 쪽으로 기울고 있는 모양이지만, 마지막 한 걸음을 내딛지 못하는 듯하다.

영주에 대한 충성, 영민의 목숨. 그에게는 양쪽 다 중요한 것이다.

이만큼 진지하게 고민하는 니콜라스한테, 나는 마지막 한 걸음을 내딛게 하는 계책을 말하기로 했다.

"그러시다면, 저도 최대한의 양보를 하겠습니다. 니콜라스 공은 우리 에르윈 가문의 군세에 붙잡혀 주십시오. 머잖아 우리는 아르카나령에 군세를 진군시킬 것입니다. 그때, 이쪽에 전투를 걸어 주셨으면 합니다. 힘이 미치지 못하여 붙잡혔다는 모양새로 우리 가문의 포로가 된다면 영주에 대한 충성은 다했다고 말할 수 있을 터! 포로가 되어 진퇴유곡인 니콜라스 공은 우리 가문을 섬기는 것입니다. 이 줄거리라면 귀공의 충의도 면목이 서고, 아르카나 영민의 목숨도 구할 수 있습니다!"

내 계책을 들은 니콜라스는 고개를 들었다.

"…………. 알겠다. 아르카나 영민을 위해, 이 몸을 에르윈 가문에 맡기도록 하지!"

내통을 허락한 니콜라스가 나한테 머리를 깊숙이 숙였다.

겨우 떨어졌다. 고생했지만, 이렇게까지 하면 에라크슈 가문을 배신하고 내통하는 데 대한 후회는 없어지고, 아르카나 영민과 에르윈 가문을 위해 힘을 다해 줄 터다.

"승낙해 주셔서 감사합니다! 갑작스러울지도 모르겠습니다만, 니콜라스 공을 비롯하여 지역 가신들의 일족까지 모두 안전하게 애슐리령으로 탈출시키기 위한, 가짜 전투에 대한 상의를 하도록 하겠습니다! 니콜라스 공은 곧바로 주된 사람들을 모아 주십시오."

"아, 알겠습니다. 이봐~, 마을에서 기다리고 있는 사람들을 불러줘."

니콜라스는 별실에 있던 집안사람한테 지시를 내렸다. 곧바로 내통을 결정했던 지역 가신들이 모이기 시작했다.

아르카나령 영내에서 전투를 한다고 쳐도, 우리도 가능한 한 손해는 피하고 싶고, 니콜라스를 비롯한 지역 가신들은 중요한 영지 경영을 담당할 인재이기에 무사히 보호하고 싶다. 나는 제멋대로인 군사이기에 두 개의 목표를 달성할 수 있도록 계략을 이용하기로 했다.

모여든 사람들 앞에, 귀인족이 만든 상세한 아르카나령 지도를 펼쳤다.

"이런 상세한 지도는 처음 보는군."

"에르윈 가문은 이런 지도를 쓰고 있는 건가!"

"이래서는 훤히 들여다보이지 않나."

상세한 지도에 놀람을 보인 지역 가신들을 손으로 제지했다.

"그러면, 앞으로 벌어질 여러분과의 가짜 전쟁에 관해 담합을 시작하도록 하겠습니다. 우선, 에르윈 가문은 다음 달 초, 엘펜강을 넘어 아르카나령에 침공합니다. 아르코 가문 당주 리제 폰 아르코와 그 가신 밀러가 이끄는 스라트 세력과 애슐리령 농민병을 합한 500명."

지도에 장수 이름과 병력을 쓴 녹색 표찰을 놓았다. 지역 가신들이 영유하는 촌락에는 파란 표찰을 올려놓았다.

"침공군이 촌락에 오면 각 촌락은 화살촉을 제거한 화살이나,

날 끝을 제거한 창으로 응전해 주십시오. 이쪽이 빨간 깃발을 올리면 문을 열고 항복하고, 수송대가 가지고 온 식량을 받아 주십시오. 촌락의 주인인 가신 여러분은 에르윈 가문의 포로가 되어 애슐리령에 준비한 진지에서 침공 작전이 끝날 때까지 대기해 주셔야겠습니다. 대기 기간은 최소 1개월, 최장이라도 3개월 정도겠군요."

설명을 들은 사람들한테서 웅성거림이 일어났다.

뭐, 놀라는 것도 어쩔 수 없다. 완전히 짜고 치는 싸움이자 게다가 항복한 측이 승리한 측으로부터 식량을 받는다는, 터무니없는 싸움의 제안이니까 말이지.

하지만 이걸로 아군은 손해가 없고, 지역 가신들의 촌락은 함락되고, 중요한 인재의 신병은 확보할 수 있고, 식량 위기도 회피할 수 있고, 영민들한테 은혜를 입힌다는 일석오조의 계략이다.

"자, 잠깐 기다려 주십시오! 이래서는, 고참 가신의 촌락은 완강하게 저항할 겁니다. 그들은 아르카나령의 요소를 영토로 받았으니 말입니다."

빨간 표찰을 놓아둔 고참 가신의 촌락은 아르카나성으로 이어지는 길을 저지하는 것처럼 배치되어 있다.

이곳을 소수의 병사로 함락시키는 건 쉬운 일이 아니다. 귀인족이라도 고전하리라.

그렇기에, 그들한테는 아르카나성에 농성하게끔 할 생각이다.

나는 새롭게 꺼낸 검은 판을 엘펜강을 타고 내려가게 한 뒤, 인접한 자즈령을 통과시키고, 아르카나성으로 곧바로 통하는 이전의 그 잔도 입구 부근에 놓았다.

"브레스트 경, 라토르가 이끄는 귀인족 병사 200명을 이곳에 둡니다."

"아르카나성으로 통하는 잔도인가! 과연! 그곳에 귀인족이 진을 치면 고참 가신들은 촌락을 비우더라도 리히트 님의 요청에 응해 성 방어로 돌아야만 하겠군! 이건 훌륭한 작전이야!"

"리제가 이끄는 스라트 세력과 농민병이 각 촌락 해방을 끝내면 농민병은 귀환시키고, 스라트 세력과 귀인족으로 아르카나성을 포위하여 항복을 권고한다는 계획입니다."

"아르카나성 내부에 비축 식량은 거의 없다. 고참 가신도 식량 비축은 아슬아슬한 상황. 항전하려고 해도 식량이 없어서 항복할 수밖에 없나……. 알베르트 경의 군략에는 혀를 내두를 수밖에 없군."

지도를 사용한 가짜 전쟁의 담합이 끝나자, 니콜라스를 비롯한 내통을 결정한 지역 가신들의 눈에 나를 향한 존경의 빛이 더해져 있었다.

"그렇기는 해도, 이건 지도상에서의 일. 돌발 사태도 발생할 가능성은 있으니, 이곳에 있는 와리드나 제 부하들과 서로 잘 연락을 취하도록 부탁드리겠습니다! 그리고, 에르윈 가문의 침공 전까지 식량이 부족한 곳이 있다면 곧바로 가지고 오게 하겠습니다!"

나는 나란히 늘어선 사람들에게 머리를 깊이 숙였다.

"잘 알겠다. 능숙하게 싸우는 척 속여서, 에르윈 가문에 붙잡히도록 하지. 식량 건도 리히트 경에게 포착당하지 않도록 요구는 최소한도로 그쳐 두도록 하겠다."

"니콜라스 공, 잘 부탁드립니다!"

나는 니콜라스와 굳은 악수를 나누고는, 와리드에게 뒷일을 맡기고 류미나스와 함께 애슐리성으로 돌아갔다.

"마리다 님! 해산달이고 예정일도 가까운 몸인데 싸움에 나간다니 당치도 않습니다! 얌전히 계셔 주세요!"

우리가 애슐리 성으로 돌아가자, 어디선가 싸움의 낌새를 감지한 귀인족들이 안절부절못하고 있었고, 그 낌새를 감지한 마리다도 부풀어 오른 배를 숨기지 않고 갑옷을 꺼내려 하고 있는 상황에 조우했다.

"알베르트! 리셸이 너무한 거다. 배가 부른 나한테는 싸움을 시키지 않겠다고 말하고 있는 거다!"

"이 무슨! 그건 중대사군요!"

나는 마리다한테 달려가 그녀의 커진 배에 귀를 댔다.

"엄마가 싸움에 나가고 싶다고 말하고 있는데, 너는 어떻게 생각하니. 응응, 한창 싸우는 중에 태어나 버릴 것 같으니까 안 돼. 그렇지~. 그렇겠지~. 너는 엄마처럼 해산달의 출산 직전인 몸으로 싸움에 나가겠다고 말하는 그런 사람이 되면 안 되니까 말이야~."

"므우우. 알베르트도 너무한 거다! 내 아이를 일족으로부터 나약한 녀석이라 불리게 할 생각이냐. 고작해야 출산 따위로 뒤처질 내가 아니니라!"

"안 됩니다. 당주님이라 할지라도 임신 중인 사람의 전투 참전은 제가 허가하지 않을 겁니다~."

"싫은 거다! 나도 가겠느니라! 실컷 참아 온 거다! 조금 정도──."

"그러면, 이 일을 라이아 님께 연락하지 않으면 안 되겠군요."

라이아라는 말에 반응한 마리다가 내 어깨를 꽉 잡았다.

"내가 언제 출산할지 모르는 몸으로 싸움 따위에 나갈 리 없지 않으냐. 알베르트도 농담이 통하지 않는 남자구나."

언니인 라이아한테 아이 일로 혼나는 게 상당히 싫은 모양이다. 그만큼 나가고 싶어 했던 싸움을 포기하다니. 뼛속까지 언니를 좋아하는구만.

"그랬습니까. 농담이었다니. 잘됐쪄여~. 엄마는 이야기가 통하는 사람이었쪄여~. 너도 안심하고 태어나도 되니까 말이야. 태어나면 아빠가 확실하게 돌봐 줄 테니까. 귀인족은 가까이 오지 못하게 할 테니까, 아무 걱정 없쪄여~."

이미 배 속의 아이한테 탈(脫) 근육 뇌를 향한 영재 교육을 시작하고 있다. 이런 건 처음이 중요하다.

내버려 뒀다가 모친의 영향을 받아 '싸움이다핫하──' 같은 말을 하는 위험한 아이로 만들고 싶지 않기에 태아 때부터 잘 타이르고 있는 것이다.

"우리 귀인족은 유서 깊은 황가 남부 수호직 슈게모리 가문의 호위를 맡는 일족이니라. 알베르트는 우리 귀인족을 그 근방에 있는 야만인같이 취급하고 있지 않나?"

하고 있습니다. 취급되어 당연한 만행을 거듭하고 있습니다. 사랑스러운 아이를 싸움좋아—로 만들고 싶지 않은 겁니다.

"나는 아들을 '사려 깊게' 만들고 싶은 것뿐이야."

마리다의 크게 부푼 배를 손으로 쓰다듬고, 이제 곧 태어날 아이를 생각했다.

일단, 여러 가지로 생각할 건 있지만, 지금은 무사히 태어나 준다면, 하는 것이 제일가는 소원이다.

"이 애는 남자아이인 거다. 최근에는 기운 넘치게 내 배를 차고 있으니까 말이지. 사려 깊게 만드는 건 알베르트한테 맡기고, 무예 단련은 내가 확실하게 가르쳐 주겠느니라."

"일단, 그건 금지하도록 하겠습니다. 마리다 님이라면 기세가 남아돌아 큰일이 일어날 것 같고 말입니다."

"너무한 거다! 말도 안 되는 트집이니라! 내 아이를 조련하는 것은 당주의 책무인 거다. 나도 어릴 때부터 아버님한테서 무예를 배워 전장에서 자랐느니라."

마리다가 부친을 함께 따라다니며 전장을 놀이터로 삼아 성장해 온 것은 알고 있다.

그렇기 때문에, 마리다가 같은 행동을 하면 근육 뇌가 만들어지니 내가 확실하게 지도해서 귀인족의 혈기가 적당히 빠진 아이로 키우고 싶다.

"그 건은 마리다의 의견을 존중하겠지만, 현재로서는 보류하는 걸로. 내 아이이기도 하고."

"납득 안 되는 거다~! 나는 배 속 아이의 엄마라고~!"

화를 뿡뿡 내기 시작한 마리다한테는 자기 침대로 돌아가게끔 하기 위해 내가 몸을 안아 올려 침실로 데리고 가기로 했다.

마리다를 안고 침실로 들어가자 베르타가 침대 시트를 교환하고 있었다.

"마침 좋은 때에 돌아오셨어요뿡. 지금, 교환이 끝났습니다뿡."

여전히 갸륵한 유모 후보 베르타는 우리의 나쁜 메이드장한테 지시받은 것을 충실하게 지키고 있다.

채용으로부터 수개월이 지나, 충분히 신뢰할 수 있는 인물이 되어 이미 감시는 풀어 뒀다.

"수고한 것이니라! 베르타 덕분에 나는 쾌적한 임부 생활을 보내고 있다. 리셀은 너무 엄격하니까 말이지."

"마리다 님이 무모한 짓을 하시니까 그런 겁니다."

나는 마리다를 상냥하게 침대 위에 내리고, 몸이 차가워지지 않도록 모포를 걸쳐 줬다.

"애초에 내 아이니까 슬슬 뿡, 하고 나와도 괜찮은 거——."

마리다는 커진 자신의 배를 쓰다듬었다. 예정일까지는 아직 조금 남았기에 내가 출진할 때에 맞출 수 있을지는 미묘한 상황이었다.

"마리다 님?"

"어째 아프구나 싶었는데, 양수가 터진 모양이니라."

그때까지 아무 일도 없이, 태연해 보이는 얼굴로 말하고 있던 마리다의 표정이 긴박하게 변화했다.

"으으윽…… 이 무슨 고통……. 이것이, 프레이가 말했던 출산 직전의 진통이라는 건가……."

"마리다 님?! 진통이라고요?! 리셸, 베르타, 약사와 산파를 불러줘! 태, 태어날 거야!"

"네, 넵! 곧바로! 베르타는 산파를, 저는 약사를 데리고 오겠습니다!"

"알겠습니다뿅."

"알베르트, 아픈 거다, 나는 이런 아픔은 처음이니라……! 크윽!"

나는 긴박한 표정으로 고통에 견디는 마리다의 손을 잡는 것밖에 하지 못하고 있었다.

"마리다 님, 제가 곁에 있습니다. 안심해 주십시오!"

"부, 부탁이니라. 나는 이대로 죽고 말지도 모르겠구나."

"정신을 똑바로 차려 주십시오!"

절대로 죽게 두지 않겠어, 소중한 아내인 마리다도 내 아이도!

"마리다 님의 목숨은 제가 반드시 지키겠습니다!"

"알베르트……"

그러고 나서 잠시 후, 베르타와 리셸이 산파와 약사를 데리고 와 예정일보다도 빠른 출산을 하게 되었다.

마리다의 진통이 시작되고서 이미 한나절이 경과했다. 아직 갓 난아기 울음소리는 들리지 않는다.

메이드장인 리셸을 비롯하여 리제와 이레나, 류미나스, 베르타가 침실에 진을 치고 진통에 괴로워하는 마리다를 격려하고 있다.

나도 조금 전까지 실내에 함께 있었지만, 너무나도 침착하지 못하다는 말을 들었기에 산파와 함께 출산 진두지휘를 맡고 있는 브레스트의 아내 프레이로부터 퇴실 처분을 당했다.

아니, 그래도 자기 아내가 비명을 지르고 있으면 초조한 게 당연하고, 침착한 건 무리잖아! 절대로 무리야! 게다가 이제 곧 자신이 아버지가 된다고 생각하면, 안절부절못하는 게 멈추지 않고, 마리다가 무사히 출산을 끝낼 수 있을지 어떨지도 알 수 없다.

"알베르트, 진정해라. 아이 같은 건 퐁 하고 태어나는 거다."

"브레스트 경! 우리 애는 가축 새끼가 아닙니다! 게다가 마리다님도 걱정입니다. 산후에는 청결하게 해야만 하고. 아아아, 물을 데워야 해! 아아아, 걱정이야."

"알베르트, 그 마리다 누님이 출산 정도로 쉽게 죽을 리 없잖냐."

"라토르! 내 아내는 저래 보여도 섬세하다고! 내가 곁에 없으면 불안해지지 않을까 걱정이라, 걱정이라, 진정이 안 돼! 마리다님! 괜찮으신가요!"

집무실을 서성이고 있는 나를 신경 쓴 두 사람이 말을 걸어 주고 있지만, 마음이 산만해서 어찌할 수가 없다.

참고로 남녀 양쪽 모두 이름은 정해 뒀다.

바쁜 업무 사이에 조금씩 생각에 생각을 거듭한 반짝반짝한 이름이다.

남자라면 전투신 아렉시아스를 살짝 바꿔서 '아레우스', 여자라면 '아레스티나'.

전투신 아렉시아스의 이름을 아이한테 붙이는 이유는 병에 강하고, 몸이 튼튼해진다는 듯하기 때문이다.

미신 같은 건 믿지 않겠다고 생각했지만, 이 시대의 유아 사망

률을 생각하면 신의 힘이든 뭐든 좋으니까 아이를 건강하게 키우고 싶다.

그걸 위해서라면 이름이 사신(邪神) 반짝반짝 이름이 되는 정도는 참을 수 있었다.

그런 생각을 하면서도 안절부절못하며 돌아다니고 있자, 침실 쪽에서 갓난아기의 커다란 울음소리가 났다.

"""태어났다!"""

곧바로 침실로 뛰어 들어갔다.

거기에는 태어난 채의 모습인 아기가 아직 피에 젖은 상태로 큰 울음소리를 내고 있었다.

이마에 귀인족의 증거인 작은 뿔을 지녔고, 나와 같은 검은 머리카락에 검은 눈, 그리고 마리다와 같은 새하얀 피부를 지닌 엄청나게 귀여운 남자아이였다.

아기를 들어 올린 산파가 하얀 배내옷을 입히고, 이쪽으로 건네줬다.

받아 든 내 손을 아기의 작은 손이 잡았고, 큰 소리로 울었다.

내 아이, 나와 마리다의 아이. 태어나 줘서 고맙다. 앞으로, 아빠로서 잘 부탁할게.

"후우, 전장에서 활약하는 것보다도 힘든 일이었던 거다. 죽는 줄 알았느니라."

"마리다 님, 정말로 무사하셔서 다행입니다!"

"알베르트가 밖에서 떠들고 있으니까 출산도 진정하고 할 수가 없었느니라. 뭐, 나한테 푹 빠져 있다는 건 알았으니 그건 그것대로 좋은 경험이었던 거다."

"추태를 보였습니다! 하지만, 무사하시다면 그것도 괜찮습니다."

한나절의 격투를 끝낸 마리다는 침대에 축 늘어져 있다.

아이를 소중하게 끌어안은 나는 그녀의 옆에 앉아 함께 얼굴을 들여다봤다.

"이 애는 알베르트를 닮아서 좋은 얼굴을 한 남자가 되겠구나. 내 젖을 먹고 자라면 지용을 겸비한 영주(英主)가 될 것 같아. 그래서, 이름은 정해져 있는 건가?"

마리다가 침대에 몸을 푹 가라앉히며 아이의 이름을 물었다.

"예, 정해 뒀습니다. 남자니까 '아레우스'. 아레우스 폰 에르윈. 좋은 이름이지요?"

"전투신 아렉시아스에서 따온 건가. 너무 개구쟁이로 자라도 내 책임은 아니니라."

나는 아레우스를 안으며 큰 임무를 완수해낸 마리다를 치하했다.

"마리다 님이 힘내서 안겨준 아이입니다. 어떤 아이가 되어도 괜찮고, 문제없습니다. 자, 오늘은 지치셨지요. 한동안은 느긋하게 쉬어 주십시오. 아레우스는 저와 모두가 돌보겠습니다."

"그럼, 서방님의 말에 어리광을 부리도록 할까."

마리다가 지쳐서 잠들자, 나는 다른 여성들과 질리지도 않고 적남 아레우스를 계속 어르고 달랬다.

이야~, 마이 베이비가 너무 귀여워서 일 같은 건 하고 있을 수 없네. 계속 보고 있을 수 있다고.

제국력 261년, 취옥월(5월) 말일, 나는 처음으로 자신의 아이를 가졌다.

※오르그스 시점

리히트한테서 구원을 요청하는 사자가 몇 번이나 찾아와, 식량 결핍과 스테판의 책략으로 인해 사태가 절박하다는 점을 전하고 있었다.

자츠바룸 지방 영주들한테서는 리히트를 구원하러 가지 않고 티아나에 눌러앉은 나에 대한 비아냥 같은 의견서까지 보내져 오고 있다.

적이 파 놓은 함정이 아니라면 벌써 구원하러 갔을 거다! 자잔 녀석도 그 이후로 불러내도 얼굴도 내보이지 않게 되었다. 후견인이라면 제대로 후견인다운 일을 해라! 망할!

책상을 내리침으로써 짜증을 발산하려고 했지만, 손의 통증만이 남고 짜증은 사라지지 않고 있다.

"전하! 큰일입니다! 자잔 님이 병사 1천을 이끌고 멋대로 아르카나를 구원하러 출격했습니다!"

달려 들어온 시종 가신이 알린 말의 의미가 한순간 이해되지 않았다.

"전하! 자잔 님이──."

"큭! 이 녀석이고 저 녀석이고 제멋대로 움직이고 말이다! 젠자아아아앙! 자잔을 쫓는다! 그 녀석이 없으면 코르시 지방의 영주가 단합되지 않아! 곧바로 출진 준비를 해라! 아르카나로 향한다!"

"옙! 곧바로 준비시키겠습니다! 전하께서도 가시는 것입니까?"

"당연하다! 내가 직접 진두지휘를 하겠다! 자잔한테는 멋대로 군을 움직인 벌을 줘야만 한다!"

자잔에 대한 분노가 더 앞서서, 기세로 출진을 입에 담고 말았다. 곤란하다고 생각했찌만, 여기서 또 의견을 번복하면 내 지시에 아무도 따르지 않게 될 것이다.

젠장, 젠장, 젠장! 에란시아 제국이 판 함정이라면 용서하지 않겠다! 자잔!

멋대로 병사를 내보낸 자잔의 얼굴을 떠올리고, 허리에 찬 검으로 책상을 베었지만, 손도 다리도 떨림이 멈추지 않아 검은 책상에 흠집을 냈을 뿐이었다.

자잔 녀석이 참전한 코르시 지방 영주들한테 무슨 말을 불어넣었는지, 다음 날에는 4천의 병사 출진 준비가 갖추어지고, 티아나에서 도르펜강을 거슬러 올라가 스테판이 하천 봉쇄를 계속하고 있는 자즈령 부근을 향하게 되었다.

닷새 뒤, 먼저 출진한 자잔이 자즈령 맞은편에 구축한 진지에 들어갔다.

"전하! 용히 결단하셨군요!"

마중 나온 자잔은 여느 때와 같은 비굴함은 없고, 멋대로 군을 움직인 것에 죄송해하는 기색도 보이지 않았다.

"자잔! 네 녀석 때문에 내가 티아나에서 나와야만 하게 되었다고! 목을 내놓을 각오는 있는 것이겠지!"

"있습니다. 하지만, 이 일전이 끝나고 나서 해주셨으면 하는

군요!”

　이쪽의 으름장에 겁을 먹은 기색을 보이지 않고, 태연하게 대답했다.

　“스테판은 이쪽의 움직임을 알아차리고 하천을 봉쇄하고 있던 병사를 즈라령에 되돌려, 이쪽이 어떻게 나오는지를 살피고 있습니다. 아르카나령을 지원하기 위한 물자가 이 진지에 도착하는 대로 전하께서는 이 진지를 코르시 지방 영주와 함께 굳게 지켜 주시고, 제가 자츠바룸 지방의 병사 1천을 이끌고 자즈령으로 도하하여 하역장 정비를 진행하겠습니다! 대형 하선을 계류할 수 있다면 대량의 식량도 반입할 수 있어 에라크슈 가문은 회복될 터입니다.”

　반대 의견을 말하게 하지 않겠다는 기백이 자잔한테서 전해져 왔다.

　젠장, 자잔 주제에 허세를 부리기는! 하지만 티아나에서 나오고 만 이상, 빈손으로는 돌아갈 수 없고, 녀석의 말대로 할 수밖에 없겠지…….

　지금으로서는 스테판이 이쪽을 노릴 낌새는 보이지 않고 있고, 의외로 이대로 맞은편에 도하하게 해줄지도 모르겠군.

　“좋다, 자잔의 의견을 채용하지. 단, 실패하면 그 목이 붙어 있을 거라고 생각하지 마라!”

　“잘 알고 있습니다. 그러면, 실례.”

　자잔은 나한테 가볍게 머리를 숙이고는 천막 안쪽으로 사라졌다.

그러고 나서, 아르카나령에 대한 지원 물자가 모여, 자잔이 병사를 이끌고 자즈령으로의 도하에 성공한 것까지는 문제없이 진행되었다.

　하지만, 건설에 들어간 자즈령의 하역장이 원인 불명의 화재로 소실되거나, 배도 불씨 진압 미흡으로 인해 불타 몇 척이나 침몰하고, 지원 물자의 이동은 지지부진하여, 겨우 하역장을 정비하고, 아르카나령으로 향할 준비에 들어갈 수 있었던 건 아슬아슬하게 월말인 때였다.

제6장 ♥ 눈속임 전쟁 발발

제국력 261년 진주월(6월)

애슐리령 영내는 당주 마리다가 낳은 에르윈 가문의 차기 당주 아레우스 폰 에르윈의 탄생으로 야단법석인 분위기가 한창이었다.

"마리다 언니! 아레우스가 울어!"

아레우스를 어르고 있던 리제가 갑자기 아레우스가 울기 시작한 것에 당황한 모습을 보였다.

"벌써 젖을 줄 시간인가. 잘 마시는구나. 내 분량만으로는 부족한 거다. 베르타를 고용해 두길 잘했군. 베르타, 조력을 부탁한다."

"알겠습니다뽕. 리제 님, 아레우스 님을 이쪽으로."

아레우스를 받아 든 베르타가 수유하기 위해 안쪽 침실로 데리고 갔다.

지금부터 모유를 저만큼 먹는다면, 아레우스 땅은 엄청나게 크게 성장하는 것 아닐까.

키는 분명 추월당하겠지. 귀인족의 피를 잇고 있기도 하고. 10년 뒤, 나는 아들과 검 훈련을 하지 못할 것 같은 느낌이 든다.

"잘 먹고, 푹 자고, 쑥쑥 자라는 거다."

"아레우스의 성장이 기대돼요."

"나는 알베르트와의 사이에 아이를 가졌으니, 다음은 리제 땅 차례구나. 이번 전쟁에서 나는 빈 성을 지키는 역할. 전장에는 함께 따라갈 수 없느니라. 그렇기에 리제 땅이 확실히 알베르트의 시중을 드는 거다. 그 배에 아르코 가문의 후계자를 깃들이지 않으면 안 되니까 말이야."

마리다는 갑주 차림인 리제의 배를 손가락으로 가리켰다.

"아레우스를 보고 있었더니 나도 알베르트의 아이를 갖고 싶어서 참을 수 없게 됐으니까 힘낼게."

마리다의 별난 천성이라고나 할지, 남편의 측실이자 자신의 애인이기도 한 리제한테 아이를 만들도록 권하고 있었다.

자기가 좋아하는 상대끼리라면 질투한다든가 하는 감정은 없는 듯하다.

"알베르트도 힘내야만 하는 거다. 아이가 한 명이라서야 아레우스도 외롭겠지."

"알고 있습니다. 형제자매는 많은 편이 놀이 상대에는 곤란함을 겪지 않을 테고 말이지요. 힘내고 오겠습니다."

아내 공인인 측실과의 아이 만들기 전쟁 여행을 명령받았다.

"그러면, 마리다 님은 확실하게 몸을 쉬고 계셔 주십시오. 그렇지! 마왕 폐하께는 출산이 무사히 끝났다는 편지를 보내셨습니까?"

"아니, 바빠서 아직이니라. 성을 지키는 역할이고, 심심풀이로 오라버니를 부르는 것도 괜찮겠구나."

아니아니아니, 그건 그만둬 주십시오. 마왕 폐하도 한가하지 않고 말입니다.

불러서, 아레우스 땅의 귀여움에 푹 빠지게 되기라도 하면 짐의 양자로 들이겠다든가 하는 말을 할지도 모르니까 말입니다!

절대로, 내가 없을 때 부르면 안 되니까 말입니다!

"마리다 님, 마왕 폐하께는 제가 서한을 보내 두겠으니 안심을. 아르카나령을 공략한 뒤 상황이 진정이 되면 제도에 면회하러 가지요."

"흠, 그것도 그렇구나. 오라버니가 일부러 찾아오게 하는 것도 좀 그런 거다."

후우, 세이프. 아레우스 땅 납치 사건은 회피할 수 있을 것 같다.

"그럼, 다시금 명하겠느니라. 리제 폰 아르코. 그대를 아르카나령 공략군 총사령관으로 임명한다. 반드시 함락시키고 오라."

"예! 반드시 아르카나령을 함락시키고 오겠습니다!"

갑주 차림인 리제는 마리다한테서 총사령관으로서의 증표인 검을 받아 들고, 자신의 허리에 찼다.

"다음으로 알베르트 폰 에르윈. 그대를 특별유격군 사령관으로 임명한다. 리제와 잘 상담하여 리히트 폰 에라크슈의 신병을 확보하라!"

"명을 받들겠습니다. 제 지략을 써서, 반드시 리히트의 신병을 붙잡아 보이겠습니다."

나도 마리다가 내려준 검을 받아 들고 허리에 찼다. 그리고 류미나스한테 의뢰해 뒀던 은색 가면을 썼다.

"그 가면, 알베르트한테 잘 어울리는구나. 의상도 무척 화려해서 전장에서 눈에 잘 띄겠어."

류미나스한테는 은색 가면과 맞춰 진홍색 갑주를 만들게끔 했다.

전장에서 눈에 띄는 건 위험하지만, 그만큼 대역을 쓰기도 쉬워진다.

"아레우스를 위해, 쉽게는 죽을 수 없는 몸이 되었으니까 말입니다. 대역을 쓸 생각입니다."

신호를 하자, 고슈토족 젊은이로 키가 나와 비슷한 자가 나와 같은 모습을 하고 옆에 섰다.

"가면으로 얼굴을 알 수 없으면 구분이 되지 않나. 잘 생각했구나."

"가면은 일상에서도 쓸 생각이기에, 잘 부탁하겠습니다."

평소 입는 옷에 은색 가면을 쓴 내 대역이 추가로 나타났다. 마리다가 평상복 차림 대역의 냄새를 맡았다.

"흠, 알베르트한테서 나는 그 냄새는 나지 않는군. 이거라면 모두가 착각할 일은 없겠어. 좋다. 알베르트가 부재일 때는 이 녀석을 집무실에 두겠다."

마리다를 포함하여 측실 모두가 나한테서 달콤한 냄새가 난다고 말하고 있는데, 남자한테 물어봐도 그런 냄새는 나지 않는다는 말을 들어서, 계속 고개를 갸웃하며 의아해하는 중이다.

하지만 냄새로 판별할 수 있다면, 문제도 일어나지 않을 테고, 대역한테도 폐가 될 일은 없을 터다. 단, 집무실에 있게 하는 건 나와 모습이 비슷한 여성 대역이지만 말이지.

"그러면, 저희는 지금부터 출진하겠습니다!"

"음, 성의 수비와 아레우스는 나한테 맡겨라."

나와 리제는 마리다한테 배례하고는 집무실을 나와 대회합실로 향했다.

대회합실에 들어가니 귀인족의 주된 가신과 아르코 가문 가신이 앉아서 기다리고 있었다.

"지금부터, 군사 회의를 하겠다!"

내 부하가 지도를 펼쳤고, 가신들의 시선이 모였다.

"아르카나령의 보리가 수확되는 시기까지 시간을 들일 여유는 없다. 작전 완수까지는 1개월 반이라고 머릿속에 박아 두도록!"

"""알겠습니다."""

"좋다. 그러면 특별유격군의 편제. 대장 브레스트 경, 부장(副將) 라토르. 귀인족 병사 200명으로 엘펜강 앞에 진지를 구축. 이 진지는 숙박이 가능한 것으로 하라. 그 뒤, 엘펜강을 타고 내려와 이미 알렉사 왕국군의 첨병이 들어가 있는 자즈령을 빠져나온 뒤, 내 부하와 합류하여, 아르카나 국경 부근에 매설해 둔 자재를 이용하여 간이 관문을 만들어 에르윈 가문의 대장기를 걸고, 자즈령에서 침입하는 알렉사 왕국군을 저지하라."

"우오오오오! 맡겨라! 싸움이다아아아아아!"

"알베르트, 내가 부장인 건 납득이 안 된다고!"

소란을 피우는 근육 뇌 두 명을 무시하고, 그들에게 주의점을 전달했다.

"관문 방어 중, 내 허가 없이 치고 나가서 적 병사를 한 명이라도 아르카나령으로 통과시키면 브레스트 경, 라토르에게는 엄벌을 내리겠다! 내 지시가 있을 때까지는 관문을 사수하도록!"

"알겠다. 전부 죽여 버리면 문제없겠지."

"그런 이야기인가! 좋아, 아버지는 관문을 지켜! 내가 적을 베고 오겠어!"

"멍청한 놈! 그런 건 거꾸로다! 부장인 네가 지켜라!"

일말의 불안이 있지만, 와리드를 붙여 둘 것이기에 폭주는 막아 주겠지.

"조용히! 이어서 아르카나 공략군 편제. 대장 리제, 부장 밀러. 스라트 세력 50명, 농민병 450명. 총 500명. 애슐리령 영내에서 병참부대와 합류. 식량을 호위하면서 엘펜강을 도하. 아르카나령 영내를 전진하여 담합이 끝난 적 쪽과의 합동 군사 연습을 거듭하여 식량을 배포하고 각 촌락을 돈다. 그사이, 중요 인물을 확보하고 후방 기지로 삼은 엘펜강 근처의 진지에 보내도록 명령한다."

"알겠어. 내가 지체 없이 진행할게. 밀러도 있고 말이지."

리제의 풍모는 사람들에게 불필요한 긴장감을 주지 않으니까, 눈속임 전쟁에서 사고도 일어나지 않을 거라고 생각한다. 나머지는 밀러가 지휘할 테니 돌발 사태가 일어나도 대응은 가능할 터다.

"촌락 해방 후에는 농민병은 귀환. 스라트 세력과 귀인족으로 아르카나성을 포위하고, 리히트의 신병을 확보한다!"

"""옙!"""

"그러면 각자, 병사를 이끌고 출진하라!"

당주 마리다의 대행이기에 출진 지시는 내가 내렸다.

"""오오!"""

대회합실에서 대기하고 있던 가신들이 각자 맡은 장소를 향해 달려나갔다.

아무도 남지 않게 된 대회합실에 한 명의 남자가 모습을 나타냈다.

"이번 원정에 불러 주셔서 감사합니다."

"미안하지만, 이번에는 프란 공의 힘을 빌려주셔야겠습니다."

나타난 건 내가 친하게 지내고 있는 군매점 상인 프랑이었다. 그에게는 애슐리성에서 매년 나오는 오래된 식량 판매에 대한 도움을 받고 있다.

밀레비스를 비롯한 문관이 창고의 오래된 식량을 찾아내어, 마르제 상회가 모은 각지의 시세 정세를 토대로, 프랑이 인원을 내보내 판매함으로써 거금을 벌고 있다.

그 연줄도 있어서, 프랑은 에르윈 가문 전속 군매점 상인이 되어 가고 있었다.

이번 전쟁은 근육 뇌들만으로는 사람이 부족하여 스라트 세력과 농민병도 동원했지만, 거기다 더해 아르카나 영민한테 식량을 나눠줄 수송대도 편제하지 않으면 안 된다.

그 수송대까지 우리 쪽 농민병으로 편제하게 되면 터무니없는 인원수가 필요하게 되고, 지금은 진주월(6월)로 농번기다.

그렇기 때문에 돈으로 해결되는 군매점 상인인 프랑한테 수송 업무를 위탁했다.

군매점 상인들은 전장을 뛰어다니는 상인이어서, 그 전장에서 살아남아 온 사람들은 위험을 감지하는 능력도 높다. 돌발 사태가 일어나도 동요하지 않고 작업에 집중해 줄 것을 기대하며 위탁했다.

"신세를 지고 있는 에르윈 가문을 위해서라면 이 프랑, 수송 업무를 완수해 보이겠습니다."

"정보는 숨겨 두고 있어 주십시오. 적 쪽에 발각되면 저는 군법에 따라 당신을 베지 않으면 안 됩니다."

나는 허리에 찬 검 자루에 손을 댔다.

정보가 외부로 새는 건 곤란하기에 작전이 끝날 때까지 프랑은 에르윈 가문에 임시 고용된 가신이라는 신분으로 계약을 맺었다.

"잘 알고 있습니다. 저도 베이고 싶지 않기에, 보고 이외에는 입을 굳게 다물고 있겠습니다."

"그럼, 보고 부탁드리겠습니다."

"넵! 이미 엘펜강 부근의 진지 설치 예정지에는 식량을 비롯하여 물자가 잔뜩 모이도록 군매점 상인들을 움직이고 있습니다. 리제 경을 따라, 제가 이끄는 수송대가 그 지역에 도착하면 곧바로 적재 작업을 할 수 있을 겁니다."

프랑한테는 아르카나령에 식량을 수송하는 비용을 제국 금화 1,500닢으로 위탁해 뒀다. 물론 상대측과 이야기는 되어 있어서, 위험도가 적은 점도 설명해 두었기에 비교적 저렴한 위탁료였다.

수송대는 짐마차 100대와 인원 200명 정도 준비하게 했는데, 이것도 상당히 아슬아슬한 인원이리라.

여하간, 니콜라스한테 제출받은 식량을 필요로 하는 아르카나 영민은 약 2,500명.

마르제 상회 국내반이 비밀리에 소규모 식량 보급은 하고 있지만, 필요 최소한으로 그치고 있다.

그런 아르카나 영민의 배를 채우려면 진지와 촌락을 몇 번이나 왕복 수송할 필요가 있을 터다.

"격무가 될 거라고 생각하지만, 잘 부탁드립니다."

"넵! 잘 알고 있습니다. 격무이기는 하지만, 짐을 옮기는 것뿐이니 맡겨 주십시오!"

"그리고, 이전의 그 건은 생각해 주셨습니까?"

이번 작전 종료 뒤, 프랑한테 에르윈 가문 가신의 일원이 되도록 타진해 뒀다.

이번에는 아웃소싱했지만, 나로서는 수송 전문 부대를 당장이라도 가지고 싶다.

하지만 귀인족은 전선에서 싸워 무훈을 올리는 것을 선호하기에 후방 근무인 수송대를 싫어하는 사람이 많아, 되려는 사람이 없다.

그런, 되려는 사람이 없는 수송대에 프랑이 이끄는 군매점 상인들을 슬라이드 채용하고자 계획하고 있었다.

그래서 평시에는 군매점 상인, 전시에는 수송대원이라는 반상반사(半商半士)라는 신분을 만들고자 생각하고 있다.

봉급은 종자 대우이기에 낮지만, 평시의 상인으로서의 일도 에르윈 가문에서 직접 의뢰하는 물자 운반이나 마르제 상회를 통한 물자 운반과 같은 형태로 일을 주어 이탈을 막을 생각이다.

그리고 전시가 되면 곧바로 소집되어 지정한 장소에 물자를 운반하고, 적에게서 빼앗은 재화를 관리하는 부대로 편제하는 형태다. 물론 수송대도 싸움에 참가하면 위험 수당이라는 이름의 포상을 내려줄 생각이기는 하다.

"정규 가신으로 승격되는 건, 있습니까?"

"소속은 무관으로서가 아니라 문관 채용입니다. 그렇기 때문에 권한은 제게 일임되어 있습니다. 그러니 능력에 따라 수시로 승격을 검토하겠습니다."

"군매점 상인은 위험과 이웃하고 있으니까 말입니다. 알베르트 경의 제안을 받아들이는 사람은 많을 거라고 생각합니다. 저도 포함해서 말이지요."

프랑은 나한테 손을 내밀었다. 나는 그 손을 맞잡았다.

"그러면, 이번의 아르카나 공략군을 따라 식량을 보급하는 임무는 수송대 채용 시험인 것으로 하겠습니다."

"좋습니다. 동료들에게 전해 두겠습니다. 알베르트 경의 눈에 들면 에르윈 가문에서 입신출세할 수 있다고 말이지요."

"기대하고 있겠습니다."

프랑은 말없이 고개를 끄덕이고는, 대회합실에서 나갔다.

"자, 그럼, 이걸로 염려 사항은 없어졌군. 마무리 싸움에 가도록 할까!"

나는 가슴을 두드리고는 기합을 새로 넣어, 출진 준비를 진행 중인 리제가 있는 곳으로 갔다.

선발대인 브레스트 부대가 엘펜강 부근의 진지 구축을 끝내고 자즈령과의 경계로 이동하여 에르윈 가문의 대장기를 내걸었다는 보고를 받고, 아르카나령 공략군이 움직인 건 진주월(6월) 9일.

밀러가 이끄는 농민병들이 솜씨 좋게 작은 배를 늘어세우고, 떠내려가지 않도록 말뚝을 박고 판자를 걸쳐 부교를 만들자, 짐을 가득 실은 수송대가 최초의 촌락을 향해 나아갔다.

나는 리제, 스라트 세력과 함께 최후방을 지키며 짐마차로 이동하기 시작했다.

"시작됐어. 리히트는 완전히 당황하고 있겠지. 에르윈 가문의 대장기가 성으로 일직선으로 갈 수 있는 잔도 끝에 서 있으니까 말이야."

"그렇겠지. 리히트는 스테판 경이 주력으로 침공해 올 거라고 생각하고 있었을 테고, 우리 군이 잔도 쪽에 진을 칠 거라고는 일절 생각하지 않았을 거야."

"그만큼 상대도 겁먹고 있겠지. 병사를 이끌고 성으로 오라고, 북소리가 마구 울리고 있었다고 해."

리제의 말에, 안색이 바뀐 리히트의 얼굴이 떠올랐다.

흉악한 전투력을 자랑하는 귀인족의 깃발이 성으로 가는 제일 빠른 지름길인 장소에 있고, 자기 성을 지키는 병사가 통상의 2할 정도밖에 없으니 말이다.

성에서 치고 나와서 쫓아낸다는 선택지는 고를 수 없는 상황이다.

"덕분에 우리는 안전하게 진군하고 있다."

아르카나령 영내로 들어갔지만, 적의 경계망은 일절 설치되어 있지 않았고, 짐마차는 무인인 가도를 멈추지 않고 촌락을 향해 질주하고 있었다.

"오! 신호인 화살이 발사된 모양이군. 먼저 출발한 밀러가 촌락에 도달한 모양이다."

"사고 없이 모의 전투 훈련이 끝나면 좋겠네. 오늘은 앞으로 마을을 두 곳 더 함락시킬 예정이고 말이야."

"그래. 양쪽에 연락 담당을 배치해 뒀으니까 그리 쉽게 사고가 일어나지는 않을 거다. 하지만 조심해서 나쁠 건 없지."

"밀러한테 전령을 보낼게. '차근차근, 조심해서 일에 임하도록'이라고 전하고 와!"

"옙! 곧바로 전하고 오겠습니다!"

리제가 옆에서 대기하고 있던 아르코 가문 가신을 전령으로 보냈다.

전령이 가고, 잠시 시간이 지나 마을에서 함성이 들려왔다.

나한테서 보이는 범위로는, 일은 순조롭게 진행되고 있었다. 눈속임 전쟁이라는 이름의 모의 전투 훈련이 마을 사람들과 밀러가 이끄는 농민병 사이에서 치러지고 있다.

화살촉이 없는 화살이 날거나, 날 끝이 없는 창(단순한 막대기라고도 한다)으로 서로 찌르거나, 날을 없앤 훈련용 검으로 서로 치는 등, 두 시간 정도 땀을 흘려 싸우고 슬슬 항복할 시간이 다가오고 있었다.

'으아아—, 당했다—'라든가, '잠깐, 진짜로. 에르윈 가문 녀석들 강하지 않아?'라든가 '항복할 테니 목숨만은 살려주시기를!'이라는 목소리가 바람을 타고 들려온다.

전부 사전에 내가 짠 시나리오를 따라 모두가 움직여 주었다.

"이 상태라면, 오늘 예정을 지체 없이 소화할 수 있을 것 같군. 밤에는 촌락에서 묵을 수 있겠어."

"그런 것 같네. 그건 그렇다 치고, 나도 전쟁은 세 번째지만 이런 쉬운 전투는 말도 안 되지."

"전부 사전 준비 덕분이다. 병사가 있는 촌락은 책략에 응한 지역 가신들이고 병사가 없는 곳은 이쪽의 침공을 알아차리고 서둘러 등성(登城)해서 아르카나성에 틀어박힌 고참 가신의 마을이고 말이지. 전부 계획대로인 거야."

어이쿠, 전투는 종료된 모양이군.

리제와 이야기하고 있었더니 밀러와 촌락 사람과의 모의 전투 훈련이 종료되었다.

"프랑 경, 일을 부탁합니다!"

밀러의 전투 종료를 지켜본 프랑이 손을 들고 대답하더니 짐마차를 촌락으로 전진시켰다.

나도 리제와 같이 촌락에 들어가자, 포승줄에 묶인 지역 가신이 눈앞에 끌려 나왔다.

"저는 에르윈 가문에 항복하겠으니, 마을 사람에게는 거친 짓만은 하지 말아 주십시오!"

"알고 있다. 에르윈 가문에 항복한 촌락에는 위해를 가하지 않으니까 안심해 줘. 하지만, 너희들의 신병은 구속하여 후방으로 보내도록 하겠어."

아르카나령 공략군 대장은 리제이기에 그녀한테 포로 면회를 맡겨 뒀다.

내가 해도 괜찮지만, 상쾌한 중성적 미녀인 리제 쪽이 여러 의미로 안심감을 줄 수 있을 거라고 판단하여 그녀에게 맡기고 있다.

"좋아, 제1수송대부터 제15수송대는 밀러 경을 따라 전진하고, 제16수송대부터 제20수송대는 여기서 물자를 내려 포로를 태우고 스라트 세력의 호위를 받으며 진지로 돌아가 다시 물자를 가지고 오는 거다! 서둘러라! 일을 못 하는 녀석은 채용될 수 없으니까 말이다!"

프랑은 100대의 짐마차를 20개 부대로 나누어 보급을 행할 생각인 모양이다.

마을별로 물자 집적 거점을 설치하고, 수송대를 배치하여 이동 거리를 짧게 만들려는 생각인 듯하다.

좁은 가도를 대량의 짐마차로 왕복하는 건 비효율적이고 말이지. 거점 간 수송으로 물자를 충족시켜 나가는 편이 효율 좋게 수송할 수 있다고 판단한 것이리라.

"마을 사람은 식량을 받아 가~. 잔뜩 가지고 왔으니까 사양할 필요는 없어. 전부 마리다 님이 아르카나 사람한테 준비해 준 물건이니까 받아 가, 받아 가~."

리제가 촌락 사람들한테 몸소 식량을 나눠줬다.

식량을 받은 마을 사람은 어지간히도 기뻤는지, 소리 높여 우는 사람도 다수 있었다.

약속이 지켜지지 않는 것 아닐까 하고 생각했던 사람도 이걸로 안심해 줄 것이다.

"마을 사람들한테는 수송대를 돕고 주변 경계를 부탁하고 싶습니다. 주위에 이상한 움직임이 있으면 수송대 사람한테 보고해 주길 바랍니다. 여러분이 힘을 빌려주시면, 아르카나의 다른 영민도 구조됩니다!"

내 말을 들은 촌락 사람들은 힘차게 고개를 끄덕여 주었다.

그들의 마음은 이미 완전히 에라크슈 가문이 아니라, 에르윈 가문을 향하고 있는 모양이다.

"알베르트 님, 다음 촌락을 향해 출발하겠습니다!"

"아아, 이쪽은 문제없어. 전진해 줘!"

휴식을 끝낸 밀러가 다음 촌락을 향해 움직이기 시작했다.

"알베르트, 조금 전 사람들의 표정으로 겨우 이해했는데, 이 눈 속임 전쟁은 아르카나 영민의 마음을 손에 넣는 싸움인 거네."

"그런 거야. 여기는 에르윈 가문의 영지가 될 중요한 장소니까 말이지. 힘으로 굴복시키면 안 돼. 마음을 손에 넣어서 지배하는 거다."

"역시나, 군사님은 머리가 좋아."

"칭찬받은 모양이네."

이런 느낌으로 리제와 꽁냥거리면서 하는 진군이지만, 모의 전 투 훈련을 끝내고 항복한 촌락에 식량을 배포하며 돌고, '수송대 에 협력하면서 농사 쪽을 우선하여'라는 말을 남겨 포로라는 이름 의 보호를 받는 사람 이외에는 평소의 생활로 돌아가게끔 했다.

그리고 수하를 이끌고 아르카나성에 들어간 고참 가신의 촌락 은 남아 있던 주민 전부를 포로로 삼아 후방 진지로 보냈다.

촌락의 주인이 항복하지 않은 그들을 촌락에 남겼다가 수송대 방해 공작을 당하고 싶지는 않기도 했고, 어차피 전후 처리로 노예로 팔 생각이기에 수고를 덜었다.

이쪽으로 마음이 넘어오지 않은 자를 아르카나령 영내에 남길 생각은 없다.

원망한다면 수하를 이끌고 성에 틀어박힌 촌락의 주인을 원망해 줘. 나도 호인은 아니기에, 적과 아군의 구별은 되는 남자다.

한편, 리히트는 잔도 끝에 나부끼는 에르윈 가문의 대장기에 두려움을 품고 성에 틀어박혀 있었고, 구원을 타진하는 사자를 붙잡았다고 브레스트한테서 몇 번이나 연락이 들어왔지만, 그 사자는 자유롭게 보내 줬다.

어째서냐고? 그야 자츠바룸 지방 영주들한테 알렉사 왕국이 리히트를 저버렸다는 것을 알게 하기 위해서지.

'에란시아 제국의 침공을 받아도 알렉사 왕국은 지켜 주지 않잖아'라는 걸 선전하기 위해서다.

'방침으로서 영지를 내가 지킬 테니 병사와 돈을 내라'고 말하는 알렉사 왕국이 적의 침공을 받아 고립된 아군을 구원하지 않고 저버리는 건 좋지 않겠지.

에란시아 제국 대 알렉사 왕국의 최전선인 에르윈 가문으로서는 적국의 평판을 떨어뜨리기 위해서도 농성 중인 리히트가 비통한 구원 요청을 몇 번이나 보내는 편이 좋은 것이다.

뭐, 알렉사 왕국이 원군을 내보내도 이미 시기를 놓쳤고, 좁은 길에 관문을 설치한 귀인족 병사 200명을 뚫을 수 있을 거라고는 생각되지 않으니까, 보내게 놔둘 수 있는 거지만.

그런 느낌으로 눈속임 전쟁에 의한 아르카나령 공략군의 진격은 순조롭게 이루어져 15일 만에 아르카나령의 9할은 에르윈 가문의 손에 떨어졌다.

그리고 오늘, 리스트에 실린 마지막 내통자인 니콜라스가 항복했다.

분전도 헛되이, 촌락 사람의 목숨을 지키기 위해 어쩔 수 없이 우리한테 항복했다는 줄거리다.

"수고 많으셨습니다. 충분한 식량 제공뿐만이 아니라 이렇게 술까지 가져다주셔서 감사합니다."

"그 왜, 처음에 도노반 상회 부회장으로서 왔을 때 약속하지 않았습니까. 언젠가 술을 가지고 오겠다고 말입니다."

니콜라스가 생각에 잠기는 몸짓을 보였고, 잠시 후 떠올린 것처럼 손뼉을 쳤다.

"아아! 그랬었지요! 생각해 보면, 그때부터 저를 포섭하고자 움직이고 계셨다는 거군요!"

"그런 겁니다. 니콜라스 공 덕분에 사고도 없이 아르카나령 공략군은 목적을 달성할 수 있었습니다."

"아뇨아뇨, 이것도 전부 알베르트 님을 비롯한 아르카나 공략군 분들과 수송대 분들이 열심히 해주신 덕분입니다. 저 같은 건 거의 일한 게 없습니다. 아아, 서서 이야기하는 것도 뭣하니 집으로 들어와 주십시오. 오늘도 더우니까 말입니다."

조금 전에 치러진 눈속임 전쟁(아니, 전쟁놀이)으로 촌락 사람과 우리 농민병들은 의기투합하여, 이쪽이 가지고 온 물자에서 술을 제공하여 촌락의 각 가정에서 주연이 시작되었다.

손해 없이 아르카나 사람의 마음을 손에 넣어 이쪽으로 포섭한다. 이것이 내가 그렸던 눈속임 전쟁이었다.

그 성과가 열매를 맺은 주연을 곁눈질로 보면서, 니콜라스의 집으로 들어가, 니콜라스가 권하는 자리에 앉았다.

"이걸로 니콜라스 공의 면목은 섰다는 것이군요. 한동안은 엘펜강 부근에 만든 진지에서 느긋하게 생활하며, 저희가 아르카나 성을 함락시키는 걸 기다려 주십시오."

이미 니콜라스의 마음은 에르윈 가문으로 돌아서서, 리히트한테서 멀어졌기에 전 주군의 위기에도 동요하는 기색은 없다. 영민의 목숨을 지키기 위해 리히트를 배신한 것에 후회는 없는 모양이다.

아르카나령의 미래를 맡길 남자이기에 그의 마음이 확실하게 에르윈 가문으로 향해 준 것에 안도를 느꼈다.

"이미 아르카나령은 에르윈 가문의 손에 떨어졌고, 나머지는 리히트 경이 농성 중인 아르카나성뿐. 그리고 농성하는 병사도 고참 가신의 수하뿐이라 그다지 많지 않습니다. 게다가 알베르트 경이 하는 일이니까, 성내에 틀어박힌 자들에게도 책략의 손을 뻗어 놓은 것이지요?"

"그건 비밀입니다. 하지만 낙성은 시간문제이기에 니콜라스 공은 잠시 동안의 휴가를 즐겨 주십시오."

"휴가인가요……"

포로가 될 예정인 니콜라스가 쓴웃음을 띠었다.

"아르카나성을 함락시키면 니콜라스 공은 아르카나를 위해 부지런히 일해 주셔야 하니까 말입니다. 그걸 위한 휴가입니다."

이미 내 안에서는 아르카나령의 통치 방침은 결정되어 있다.

니콜라스를 에르윈 가문의 전사장으로 맞아들이고, 아르카나 총대관이라는 직역에 앉혀 전 에라크슈 가문의 지역 가신들을 통솔케 하여 아르카나 세력으로 재편성할 생각이다.

마왕 폐하도 자신을 곤경에 처하게 한 리히트의 신병만 얻을 수 있다면 니콜라스를 비롯한 전 에라크슈 가문 지역 가신들이 에르윈 가문 가신단에 들어오는 것을 거부할 이유는 없을 거라고 생각된다.

"참고로 올해는 전쟁이 있었기에 아르카나령 영내는 조세를 면제하는 허가를 우리 당주님으로부터 받을 것이니, 각 촌락에 남은 사람에게는 착실히 농사에 힘쓰도록 전해 두었습니다."

"조세 면제?! 에르윈 가문은 이만큼 아르카나에 식량을 제공해도 조세를 면제할 수 있을 정도의 재력을 가지고 있는 것입니까?!"

"예에, 뭐어, 이 부근에서는 상당히 유복한 귀족 가문이 되어 가고 있다고 생각합니다."

아직 귀인족이 진 빚이 남아 있지만 말이지. 하지만 변제 가망은 서 있고, 횡령 박멸로 세수도 오르기 시작했고, 무엇보다 향유가 엄청나게 팔려서 상당한 벌이가 되고 있으니까 말이야.

"그, 그렇습니까. 아르카나의 땅은 주위가 산으로 둘러싸여 타국의 정보를 손에 넣기 어려운 토지라, 기분이 상하셨다면 용서해 주십시오."

"아뇨아뇨, 문제없습니다. 그리고, 아르카나에는 미래의 희망이 있고 말이지요."

나는 은광산의 위치를 표시한 지도를 니콜라스 앞에 내밀었다.

"아르카나에 잠든 은광맥까지 알고 계셨습니까······. 리히트 경에게도 말했지만, 그런 막대한 자금은 없다며 일축당했습니다. 하지만 에르윈 가문이라면, 은광 개발도 가능하시다는?"

"아직 정식으로 계약하지는 못했습니다만, 광산 기술자를 초빙하는 중입니다. 계약되면 연내에 시굴케 해서, 은광산으로서의 가능성을 살펴봐 달라고 할 생각입니다. 광산으로서의 가능성이 발견되면 조세는 은으로 상납하는 것으로 전환할 예정입니다."

농지가 적은 산악 지대인 아르카나령. 농작물로 조세를 납입하는 것보다도 은광산에서 나는 은을 몇 할인가 납부하고, 촌락에서 만드는 농작물은 자가소비용으로 하게 하면 좋으려나 하고 생각하고 있다.

레이모어한테 부탁해 둔 광산 기술자 초빙에 성공하여 은광산 개발이 성공하면 아르카나령에 커다란 부를 가져다줄 것이다.

다만, 은광맥이 어느 정도 되는 것인지는 파 보지 않으면 모르기 때문에, 최악의 경우 소규모였을 때는 베스강 유역에 아르카나 세력의 개척촌을 만들게 하여 그쪽에서 농사를 짓게 할 생각이다. 그 경우, 아르카나령은 방어 거점으로서만 사용할 생각이다.

토지에서 그 지역 사람을 떼어놓는 건 이쪽으로서도 괴로우니까, 은광맥이 광산 개발에 견딜 수 있는 대규모인 것이었으면 좋겠군.

"단독으로 은광 개발을 할 수 있다니⋯⋯. 하지만 그 이야기, 납득했습니다. 아르카나의 미래가 밝아지도록 신에게 기도해야 하겠군요."

"그렇지요."

이 뒤, 니콜라스와 함께 술잔을 나누며 아르카나령의 이후에 관해 이야기를 나누고, 맛있는 술을 즐겼다.

밤이 깊어져 니콜라스가 준비해 준 독채로 이동해 취침 준비를 시작했다.

내일은 니콜라스를 후방 진지로 보내고 리히트가 틀어박힌 아르카나성까지 병사를 진군시킬 예정이기에 일찍 취침할 생각이다.

"저, 저기 말이야! 알베르트! 나도 마리다 언니처럼 알베르트의 아이를 갖고 싶어!"

침대에 누워 있던 내 위에 소악마 같은 날개가 달린 천 면적이 적은 메이드복을 입은 리제가 올라탔다.

"리제, 그 의상은?"

"마리다 언니랑 리셀 씨가 원정에 가지고 가라고 준 거야. 지금까지는 군사 연습도 겸하고 있어서 긴장하고 있었으니까 입을 기회가 없었는데, 오늘은 괜찮으려나 싶어서 말이야."

중성적인 외모인 리제가 입으니 이건 이것대로 괜찮군⋯⋯. 음, 야하다.

"어때? 어울려? 이상하지 않아? 그 왜, 가슴도 별로 없고 말이야."

내 위에 올라탄 리제의 가슴에 손을 뻗고는 여느 때처럼 주물렀다.

최근 마리다나 나한테서 자극을 받는 일이 많기에 리제의 가슴은 성장이 현저해서, 이전보다도 확실히 사이즈 업했다고 생각된다. 그리고 전체적인 부드러움도 늘었다.

에르윈 가문에서 야한 짓을 계속 당하고 있기에, 리제는 여성다운 몸매가 되어 가고 있는 것이다.

"알베르트, 하나 물어봐도 돼?"

가슴을 주물러져 뺨을 빨갛게 물들인 리제가 질문했다.

"괜찮아. 뭐가 듣고 싶어?"

"스라트 사람들은 내가 여자라는 걸 알면 실망할까?"

"어째서 그렇게 생각하지?"

"아니, 나는 남자라는 걸로 하고 아르코 가문 작위를 이은 거잖아. 그게 실은 여자였습니다, 라는 게 되면 작위 계승권을 가진 다른 사람들이 납득하지 않는 것 아닐까 하고 생각해서."

아르코 가문 본가는 리제밖에 없지만, 분가가 존재해서 리제한테 무슨 일이 일어났을 경우에는 그쪽 당주가 작위를 잇게 되어 있다.

뭐, 그래도 그 분가 당주도 리제의 사람 됨됨이에 반해서 충성을 바쳤으니까 여성이라는 게 들켜도 집안을 빼앗으려는 생각은 하지 않을 인물이다.

뭐, 내가 손을 봐서 그런 인물만 아르코 가문에 남겼다는 이야기지만.

그러니까 리제의 걱정은 기우에 불과하다.

"리제는 리제니까 스라트 영민도 분가 사람들도 따르고 있는 거야. 거기에 남자도 여자도 상관없어. 리제의 대단한 점은 진지하고 노력가에 근성이 있어서, 일에 전념하면서 마주 보니까 누구든 도와주고 싶어지는 점이야."

"알베르트한테 칭찬받으면 어쩐지 간지러운 느낌이 들어. 나는 마리아 언니 같은 무용도 없고, 알베르트 같은 지략도 없고, 다른 사람들처럼 뛰어난 능력도 없으니까 열심히 하고 있는 것뿐이야. 야한 쪽 일도 말이지."

가슴을 주물러지고 있던 리제가 이쪽으로 엎어지더니 혀를 넣어 농후한 키스를 해 왔다.

확실히, 요 1년으로 상당히 야한 기술도 성장한 느낌이 든다.

소악마 의상의 중성적인 여자애한테 덮쳐지는 건 남자로서 여러 가지로 들끓어 오르고 만다. 답례는 제대로 해주는 편이 좋겠군.

나는 리제의 입 안에 혀를 미끄러지듯이 집어넣고는 반격에 나섰다.

"응흐읏!"

깜짝 놀라 눈을 크게 뜨는 리제한테 아랑곳하지 않고, 나는 그녀의 입 안에서 혀를 난폭하게 움직였다.

견딜 수 없어져서 얼굴을 뗀 리제는 눈이 촉촉이 젖어 있었다.

"후아! 알베르트, 그렇게 야한 혀놀림에 당하면 나 흥분해 버린대도."

"야한 건 혀뿐만이 아니라고."

나한테 올라탄 리제의 엉덩이를 양손으로 꽉 붙잡고 속옷을 내리고는, 야한 마사지를 해 나갔다.

"자, 잠깐, 알베르트. 내 엉덩이를 만지고 있는 것뿐인 건 아니지? 속옷은 벗기면 안 된다니까!"

"어째서? 마사지에 방해가 되니까 벗긴 것뿐이야. 자, 향유를 손에 떨어뜨려 주겠어?"

나는 올라탄 채인 리제의 앞에 한쪽 손을 내밀었다.

"전에 마리다 언니한테 한 야한 마사지를 나한테도 하는 거잖아. 그거, 마리다 언니가 엄청나게 기분 좋아 보이는 얼굴 하고 있었어."

"어떻게 할래? 할 거야? 안 할 거야?"

향유 마사지를 받을지 망설이는 리제한테 결단을 재촉했다.

"아, 알베르트는 어쩌고 싶어? 나한테 하고 싶어? 하고 싶지 않아?"

침대 근처에 놓아뒀던 향유가 든 단지를 손에 든 리제가 질문으로 받아쳤다.

"질문에 질문으로 답하는 건 좋지 못한 짓이라고 가르쳤던 느낌이 드는데?"

"나는 알베르트가 바라는 걸 해주고 싶은 것뿐이야. 그러니까, 묻는 거야. 그래서, 어느 쪽?"

내 위에 올라탄 채 젖은 눈동자로 나를 내려다보는 리제는 의상대로인 소악마 같은 매력이 폭발했다.

나는 요염하게 미소 짓는 리제한테 매료당한 것처럼, 자신의 욕망을 입에 담았다.

"나는 리제한테 야한 마사지를 잔뜩 해주고 싶어. 해도 되겠어?"

내 입가에 손가락을 가져다 댄 리제가 싱긋 미소 지었다.

"좋아. 알베르트가 바라는 대로 해. 나는 뭐든 받아들일 테니까 말이야."

그렇게 말한 리제가 자기 손으로 단지에서 향유를 뜨더니, 내 손에 휘감아 덕지덕지 발랐다.

"그럼, 야한 마사지를 하고 나면 그대로 아이 만들기도 힘내고 싶은데 괜찮겠어?"

"오늘은 나뿐이니까 좀 봐주기는 해줘. 그 왜, 알베르트가 진심을 내면 엄청나니까 말이야. 그걸 나 혼자만으로 전부 받아내면 머리가 이상해져 버릴 테니까."

"그렇게 되지 않도록 조심하겠지만, 리제가 너무 야하면 참지 못할지도."

리제와 이야기하면서도 손에 발라진 향유를 엉덩이 쪽에 펴 발랐다.

"정말로, 안 되니까 말이야. 내일은 아르카나성까지 진군하는 거고. 내가 허릿심이 빠진 상태로 정신을 못 차리고 있으면 여러 사람한테 민폐가 된대도."

"괜찮아, 괜찮아. 밀러도 있고, 나도 있으니까 말이지."

향유를 리제의 하복부에도 펴 바르자, 그녀는 내 가슴에 얼굴을 묻었다.

"잠깐, 야한 손놀림 안 돼애. 처음부터 너무 확 나갔어."

"제대로 잘 바르지 않으면 마사지 효과는 없으니까 말이지. 그 왜, 마리다 님한테 할 때도 나는 제대로 잘 바르고 있었잖아?"

"그렇긴 하지마안. 하웃! 그런 곳 안 발라도 되지 않아?"

"안 돼, 안 돼. 확실하게 발라 두는 편이 좋다고."

마사지의 효과로 리제의 몸이 열을 띠기 시작했다.

"얼굴을 들어."

"안 돼, 지금은 야한 얼굴 하고 있으니까 무리야. 아으, 무리. 지금의 내 얼굴을 보게 되면 엄청나게 밝히는 애라고 생각되어 버린대도."

내 손이 리제의 몸에 향유를 펴 발라 나갈 때마다 리제의 몸이 작게 떨렸고, 숨이 거칠어져 갔다.

농락당하는 리제가 너무 귀여워서, 내 들끓어 오른 물건도 반응을 나타냈다.

"아, 알베르트. 뭔가, 닿고 있는데?! 저, 저기 말이야, 조금 평소랑 다르지 않아?"

"리제가 너무 야해서 어쩔 수 없어. 책임은 져 주겠지?"

"저, 저기, 이건 좀 예상 밖이라고 할지. 뭐라고 할지. 지나치게 기운이 넘치는 것 아닐까나. 나, 분명 망가져 버린대도."

"괜찮아, 이렇게 상냥하게는 할 테니까 말이야."

가슴을 덮고 있던 속옷을 벗기고는, 넘쳐 나온 가슴에 향유를 발랐다.

"햐응. 잠깐, 자극 너무 강해!"

리제의 정신이 딴 곳에 팔린 사이에, 나는 하반신의 들끓어 오른 물건을 그녀 안에 넣었다.

"햐으으으으으응! 아, 알베르트! 갑자기는 무리니까아!"

입가에서 침을 흘린 리제가 절규하며 몸을 떨었다.

"아직 밤은 기니까 분발해야지."

"나, 나, 몸이 버티려나……"

그러고 나서 밤새 리제와 애정을 나누며 아이 만들기를 힘내 버렸다.

그도 그럴 게, 소악마 리제가 한 번 더, 라든가 졸라 대면, 나로서는 응하지 않을 수 없는 노릇이기에, 성심성의껏 봉사했습니다.

야한 소악마한테 무척이나 들끓어 버려서, 리제한테는 미안했지만 여느 때보다 힘내고 말았습니다.

다음 날 아침, 니콜라스를 후방 진지로 보낸 우리는 한층 병사를 진군시켜 아르카나성을 포위하듯이 진을 쳤다.

※브레스트 시점

알베르트한테 지시받은 장소에 즉석으로 만들어 낸 관문 망루에서, 눈 아래 펼쳐지는 광경을 바라보고 있었더니 짜증이 커져 갔다.

"저 녀석들은 바보인 건가? 어째서 산기슭에서 대기하고 있는 거지? 얼른 강 건너편의 대군과 합류해서, 이쪽으로 쳐들어오란 말이다!"

옆에 서 있는 와리드한테 자신이 느낀 의문을 부딪쳤다.

"맞은편에 있는 알렉사 왕국군 총대장은 제1 왕자 오르그스 경이니까 말입니다. 이제야 겨우 자즈령에 보급선이 확보되어 자잔을 구원병으로 보내려던 참에, 아르카나로 통하는 가도 앞 높은 곳에는 관문이 생기고 에르윈 가문의 깃발이 나부끼고 있었던 겁니다."

"그렇기 때문에, 후방에 있는 군과 합류할 필요가 있는 것 아닌가."

씨익 웃은 와리드가 동쪽 맞은편에 보이는 스라령을 가리켰다.

거기에는 베일리아 가문의 군세가 주류하여 깃발이 나부끼고 있다.

"첨병으로 건넜던 자잔은 시기를 놓쳤음을 알아차린 것이겠지요. 게다가 오르그스 경은 담이 작은 인물. 스테판 경의 군세가 신경 쓰여서 어쩔 수 없는 것이겠지요."

"지휘관은 풋내기인가……. 스테판의 군세는 그저 견제만을 위한 주둔임을 꿰뚫어 보지 못하는 건가."

높은 곳의 망루에서 보이는 적의 움직임에는 실망밖에 없군.

요 2년 동안 알렉사 왕국군은 상당수의 지휘관을 잃었고, 질이 떨어지는 건 어쩔 수 없나. 후우, 시시한 싸움이 될 것 같군.

"아버지! 이런 데서 틀어박혀 있지 말고, 자즈령의 첨병만이라도 쳐부수자고!"

"멍청한 놈! 나가고 나가지 않고는 대장인 내가 정한다! 너는 잠자코 무구라도 갈고닦고 있어라!"

"너무 갈고닦아서 이젠 갈고닦을 무구가 없다고!"

라토르의 대답을 듣고 옆에 있던 와리드를 힐끔 봤지만, 와리드는 고개를 가로저었다.

만에 하나, 놓친 병사가 관문을 돌파하면 특별 반성실에 처박히고 만다.

뇌리에 떠오른 창문이 없는 하얀 벽을 생각해 내자, 몸이 부르르 떨렸다.

"대기다! 너는 그 하얀 벽을 잊은 거냐! 어이쿠!"

라토르를 꾸짖고 있었더니 멀리 보이는 아르카나성 앞에 에르윈 가문의 깃발이 밀어닥치는 것이 보였다.

"와리드, 알베르트 작전을 완수한 모양이다!"

"그런 것 같군요. 그러면, 상황도 변했으니 저희도 알베르트 경과 합류해야만 하겠습니다만, 이번에는 저쪽이 방해되는군요."

그때까지의 태도를 뒤집은 와리드가 가리킨 것은 첨병으로서 산기슭에 포진 중인 자잔이 지휘하는 1,000명의 부대였다.

"확실히 아르카나성의 군세와 합류하기에는 매우 방해되는군. 저걸 철저하게 짓밟아 두면 담이 작은 풋내기 지휘관은 강 건너편에서 넘어오지 않겠지."

"그러면 곧바로 착수합시다."

"알겠다! 라토르! 출진의 북을 울려라! 바로 나간다! 적은 자즈령에 있는 알렉사 왕국군 1,000명! 철저하게 짓밟는다!"

"웃샤아아아아! 짜식들아! 나갈 차례다! 북을 울려라!"

출진의 북이 마구 울리자 관문 안은 분주해졌고, 곧바로 출진 준비를 갖추더니 산기슭을 향해 뛰쳐나갔다.

"나는 브레스트 폰 에르윈! 실력에 자신이 있는 자는 앞으로 나오라!"

스치듯이 엇갈리면서 말에 탄 기사를 베어 넘겼다.

"에르윈의 악귀들이 왔다고! 이젠 틀렸어! 도망쳐라!"

"도망칠 곳 따위 없다! 배는 강 건너편에 물자를 가지러 돌아갔다!"

"어째서 이런 때에! 에르윈 놈들!"

관문 기슭에서는 에르윈 가문의 깃발을 두려워한 알렉사 왕국군 병사가 우왕좌왕하며 도망칠 곳을 찾고 있었다.

"그러고도 알렉사 왕국군 병사인가! 싸워라──."

겁먹은 병사를 고무하고 있던 기사를 커다란 창으로 꿰뚫고는, 한층 더 말을 달리게 했다.

"적은 도망치려고 한다! 돌아들어 가서 전부 머리를 떨어뜨리는 거다! 가라! 아버지가 적의 머리를 베게 하지 마라!"

병사 지휘는 라토르가 확실히 하고 있는 모양이군. 소규모 전투라면 맡겨도 문제없는 지휘를 하게 되었다.

라토르의 지휘를 받은 병사들은 뿔뿔이 흩어져 우왕좌왕하며 도망치는 알렉사 병사들을 재빠르게 포위하여 다시 집단으로 뭉치게 만들었다.

"나를 위해 잘 해줬다!"

다시 집단이 된 알렉사 병사 가운데로 뛰어들어, 커다란 창을 일섬(一閃)했다.

커다란 창의 날에 닿은 적병은 머리를 잃고, 피를 뿜어내는 시체가 되어 지면에 쓰러졌다.

"누구, 나의 창을 받아낼 수 있는 자는 없느냐!"

겁에 질린 적병이 저항하지 않고 무기를 버렸다.

"미안하지만, 이번에는 알베르트의 지시도 없으니 포로는 잡지 않겠다!"

에르윈 가문의 깃발을 보고 겁에 질려 우왕좌왕 도망치고, 무기를 버린 녀석들은 자츠바름 지방의 병사들이겠지. 최근의 싸움으로 무기를 버리면 포로로서 포박되어 살아남을 수 있다고 학습한 녀석들인 듯하지만, 이번에는 그런 지시는 일절 받지 않았고, 살려 둘 이유도 없기에 쓰러뜨리도록 하겠다.

"그러니, 싸우지 않으면 살아남을 수 없다!"

무기를 버리고 손을 들고 있는 병사를 횡으로 후려쳐 베자, 주위에서 비명이 일어났다.

"히이이익! 말도 안 돼!"

"용서해 줘! 아내와 아이가——."

"그러니까 탈주했으면 좋았던 거라고!"

"전쟁에서 우는소리 하지 마라! 이곳은, 목숨을 건 싸움을 하는 장소다!"

비명을 지르는 적병의 머리를 날리자, 튄 피가 몸에 철썩 들러붙었다.

"멍청한 놈! 아버지한테 적을 모아주지 말라고! 여기다! 여기!"

라토르도 배틀 액스를 휘두르며 재차 도망치기 시작한 알렉사 병사 가운데로 뛰어들었다.

"늦었구나! 내가 대부분 정리했다!"

"크윽! 아버지! 치사하다고! 병사 지휘만 나한테 떠넘기고 말이야!"

"어쩔 수 없는 거다! 부장은 대장의 지시에 따르는 법이잖냐! 바보 아들이!"

아들과 말다툼하면서도 주위에 무리 지어 모이는 적병을 후려쳐 넘기며 쓰러뜨렸다.

전의를 상실한 적병 중 싸우려 하는 자는 없었고, 적이 새로 만든 하역장을 향해 패주했다.

포로를 잡지 않는다는 걸 명언함으로써 귀인족 병사들은 등을 향한 적병한테도 용서 없이 무기를 내리쳤고, 쓰러진 적병의 목을 베었다.

"아버지! 배가! 저거, 적의 대장이잖아!"

라토르가 가리킨 곳에는 어촌 선착장에서 도망치는 작은 배가 보였다.

강으로 나간 배에는 초췌한 자잔과 호위 기사로 보이는 자가 타고 있었다.

"이미 늦었다! 지금은 적을 쓰러뜨려라!"

"오, 오우! 알고 있다고!"

지휘관한테 버림받은 적병은 마지막까지 싸우든지, 체념하고 죽든지, 도르펜강에 갑옷을 입은 채로 뛰어들어 익사하든지의 세 가지 선택지밖에 남아 있지 않았다.

한동안 저항하는 적병을 베어 쓰러뜨리자, 움직이는 적병은 남아 있지 않게 되었다.

"좋아, 이거면 됐다! 대장의 수급은 딸 수 없었지만, 적의 첨병은 짓부쉈다. 이대로 알베르트한테 합류한다."

"오우! 짜식들아, 적병의 머리는 허리에 매달고 가라~! 아르카나성에 틀어박힌 녀석들한테 원군이 괴멸했다는 걸 보여주겠어!"

"웬일로 좋은 안이잖냐!"

"""오우!"""

병사들은 자신의 무훈을 나타내는 것처럼, 얻은 적병의 머리를 허리에 매달았다.

"브레스트 경, 라토르 경, 관문은 저희들의 부하한테 맡겨 놓았으니 서둘러 아르카나성으로 가십시다!"

"알고 있다! 그럼, 아르카나성으로 간다!"

라토르한테 병사를 모이게 한 뒤, 방금 왔던 길을 달려 올라가 관문을 지나 아르카나성으로 이어지는 잔도를 달려나갔다.

※오르그스 시점

강 건너편의 모습을 바라보고 있었는데, 아군 깃발이 잇따라 쓰러져 가는 것을 보고 몸의 떨림이 멈추지 않았다.

만약 이 기회에 스테판도 움직이면, 저 악귀들과 이곳에서 협공당한다.

자잔은 진지를 굳게 지키라고 말했지만, 어떻게 하면 좋지. 지킨다고 쳐도 내가 지휘를 하지 않으면 안 되는 건가.

짜증이 점점 심해져 천막 안으로 돌아가서 진지를 지키는 코르시 지방 영주들한테 시선을 향했지만, 모두가 이쪽을 보려고는 하지 않고 시선을 피했다.

젠장! 어설프게 의견을 냈다가 책임을 떠넘겨지고 싶지 않다는 태도가 역력히 엿보인다.

내 책임으로 결단을 내리라는 건가! 망할 놈들이!

"전하! 자잔 경이 돌아왔습니다!"

무거운 분위기에 둘러싸였던 천막에 완전히 초췌한 갑옷 차림의 자잔이 돌아왔다.

"자잔! 네 녀석! 그만큼 큰소리를 치고 강 건너편으로 건너간 주제에! 이 꼬락서니라니! 어떻게 할 생각이냐!"

"면목 없습니다. 에르윈 가문의 기습을 당해 소중한 병사를 잃었습니다……. 건너편으로 건너간 1,000명의 병사는 전멸입니다. 이 책임은 제가 전부 지겠습니다!"

"당연하다! 소중한 병사를 잃다니! 지금 당장 여기서 바로 죽어라! 무능한 놈!"

"옙! 그러면, 이 목으로 전하의 분노를 가라앉혀 주십시오!"

허리에 찬 검을 뽑은 자잔이 자기 목덜미에 칼날을 가져다 댔다. 그 모습을 본 코르시 지방 영주들이 일제히 자잔의 손에서 검을 빼앗고자 몰려들었다.

"자잔 경! 아직 진 게 아닐세! 아르카나도 함락되었다는 보고도 없네! 지금, 책임을 지고 죽는 건 빠르지 않은가!"

"하지만 전하께 그만큼 호언장담해 놓고서, 병사를 이끌고 건너편으로 건너간 것이다. 책임은 지지 않으면 군은 통솔되지 않는다!"

"오르그스 전하, 지금 자잔 경의 책임을 물어 머리를 벤다면 저희는 병사를 이끌고 영지로 돌아가도록 하겠습니다."

나란히 늘어선 코르시 지방 영주들이 자잔의 목숨을 살려주지 않으면 이 진지에서 떠나겠다는 의사를 표시했다.

병사가 없어지면 전투는 계속할 수 없다! 분하지만, 이래서는 자잔을 용서할 수밖에 없지 않은가!

"아아아아아아아악! 젠장할!"

허리의 검을 뽑고는 근처의 책상에 세차게 내리쳤다. 엉망진창으로 휘둘러진 검은 칼날이 정확히 들어가지 않아, 날이 빠져 버렸다.

"이번만, 이번만은 코르시 지방 영주들을 봐서 자잔의 목숨은 살려 주마! 진지에서 근신하고 있어라!"

자잔은 바닥에 이마를 문지르는 것처럼 깊게 부복하더니, 그대로 정신을 잃고 쓰러지고 말았다.

"자잔 경이 쓰러졌다! 약사를 불러라!"

영주들한테 들려 자잔이 천막에서 나가자, 내 곁에는 누구 한 명 남는 사람이 없었다.

이 녀석이고 저 녀석이고 나를 업신여기고 말이다! 자잔이 없으면 병사 한 명도 움직일 수 없다니!

아무도 남지 않게 된 천막에서 날이 빠진 검을 주워 들고, 시종 가신을 불렀다.

"부르셨습니까!"

"스테판의 진지와 강 건너편에 척후를 내보내라! 여하튼 지금은 정보를 모으는 게 선결이다! 어떤 정보라도 좋다. 전부 나한테 보고하게 해라!"

"엡! 그럼, 전달하고 오겠습니다."

시종 가신이 천막에서 나가자 위 근처의 통증이 커졌다.

스테판만 저곳에서 움직이지 않는다는 확증을 얻을 수 있다면, 아르카나 영내에서 에르윈 가문을 협공하는 것을! 언제든지 공격하겠다는 낌새를 숨기려고도 하지 않는다!

덕분에 도르펜강을 건너고 싶어도 건너지 못하고, 인내심이 다한 자잔이 병사를 분리하여 건넜다가 에르윈의 악귀들의 먹이가 되었다.

모든 것이 저쪽의 의도에 따라 움직여지고 있는 느낌이 들어 견딜 수가 없다.

어떻게든, 어떻게든 타개책을 찾아내지 않으면 내가 왕위를 잇는 것이 불가능해지고 말지 않나!

어떻게든, 어떻게든 하지 않으면……. 어떻게 하면 좋지, 어떻게 해야만 하는 거냐. 젠장, 누구 좋은 지혜를 가진 자는 없는 건가!

통증을 내는 위 근처를 누르며 답을 구했지만, 대답해 주는 사람은 누구 한 명 천막 안에 없었다.

제7장 ♥ 아르카나성 함락과 리히트의 말로

제국력 261년 홍옥월(7월)

순조롭게 군을 진군시켜 저번 달 말에 아르카나성을 포위한 우리한테, 특별 유격대인 브레스트 부대가 합류한 건 홍옥월(7월) 2일이었다.

그들은 허리에 알렉사 왕국군 장병의 머리를 매단 야만족 스타일로 나타났다.

"알베르트! 적이 너무 약했다고! 다음은 저 성, 부숴버려도 되는 거지? 하아하아!"

"알베르트! 나도 힘이 남아 돌고 있다! 파성추든 뭐든 짊어지겠다! 그래! 대궁을 가지고 와라! 성벽째로 성의 병사를 꿰뚫어 주마! 하아하아!"

숨이 거칠다. 아니 그보다, 눈에 핏발이 서 있고 허리에 매단 적병의 머리가 무섭다.

와리드의 부하한테서 받은 보고로는 관문 기슭에 있던 알렉사 왕국군 첩병 1천 명이 '괴멸', 아니, '섬멸'되었다고 한다.

그들은 전과로서 그 머리를 허리에 매달고 있는 모양이다.

진짜로, 야만적입니다만! 역시 귀인족은 아레우스 땅한테 접근하지 못하게 해야만 하겠어! 햣하ㅡ 아버지, 적의 머리를 가지고 왔다고! 라는 일은 시키지 않을 테니까 말이야!

하지만 지금의 나한테는 브레스트와 귀인족들의 몸차림이 고

마웠기에 이용토록 하고 있다.

"예이예이, 그전에 항복 권고를 할 테니까, 브레스트 경도 라토르도 다른 귀인족들과 마찬가지로 진지 앞에서 나란히 서 주세요~."

"항복 따위 시키지 말고, 전부 죽여 버리자고!"

"그래! 다소 싸우는 맛이 있는 녀석이 남아 있을지도 모른다!"

"예이예이, 제 지시에 따르지 못하겠다면 농민병들과 같이 돌아가 주세요~!"

허리에 적의 머리를 매단 귀인족을 보고 질색하고 있는 농민병들을 가리켰다.

브레스트가 이끄는 귀인족 부대가 합류했기에 그들 농민병은 동원을 해제하고 귀환하게 할 생각이다. 여기서부터는 진짜 전쟁이 시작되니까 말이지.

진짜 전쟁은 전문직으로 고용하고 있는 귀인족과 아르코 가문 가신들로 할 생각이다.

통상적이라면 농민병도 포함하여 500명 정도가 농성 중일 아르카나성도 지역 가신이 이반한 지금은 100명도 채 되지 않는 병사밖에 남아 있지 않다.

아무리 견성이라고 하더라도 수비병이 부족하면 쉽게 함락되는 존재로 전락한다.

"어쩔 수 없구만. 알베르트의 항복 권고에 성문을 열지 않도록 위압해둘 수밖에 없겠어."

"그렇군. 항복하면 너희도 이 머리와 같은 길을 걷게 될 거라고 태도로 나타내 주마."

이 전쟁광들! 머리의 나사가 날아간 발언은 그만두라고!

나는 한숨을 내쉬고 준비가 갖춰진 걸 확인한 뒤 종이로 만든 메가폰을 적의 성에 향했다.

"아ㅡ, 아ㅡ, 너희들은 포위되었다! 얌전히 우리 에르윈 가문에 항복하라! 우리가 원하는 건 영주 리히트의 신병뿐! 다시 반복한다! 항복하라! 너희가 희망을 걸고 있는 알렉사 왕국군은 여기 있는 귀인족들이 허리에 매달고 있는 머리로 전락했다! 쓸데없는 저항을 그만두고, 항복하도록! 목숨은 아껴라!"

내가 항복 권고를 하는 사이에도 귀인족들이 '항복하면 어떻게 될지 알고 있겠지' 같은 위압을 적을 향해 내뿜고 있었다.

그 위압에 겁에 질린 적은 이쪽의 항복 권고를 무시하고 개성을 거부했다.

"브레스트 경과 라토르의 의도대로 되었군요. 뭐, 원래부터 항복을 용인할 생각은 조금도 없었으니까 괜찮지만 말입니다. 조금, 시험해 보고 싶은 것도 있기에."

"그 장난감을 가지고 온 건가……."

"적을 겁먹게 하는 것 정도에는 사용할 수 있습니다. 게다가 실전에서의 경험을 쌓게 하고 싶기에."

"뭐, 귀인족이 쓰는 것도 아니고, 알베르트 좋을 대로 하게 해줘."

"라토르의 말대로, 저건 농민병의 전투력을 올리는 병기이니까 말입니다. 일단, 제가 선발한 사람을 써서 적의 성을 총격하고 있는 동안에, 머리를 처분하고 몸을 깨끗이 하도록 지시해 주십시오. 두 사람 다 냄새가 난다고요. 그렇지? 리제."

"응, 두 사람 다 몸을 씻는 편이 좋아."

얼굴을 찡그린 리제가 코를 누르며 손을 내저었다.

라토르와 브레스트가 자신의 몸 냄새를 맡았다. 체취와 적의 피 냄새로 코가 비뚤어질 것만 같은 냄새가 났다.

"이런 건 보통이지 않나. 뭐, 전투는 계속하게 됐으니 일단 휴식을 취하도록 할까."

"아버지! 저기에 술이 있어! 몸을 깨끗이 하고 나면 휴식 겸 마시자고! 알베르트, 괜찮지? 이 더위고, 목이 마르다고."

"좋습니다. 몸을 깨끗이 하고 나면 적병들한테서 보이도록 화려하게 술을 마셔 주십시오."

"웃샤아아──! 짜식들아, 휴식이다! 마시자고!

술이 나온다는 말을 들은 귀인족들은 곧바로 허리에 매단 머리를 던져버리고 교대로 근처의 물이 있는 곳으로 가더니 피와 땀으로 더러워진 몸을 깨끗하게 씻기 시작했다.

동시에, 돌아갈 준비를 끝낸 농민병들을 애슐리령을 향해 출발시켰다.

여기서부터는 비밀병기의 실험 타임이기에 정보 통제를 위해 농민병들한테는 돌아가게 했다.

"알베르트 님, 총병 교도대 준비가 갖추어졌습니다!"

"일단, 이번은 사격 훈련의 연장 같은 거니까 교전 거리 200m를 지키도록! 맞지 않아도 괜찮아! 소리로 적을 겁먹게 해!"

"옙! 알겠습니다!"

화승총 운용을 연구하기 위해 설립한 것이 '총병 교도대'다.

대원 30명은 전부 내 사병. 귀인족 기술자도 있으며, 고슈토족 사람도 있고, 스라트 영민도 있고, 애슐리 영민도 있다.

그들한테는 시험 제작된 화승총의 기량을 높이도록 하고 있는데, 화승총 정보가 누설되지 않도록 엄격한 제약을 부과하고 있으며, 전원 독신이었다.

앞으로 화승총을 양산화할 때는 그들이 철포대의 지휘관이 되게끔 할 생각이다.

그 '총병 교도대' 30명이 밀러의 지휘에 따라 횡렬로 늘어서고는, 성벽에 보이는 적병을 향해 각자의 화승총으로 총격을 개시했다.

큰 사격음과 흑색 화약이 내는 흰 연기가 피어올랐고, 총격이 맞았는지 기사 한 명이 성벽에서 아래로 떨어지는 모습이 보였다.

"밀러, 가지고 온 탄과 화약은 다 써줘. 그리고, 명중률이나 위력 확인도 하도록. 시제품도 팍팍 시험해! 망가질 정도로 써도 돼!"

"알겠습니다!"

총격은 산발적으로 계속되어 아르카나성의 온갖 곳에서 적병이 소란을 피우고 있는 모습이 보였다.

'총병 교도대'에 의한 실전에서의 사격 훈련은 날이 저물고 나서도 계속되고 있다.

적도 소리에는 익숙해진 모양이지만, 탄이 맞은 사람이 몇 명 나온 모양이라, 성벽에서 얼굴을 내밀어 이쪽을 살펴보는 자는 없었다.

나는 그 모습을 리제와 브레스트, 라토르와 함께 귀인족의 술잔치 회장에서 바라보고 있다.

"저 무기, 다음에 스라트 사람한테도 쓰게 해줘."

"시끄러울 뿐이지 않으냐. 리제 공의 가신인 스라트 사람은 좀 더 몸을 단련하지 않으면 안 된다."

"저 거리라면 적한테 치명상은 주지 못한 모양이라고."

리제의 말에 귀인족 두 명은 화승총에 대한 불만을 말했다.

"아직 개량 중인 참입니다. 그래도, 덕분에 적은 성벽에서 몸을 내밀어 이쪽을 활로 저격할 수 없습니다."

"답답한 짓 하지 않아도, 성문을 쳐부수고 성벽에 있는 병사를 일소하면 되지 않나."

브레스트의 모습을 보고 있자니, '전군, 돌격!'이라고 말하며 육탄 공격으로 성벽 파괴 같은 걸 할지도 모르겠다.

그렇긴 해도, 군사로서는 귀인족의 힘에만 의지하는 건 위험하다고 생각하고 있기에 에르윈 가문 전체의 군사력을 향상시켜야만 한다.

리제가 이끄는 스라트 세력, 니콜라스가 이끄는 아르카나 세력과 같은 부대도 싸울 수 있도록 만들어 나가면 에르윈 가문의 힘은 더욱 강해질 터다.

그걸 위한 첫걸음이 다수의 적을 제압하는 압도적인 화력이 될 화승총 양산이라고 평가하고 있다. "자, 자, 화승총은 약한 자의 무기라고 생각해 주십시오."

"알베르트, 끝난 모양이다!"

가지고 온 탄과 화약을 다 쓴 모양이라, 조금 전까지 울리고 있던 굉음이 멎었다.

총격이 멎은 걸 알아차린 적병들이 성벽에서 조심조심 얼굴을 내밀었다.

아르카나성은 농성 중인 병사는 100명도 채 되지 않고, 이미 농성으로 인해 성안의 식량과 연료는 떨어졌으며, 원군은 오지 않기에 전의는 상당히 약해졌다. 거기에 더해 조금 전의 총격이다.

정신적으로 상당히 내몰려 있을 거라고 생각된다.

우리는 그런 막다른 상황에 내몰린 적병들의 눈앞에서 우아하게 술잔치를 하고 있는 것이다.

그런 술잔치를 하며 즐기고 있는 우리를 향해, 리히트가 성벽에서 시끄럽게 짖어 대는 모습이 보였다.

"적장이 얼굴을 내보이고 있구나! 연회의 여흥으로, 창던지기 대회라도 기획하도록 하지! 우선은 나부터다! 창을 가지고 와라!"

농민병이 쓰고 있던 장창을 받아 든 브레스트가 도움닫기를 하며 있는 힘껏 창을 던졌다.

아무리 귀인족이 근육 뇌라고는 해도 200m 떨어진 성벽에 닿을 리가──.

원안경(遠眼鏡)을 써서 창의 궤도를 눈으로 좇고 있었더니, 비거리가 쭉쭉 늘어나 리히트의 뺨을 스치고는 안쪽 벽에 박혔다.

"빗맞았나."

근육 뇌가 펼치는 말도 안 되는 기술을 상식인인 나한테 보여

주지 말았으면 한다. 보통은 닿을 리가 없다고……. 진짜로 말도 안 돼.

"꼴사납구만. 나한테 맡기라고."

다른 창을 받아 든 라토르도 브레스트와 마찬가지로 도움닫기를 하며 창을 던졌다.

브레스트와는 다르게 포물선을 그리며 날아간 라토르의 창은 리히트 바로 앞에 꽂혔다.

위험했다! 앞으로 10㎝ 더 나와 있었으면 정수리에 창이 꽂혔을 거라고!

"아아아! 아깝다!"

그 뒤로 귀인족이 잇달아 도전하여 기겁한 리히트의 주위에 창이 죽 늘어서게 되었다.

"화승총보다는 우리가 창을 던지는 편이 적을 효율적으로 죽일 수 있다고 생각한다."

브레스트가 성벽 위에 죽 늘어선 창을 보며 만족스러운 듯한 표정을 지었다.

"참고로는 삼도록 하겠습니다. 참고로는."

귀인족 외에는 불가능한 재주라고 생각하지만 말이지.

"자 그럼, 놀이는 끝내기로 하지요! 지금부터 내통자에게 최종 통고하는 효시를 발사할 겁니다. 성문이 열리지 않더라도 전투를 개시하도록 하겠습니다. 그때는 둘에게 선봉을 맡기지요. 저와 리제의 스라트 세력은 그 뒤를 따르겠습니다."

두 사람은 내 말을 듣더니 술통을 안고는 내용물을 벌컥벌컥 다

마셨다.

"알았다! 술로 목의 갈증도 적셨고 말이지."

"웃샤아! 맡기라고!"

다른 귀인족들도 남은 술을 다 마시고는 잇따라 자신의 무기를 들고 준비하기 시작했다.

나는 옆에서 대기하는 자에게 효시 신호를 보내도록 눈짓했다.

큰 소리를 동반한 효시가 푸른 하늘을 향해 수십 발 발사되어 굉음이 울렸다.

리제는 효시의 굉음에 귀를 눌렀다.

"이건 조금 전의 총격만큼 시끄럽네. 이만큼 커다란 음향으로 발사하면 '들리지 않았다'라는 변명은 못 하겠어."

"그렇겠지. 변명은 하게 두지 않을 거다."

"성안으로부터 신호하는 빛 있음! 그 뒤, 성문 부근에서 환성!"

성의 모습을 보고 있던 부하로부터 보고가 올라왔다.

아무래도 곧바로 배신한 모양이다. 뭐, 실컷 궁지에 몰아넣고 있었으니 말이지. 살아날 희망이 있다면 매달리는 건 어쩔 수 없다. 살려줄 생각은 없지만.

"지금입니다! 전군, 진격!"

"우오오오오오오오오오오오오오오오오오! 내가 일등이라고 오오오오!"

"기다려라아아아! 내가 일등으로 들어갈 거다아아아아아!"

귀인족들이 땅울림 같은 함성을 내며 파성추를 걸머지고 성문에 쇄도했다.

"배신하게 두지 마라! 우리 힘으로 깨부수는 거다! 으랴아! 하나, 두울!"

술이 들어가 여느 때 이상으로 성미가 거친 귀인족들이 화려한 소리를 내며 철로 보강된 문을 파성추로 난타하여 단숨에 파괴했다.

전투가 시작되고서 아직 시간이 거의 지나지 않았지만, 성문은 보기에도 처참한 모습을 드러냈다.

귀인족한테 뒤처지지 않도록 우리도 뒤따르기로 했다.

"알베르트, 스라트 사람이 호위로 붙을게. 밀러, 지휘를 부탁해."

"옙! 두 분의 경호는 맡겨 주십시오."

스라트 세력이 우리 주위를 단단히 지키며, 불측의 사태에 대비했다.

밀러는 이미 아르코 가문 가신들을 장악하고 있어서, 그의 지시에 이의를 제기하는 자는 아무도 없었다.

"붙을게! 에르윈 가문에 붙을 테니까!"

"그만둬 줘! 붙겠어! 그쪽에 붙겠다고! 아군이야!"

"말로 하면 통할 거다! 나는 리히트 그놈한테 부추겨진 것뿐이라고!"

어이쿠, 배신자의 수가 많구만. 포위하기 전부터 내통자 모집은 하고 있었고, 당연한가.

하지만 귀인족들이 자력으로 문을 파괴해버렸으니까 말이지.

성안의 적병은 앞다투어 항복이나 내통했음을 나타내기 위해 무기를 버렸다.

이미 도산이 결정된 에라크슈 가문을 버리고 초우량 기업인 에르윈 가문으로 이직하고자 필사적인 것이리라.

"그런 이야기 알 바냐! 자기 목숨을 지키고 싶다면 스스로 싸워, 얼간이들이!"

먼저 성안으로 돌입한 라토르가 배신한 자를 배틀 액스로 베어 넘겼다.

적병들은 저항할 틈도 없이 말 없는 시체가 되었다.

반걸음 뒤늦게, 브레스트도 배신자를 잇따라 베어 넘기고 성문 앞을 깔끔하게 정리했다.

"약속이 다르다! 성문을 열려고 했는데 어째서——."

"이 비겁한 에르윈 가문 놈들!"

"손이이이이이이이!"

에르윈 가문으로 갈아타려 했던 자들이 피를 흘리며 몸부림쳤다.

지독한 상황이지만, 그들의 이직 활동은 늦었고, 이쪽으로서도 처음부터 살려줄 생각은 없기에 브레스트와 라토르의 대응은 어쩔 수 없다.

"전진하라! 전진해! 적장 리히트의 신병을 포획해라! 산 채로 붙잡으라고!"

라토르의 지휘로 귀인족들이 성안 곳곳에 우르르 밀어닥쳤다.

에라크슈 가문 가신들은 항복도 허용되지 않고, 피에 굶주린 귀인족의 사냥감이 되어 사냥당했다.

"어이쿠, 리히트는 내성에 틀어박혔나. 귀찮네."

"성 내부에 또 성이 있구나. 굉장한 구조네. 이 아르카나성은."

"내성은 최후의 보루 같은 장소고 말이지. 산 정상의 단애절벽을 이용해서 만든 아르카나성의 지세를 살려서 외성이 함락되어도 도개교를 올리면 틀어박힐 수 있는 거야."

눈앞의 도개교는 내성에서 대기하던 병사들에 의해 사슬이 감겨 저쪽으로 건너는 길이 사라졌다.

퇴로가 끊긴 외성 병사가 내성에 틀어박힌 병사한테 마구 소리질렀지만, 귀인족의 손에 곧바로 시체로 변했다. 이것도 이 세계의 풍습이라고 생각하면 어쩔 수 없다. 이 세계는 결단하지 못하는 사람한테 관대하지 않은 사양이다.

눈 깜짝할 사이에 외성 병사가 섬멸되자, 피에 굶주린 근육 뇌들은 내성에 틀어박힌 병사를 노렸다.

"브레스트 경, 어떻게 하시겠습니까? 저쪽으로 건너는 길이 없어졌습니다."

"저 급경사를 올라도 괜찮지만——."

브레스트가 가리킨 경사면은 도저히 인간이 오를 수 있을 거라고는 생각되지 않을 정도로 급격한 경사였다.

"귀찮으니까 이 녀석으로 다리를 떨어뜨린다!"

브레스트가 부하한테서 받아 든 것은 키 이상 되는 커다란 활이었다.

조금 전에 던진 창 건도 있고, 또 상식에서 벗어난 기술을 보여주는 것이리라.

그건 그렇고, 저 굵은 화살은 도가 지나치다.

저건 분명, 거치하여 발사하는 거대한 쇠뇌용이었을 터. 그걸 대궁으로 쏘는 건가.

브레스트는 힘껏 당긴 대궁에 메긴 굵은 화살을 발사했다.

엄청난 바람을 가르는 소리를 내며 날아가, 도개교를 올리는 용도인 사슬을 절단했다.

"굉장하네. 저런 걸 사람이 할 수 있구나."

"아니아니, 귀인족이니까 할 수 있는 거야. 나는 할 수 있을 생각은 안 들고 말이지."

말도 안 된다! 말도 안 되는 일이 일어났다! 시원시원할 정도의 근육 뇌 방식 해결법이었어~.

"두 발째 간다아아아!"

브레스트가 메긴 두 발째의 굵은 화살도 반대편 사슬에 명중했다.

"도개교가 떨어진다! 짜식들아! 돌입 준비!"

"""오오오!"""

올리는 사슬이 양쪽 다 절단된 도개교는 천천히 가속하더니 흙 먼지를 일으키며 지면에 떨어졌다.

"마, 말도 안 되는! 저 녀석들은 괴물이냐!"

"리히트 님! 이젠 여기까지……"

"다리가 떨어졌다……"

최후의 저항을 시도하기 위해 내성에 틀어박힌 적병도 눈앞에서 일어난 사태에 놀라 의기소침했다.

"전진해라! 전진해! 산 채로 붙잡는 건 리히트로 충분하다! 전진해라!"

배틀 액스를 치켜올린 라토르가 귀인족들을 이끌고 도개교를 나아갔다.

"알베르트, 백기가 올랐어."

"그러네. 무의미한 행동이지만."

리제가 가리킨 내성의 높은 장소에는 하얀 천조각을 흔드는 적병이 보였다.

"항복 따위 시킬까 보냐!"

브레스트가 근처에 있던 창을 손에 들어 던지자, 백기를 흔드는 적병을 꿰뚫었다.

침입한 라토르와 귀인족 병사는 잇달아 성의 병사를 베어 쓰러뜨렸다.

항복 권고를 무시한 시점에서 포로를 잡을 생각은 없기에, 귀인족들을 멈출 생각은 없다.

내성에서 적병의 목소리가 끊기자, 곰 같은 남자가 포승줄에 묶여 라토르와 함께 모습을 나타냈다.

"저게 리히트 폰 에라크슈인가. 웅인족은 정말로 곰처럼 보이네."

끌려온 리히트를 본 리제의 감상이 기분에 거슬렸는지, 리히트가 이쪽을 노려봤다.

"리히트 경, 그리 노려보지 마시지요."

"에르윈 놈! 이걸로 이겼다고 생각하지 마라! 슈게모리의 개가! 나를 해하면 와레스반 가문이 잠자코 있지 않을 거다!"

강제로 꿇어 앉혀진 리히트는 매우 야위었고 눈 밑에는 커다란 다크서클이 생겨나 있어서, 농성전의 고생이 자연히 짐작되었다.

"아앙?! 그럼, 지금 여기서 죽여 주마! 자, 검을 들어!"

"라토르! 새치기는 용서하지 않겠다! 내가 먼저다!"

"네, 거기까지! 그 이상 하면 앞으로 전투에 내보내지 않을 겁니다."

귀인족들을 손으로 제지하고, 포로가 된 리히트의 어깨를 가볍게 두드렸다.

"건드리지 마라! 기묘한 가면을 쓰고는! 비실비실한 꼬맹이가 어째서 전장에 있는 거냐!"

"마왕 폐하가 마음에 들어 하시는 에르윈 가문의 대군사를 모르는 건가? 이러니까 웅인족은 멍청이라는 말을 듣는 거다."

브레스트의 말에 리히트가 눈을 크게 확 떴다.

"뇌까지 근육으로 된 귀인족한테 멍청이라는 말을 들을 이유는 없다! 대군사라고! 브레스트, 잠꼬대는 자면서 해라! 어차피 스테판의 지혜를 빌린 것이겠지!"

"그렇다는데. 이 자식, 알베르트가 얼마나 대단한지 모르는 모양이군."

라토르가 리히트를 보고 어깨를 으쓱였다.

아르카나령은 벽지라 고립되어 있으니까 바깥의 정보가 그다지 들어오지 않는다고 니콜라스도 말했었지. 덕분에 이쪽은 여러 가지로 책략의 준비를 할 수 있었으니까 좋지만.

"스테판 경과 비교하면 저 같은 건 발끝에도 미치지 못합니다.

자, 쓸데없는 이야기는 여기까지 하고 당신은 제도 덱트릴리스에 가줘야겠습니다. 마왕 폐하께서 신세를 진 귀경과 만나고 싶으실 테니 말이지요."

산 채로 리히트를 인도하면 내 아첨 포인트 벌이도 되는 것이다.

그 마왕 폐하니까, 자신의 험담을 퍼뜨린 데다 배신하고 적에게 붙은 녀석을 용서할 거라고는 생각되지 않는다.

분명 다른 귀족들한테 자신과 적대한 자의 말로를 보여주기 위해 리히트의 목숨을 쓰겠지.

무서워라, 무서워, 역시 마왕 폐하 밑에서 일하는 건 블랙 기업의 갑질 사장 냄새가 난다. 그에 비하면 우리는 나한테 순종적이고 귀여운 아내가 당주니까 무척 가족적인 직장이다.

지키고 싶은, 내 마음의 평온이라는 느낌이네.

"알베르트 님, 마왕 폐하로부터의 사자가 찾아왔습니다!"

"하?"

리히트와 대면하고 있던 우리한테 고슈토족 사람이 달려왔다.

"수고가 많았습니다. 알베르트 경."

소리도 없이 고슈토족 사람 배후에 나타난 건 마왕 폐하의 밀정이었다.

"리히트 경의 신병은 이쪽이 맡겠습니다. 마왕 폐하께서는 무척 만족하고 계십니다. 지금 마침 호위병을 이끌고 애슐리성에 마리다 님의 적남을 만나러 와 계셔서 말이지요. 아르카나성이 함락되기 직전이라는 말을 듣고 제가 신병을 인도받으러 온 것입니다."

"하, 하아…… 하아아아아?! 마왕 폐하가 애슐리성에?!"

"마리다 님으로부터 초대 서한이 왔기에 성을 내방하셨습니다."

아, 아아, 마리다 씨! 저질렀어. 저질러 버렸네. 이걸로 아레우스 군이 양자가 되고 말아! 너무 귀엽고, 천사고, 재능 넘치는 상쾌한 미남으로 자라는 거 확정이고. 마왕 폐하도 아레우스 땅한테 매료되어서 데려가 버릴 거야아아아아!

나는 사자로서 찾아온 밀정의 어깨를 양손으로 꽉 잡았다.

"폐, 폐하는 제 아들에 관해 뭐라 말씀하셨습니까!"

"영리해 보이기도 하고, 믿음직해 보이기도 한다고 말씀하셨습니다."

하아아아아아아?! 안 돼애애애애애! 내 아들이! 블랙 기업의 갑질 사장한테 빼앗겨 버려!

"고, 곧바로 본성으로 귀환해야! 라토르, 리제, 브레스트 경, 밀러, 돌아간다! 귀환하겠어!"

"알베르트, 뭘 갑자기 당황하는 거냐. 크라이스트 경은 마리다의 아들을 만나러 온 것뿐이지 않으냐. 아직 할 일도 남아 있다."

"그렇다고! 적어도 이 녀석들을 정리하지 않으면 아르카나성도 쓸 수 없고 말이야."

"그래그래, 지금 돌아가면 일을 땡땡이쳤다고 폐하께서 생각하실 거야."

모두의 타이름에 냉정함을 되찾았다.

위험해, 위험해. 아레우스 땅 일로 이성을 잃고 흐트러지고 말았다.

그렇지. 마왕 폐하도 갑자기 데리고 가거나 하지는 않을 터. 아직 폐하는 독신이고 말이지. 후우, 당황해서 손해 봤군.

"리히트 경의 신병을 맡아도 괜찮겠습니까?"

"네, 넵! 문제없습니다. 자유롭게 데리고 가 주십시오. 저는 아르카나에서 아직 해야만 하는 일이 있어 마왕 폐하와 면회할 수 없지만, 잘 전해 주십시오."

"알겠습니다. 알베르트 경에 대해서는 제대로 전하겠습니다."

"그만둬! 나는 가지 않겠다! 크라이스트한테라니, 크으으으윽!"

마왕 폐하의 밀정은 재갈이 물린 리히트를 넘겨받고는 즉석에서 만들어진 호송 마차에 태워 떠나갔다.

자업자득. 입은 화의 근원이다. 리히트는 그 나쁜 입버릇으로 인해 자신의 목숨을 잃게 되겠지만, 열심히 말주변을 구사해 마왕 폐하의 마수로부터 살아남았으면 하는군.

아디오스! 어디, 마왕 폐하한테 한껏 귀여움을 받도록 하게나.

그 후, 우리는 점거한 아르카나성 청소 작업에 들어갔다.

에라크슈 가문 측 손해는 전사 88명. 생존자는 0명. 섬멸이다. 그에 비해 에르윈 가문 측 손해는 경상 10명이라는 숫자였다.

그리고, 에라크슈 가문 가신의 촌락에 있던 자는 예외 없이 국외의 노예 상인한테 팔아넘겼다. 살해당한 고참 가신의 친인척들이고 말이지.

반란 세력이 될 것 같은 자들이기에, 기껏 깔끔하게 친에르윈 가문 사람을 모은 아르카나 땅에 마지막까지 저항을 나타낸 고참파 친인척을 둘 장소는 없다.

니콜라스를 총대포로 인정하는 사람만이 내가 상정하는 아르카나 영민이라는 범주였다.

뭐, 아직 이 전투는 끝나지 않아서, 앞으로 여러 가지로 책략을 준비하지 않으면 안 되고 말이지.

"알베르트 경, 찾았습니다."

관문을 부하한테 맡기고 아르카나성에 온 와리드가 내가 찾고 있던 것을 발견해 주었다.

"어디까지 이어져 있지?"

"출구는 두 곳. 한쪽은 동서 가도에 가까운 장소로 나가는 길, 다른 한쪽은 엘펜강에 가까운 장소로 나가는 길이었습니다."

와리드한테 탐색시켰던 것은 아르카나성에서의 탈출로다. 낙성되었을 때 성주가 도망치기 위한 길이다.

이번에 리히트가 그걸 사용하지 않은 건 알렉사 왕국의 원군이 오면 버틸 수 있다고 판단했기 때문일 테고, 에란시아 제국 측으로밖에 이어져 있지 않기에 도망치는 중에 포박되는 것을 두려워하여 성에 계속 틀어박힌 결과, 신병을 구속당한 것이지만.

"동서 가도에 나타나는 산적들의 도주로는 없앨 수 있겠군."

"그렇지요. 녀석들은 에란시아 제국 토벌군이 오면 그 탈출로를 거꾸로 올라가 아르카나령으로 도망친 것이라 생각됩니다. 일단, 그쪽 출구는 붕괴시키겠습니까?"

"그래, 앞으로는 필요 없는 길이야. 붕괴시켜도 돼. 단, 엘펜강에 가까운 장소로 나오는 길은 쓸 예정이 있으니까 남겨 줘."

"알겠습니다. 이전의 그 계책을 실행하는 것이군요?"

"그래, 알렉사 왕국군 첨병은 브레스트 경의 부대가 섬멸해 버렸고, 아르카나성에 틀어박힌 병사도 전멸했어. 전쟁 비용도 들었고, 광산 건이 본격화되면 막대한 돈도 필요하니까 알렉사 왕국에서 돈과 무료 노동력을 벌 생각이야."

"낚이겠습니까?"

"낚이겠지. 이 싸움에서 오르그스는 자신의 전과를 올리지 않으면 폐적 결정이고 말이야."

"알렉사 왕의 병세가 매우 안 좋은 상황이라는 보고도 올라와 있습니다만."

"그것만이 불안 요소네. 오르그스가 함정에 걸리기 전에 알렉사 왕이 죽으면 그대로 왕도에 돌아가서 왕위를 계승하겠지."

가능하면 이쪽의 계책에 걸려서, 신병이 구속된 뒤에 알렉사 왕이 붕어한다는 게 바람직하지만. 이것만큼은 나도 예상할 수 없다.

"고란 경한테는 왕도에서 빠지는 것을 권장하시겠습니까?"

"안전책으로서 심복 부하인 발트 백작의 영지에 들어가는 것을 권해 줘. 오르그스의 악운이 강하면 알렉사 왕국은 둘로 나눠질 테고 말이야. 나로서는 알렉사 왕국이 오르그스 밑에서 하나로 뭉치는 게 최악의 전개야. 그걸 피하는 의미에서도 고란 경은 무사히 있어 줬으면 해."

"알겠습니다. 알렉사반을 통해 고란 경에게 연락을 넣어 두겠습니다."

"부탁해. 그리고 스테판 경에게 적의 움직임을 묶는 데 협력해 주어서 감사한다는 서한을 전해주고 와. '곤도토르네 연합기구국군 격퇴 힘냅시다'라는 이야기도 잊지 말고 전해줘."

오르그스를 보다 확실하게 낚기 위한 미끼 중 하나로서 적국이 침공한다는 이야기를 꾸며낼 생각이다. 스테판한테 호들갑스럽게 소란을 떨게 해서, 함께 병사를 물림으로써 상대가 믿게 만든다.

첩보력이 낮은 오르그스의 부하를 속이는 건 쉬운 일이고, 초조해하고 있는 녀석 앞에 맛있는 미끼를 내어주면 물 가능성은 높다.

"옙! 그리고, 알렉사 왕국군에 제 부하를 잠입시켜 두겠습니다."

"그래, 활 실력이 좋은 녀석을 부탁해."

고개를 끄덕인 와리드가 부하를 불러 지시를 전하자, 몇 명의 고슈토족 젊은이가 달려갔다.

"자 그럼, 나머지는 함정을 설치하고 사냥감이 걸리는 걸 만반의 준비를 하고 기다리도록 하지. 브레스트 경! 라토르! 잠깐 와주십시오!"

낙성된 아르카나성 안에 남은 시체 청소 작업을 부하한테 맡기고, 휴식하고 있던 두 사람을 불러냈다.

"뭐냐? 알베르트?"

"아직 할 일이 있는 거야?"

"예, 실은 귀인족이 해줬으면 하는 일이 있어서 말입니다. 물론 전투 준비를 위해서입니다. 해주겠지요?"

전투 준비라는 말을 들은 두 사람이 미소를 띠었다.

그만큼 전투했는데도 아직 만족하지 못한 모양이다. 역시나 변태 전투 장인들이다.

나는 둘이 해주었으면 하는 작업을 귀엣말로 전했다. 내용을 들은 두 사람은 한층 미소를 띠고, 재빠르게 작업에 착수해 주었다.

그 뒤, 나는 리제와 함께 호위를 데리고 해방한 촌락을 돌며, 앞으로 일어날 일을 상세하게 설명했다.

촌락 사람들 사이에는 내가 고심하여 행한 마음을 손에 넣는 작전의 효과와 아르카나성을 함락시킨 귀인족들의 무용이 더해져, 에르윈 가문에 절대적인 신뢰감을 심는 데 성공했기에 앞으로 일어날 일에 대한 이쪽의 지시를 흔쾌히 받아들여 주었다.

신뢰하여 지시를 받아들여 준 그들을 위해서도, 계책이 불발되는 것은 절대로 피해야만 한다.

오르그스가 가장 원하는 것을 미끼로 삼아 반드시 낚아 올려, 계책에 걸려들게 할 생각이다.

수송대에 의한 아르카나령 식량 보급이 계속되어 식량을 잔뜩 비축하고, 계책의 준비가 갖추어진 것은 홍옥월(7월)도 하순에 접어들어 더위가 가혹한 시기에 들어갔을 즈음이었다.

※오르그스 시점

에르윈 가문한테 첨병 1,000명을 섬멸당하고 패주하여 돌아온 자잔은 병으로 쓰러진 채 요양하고 있다.

귀환한 녀석의 목을 날리려고 했지만, 코르시 지방 영주들이 자잔을 베면 군을 영지에 귀환시키겠다며 화를 내서, 병사가 없으면 전과를 올릴 수도 없기에 참수는 유야무야하게 되었다.

그 뒤, 어떻게든 상황을 타개하고자 적측을 탐색하게 하고 있는데, 좋은 성과는 얻지 못했다. 거기에 더해 이미 아르카나성은 함락되었다는 소문도 진지 내에 퍼져 초조함이 커지고 있다.

"전하! 베일리아 가문이 국경에서 병사를 철수시켰습니다! 그리고, 에르윈 가문이 주류하는 관문에서도 병사가 퇴각했다고 합니다! 밀정이 모은 정보에 의하면 곤도토르네 연합기구국군이 에란시아 제국 동부 국경에 대군을 투입하였기에 베일리아, 에르윈 양 가문에 참전 요청이 온 듯하다는 사실을 파악했습니다."

"저, 정말인가! 틀림없는 것이겠지!"

시종의 보고를 듣고 나도 모르게 의자에서 일어섰다.

"예! 이미 밀정 부대가 즈라령 국경에 베일리아 가문 병사가 없는 것을 확인! 자즈령의 관문도 텅 비어 있는 것을 확인하였습니다!"

교착 상황이 변한다! 타국의 침공을 받은 에란시아 제국이 이쪽을 얕보고 베일리아, 에르윈 양 가문의 병사를 물렸다.

스테판의 기습도 없고, 그 지긋지긋한 에르윈의 악귀들이 관문에서 퇴각했다면 군을 진군시킬 수 있다.

아르카나령 탈환부터 시작해서, 잘 되면 즈라, 자이잔, 베니아 탈환도 가능할지도 모른다! 이 기회를 놓칠 수는 없다!

"병사를 내보낸다! 도르펜강 도하 준비를 서둘러서 시작해라! 쉬는 것은 용납하지 않는다! 단숨에 아르카나령을 탈환하는 거다! 나도 나가겠다!"

"네, 넵!"

시종이 천막 밖으로 달려나가자, 진지 안이 별안간 소란스러워졌다.

"해주겠다! 해주겠다고! 내 힘을 보여주겠어!"

쉬지 않고 계속된 준비로, 다음 날에는 진지 수비병 500명을 제외한 3,500명을 이끌고 도르펜강을 도하했다. 경계 부대를 내보내면서, 전속력으로 자즈령의 높은 지대에 있는 관문을 점거했다.

에르윈 가문은 이쪽이 움직일 거라고는 생각지 않았던 모양이라, 잔도를 달려 관문으로 향하고 있던 적병이 이쪽을 보고 성으로 돌아가기 시작했다.

"적병을 이끌고 있는 저 남자는 혹시 현상금이 걸린 알베르트 폰 에르윈이 아닌가!"

선두를 나아가는 병사한테서 나온 목소리에, 후속 병사들의 분위기가 변화했다.

"이길 수 있다! 이 싸움, 우리의 승리다! 저 남자를 생포한 녀석한테 이 아르카나령을 주마! 죽이면 용서하지 않겠다! 전진하라! 전진해!"

대장의 수급을 노리는 자들이 요새에서 앞다투어 좁은 잔도를 나아갔고, 진군 속도가 오르지 않아 적은 아르카나성으로 도망치고 말았다.

"젠장! 도망쳤나! 하지만 녀석도 이젠 도망칠 곳은 없다! 포위시켜라! 나를 괴롭힌 대가를 잔뜩 치르게 하겠다!"

관문에서 전령이 튀어나와, 혼잡한 잔도를 빠져나가 선행하는 장병한테 명령이 도달할 즈음에는 날이 저물고 있었다.

※고란 시점

"알베르트 경이 왕도를 벗어나는 편이 좋다고 말하고 있다만, 어떻게 생각하지?"

밀정을 통해 전해진 서한을 태워버리며, 심복인 발트 백작의 판단을 물어봤다.

"알베르트 경의 조언은 폐하의 용태가 좋지 않기 때문이라는 이유겠지요. 왕위 계승의 분쟁에 휘말려 고란 님이 목숨을 잃는 것을 꺼리고 있는 것 같습니다."

"그렇, 겠지. 하지만 오르그스가 부재라고는 해도 내가 왕도를 떠나면 다시 깃발을 바꿔 드는 자도 나올 테지."

"뭐, 그렇겠지요. 반대로 파벌을 결속시키는 건 가능합니다."

"그건 나한테 나라를 분열시키라고 부추기고 있는 건가?"

"왕을 목표로 하고 계시는 것이지요?"

발트 백작은 나라를 분열시키는 것을 이미 각오하고 있는 모양이다.

형제간의 왕위 계승 싸움. 바보 같은 이유로 나라를 분열시키지 않으면 안 되지만, 내가 살아남기 위해서 선택할 수 있는 길은 그곳밖에 남아 있지 않다.

그리고 그 결단을 하는 데 남겨진 시간은 적었다.

"폐하께서! 폐하께서 붕어하셨습니다!"

방에 뛰어 들어온 가신의 말을 듣고 결단을 내렸다.

"발트 백작, 나는 곧바로 아버지가 계신 곳으로 가서 작별 인사를 한 뒤 그 길로 왕도를 나가겠다. 마음고생으로 인해 병으로 앓아눕게 되었으니 말이지. 요양은 귀경의 영지에서 하지."

"알겠습니다. 곧바로 마차를 준비하겠습니다. 아버님과의 작별 인사는 짧게 부탁드립니다. 오르그스파도 곧바로 급사를 파견할 테고 말이지요."

"알고 있다."

나는 경호하는 가신을 데리고 소란스러운 왕궁 안을 걸어, 돌아가신 부왕께 나라를 분열시키는 것을 마음속으로 사죄하고, 왕도 루튠을 떠났다.

제8장 ♥ 공성(空城)의 계와 역(逆)포위 작전

제국력 261년 감람석월(8월)

원군으로 보내고자 귀인족들과 스라트 세력을 철수시켰더니 아르카나성, 공격당해 버렸다! 데헷! 적의 수 2,000! 이쪽, 류미나스가 이끄는 호위 10명. 성문은 고치긴 했지만, 적은 성을 포위해 버렸고, 알베르트 폰 에르윈, 절체절명의 대위기!

라는 건 아니고. 적은 보기 좋게 유인에 넘어와 내가 설치한 함정에 뛰어들기 직전인 상태에서 대기하고 있다.

"알베르트 님. 준비가 갖춰졌습니다. 슬슬 한계이기에 작전을 시작하시겠습니까?"

옆에 서 있던 류미나스가 적을 보고도 동요하는 기색을 보이지 않고, 작전 개시 구령을 기다리고 있다.

"예정 시각이고. 어쩔 수 없네. 잔도가 밀려서 오르그스가 관문에 머무른 건 예정 밖이었지만, 2,000명이라면 괜찮나. 못해도 반은 포로로 삼고 싶네."

노렸던 대어는 설치한 함정에 걸려들지 않았지만, 만족할 수 있는 건 걸렸기에 욕심내지 않고 시작하기로 하자.

"그럼, 지금부터 작전을 개시한다! 불빛을!"

"네!"

검은 장속 차림인 류미나스가 부하 호위들에게 신호를 보내자, 밤의 어둠에 감싸인 성벽 위에 화려한 옷을 입은 내 모습이 뚜렷

하게 비첬다.

"내 이름은 '귀술사' 알베르트 폰 에르윈! 내 목을 원하는 자는 나오라!"

내가 상대를 도발하는 것처럼 손짓하자, 아르카나성 성문이 호위들의 손으로 열렸다.

"성문이 열렸다!"

"적은 항복할 생각이다!"

"신병을 확보해! 붙잡으면 아르카나 영주다!"

아르카나성을 멀리서 에워싸 포위하고 있던 알렉사 왕국군 장병이 나를 붙잡고자 아르카나성의 문을 향해 쇄도했다.

그런 그들의 모습이 어둠 속으로 슉, 하고 사라졌다.

"하, 함정이다! 함정 구멍이 있어!"

"발치에 교묘하게 파 뒀어! 밀지 마라! 멍청아!"

"빨리 가라고! 방해된다!"

성문을 향해 쇄도하던 병사와 기사가 귀인족이 만든 교묘하게 위장된 함정 구멍에 떨어졌다.

호위가 구멍 속을 향해 화약을 감은 화살을 발사한 다음 순간, 주위를 밝게 만드는 듯한 빛과 굉음이 울렸다.

"말하는 걸 잊었다만, 나를 붙잡고 싶다면 함정을 피해야만 한다. 떨어져서 불화살을 맞으면 폭발하게 되어 있으니, 분발해 주게나!"

폭발한 구멍에서는 불타는 물에 인화한 화염이 뿜어져 올라와, 안에 떨어진 인간을 태우는 냄새와 비명이 들려왔다.

눈 앞에 펼쳐지는 함정에 대한 공포로 알렉사 왕국 병사들의 움직임이 멈췄다.

"방해된다! 비켜! 구멍이 있던 근처에는 더는 구멍은 없——."

움직임을 멈추고 있던 병사를 밀어젖힌 다른 병사가 귀인족이 만든 다른 구멍으로 사라졌다.

물러, 너무 무르다고. 우리의 변태 싸움 장인이 그런 무른 함정을 설치할 리가 없잖니! 함정을 설치하는 게 되면 근육 뇌 사고는 사라지고, 대상의 의표의 의표의 의표까지 예측해서 나라도 질색할 함정을 만들어 내는 일족이라고.

진짜로 나는 함정 구멍을 파 달라고 부탁한 것뿐이니까.

구멍 바닥에 불타는 물이 든 항아리를 두고, 화약을 감은 불화살을 쏴서 폭발하는 불길로 살상시키라는 말은 하지 않았으니까 말이야.

"적 병사는 적다! 발치에 주의하면서 나아가라! 구멍만 조심——."

발치에 주의가 집중된 적 병사 옆에 있던 관목 수풀에서 끝이 뾰족한 나무 말뚝이 튀어나와, 복부를 꿰뚫더니 절명시켰다.

"관목 수풀에 함정이! 평범한 수풀이 아니다!"

"뭐야, 이거! 으윽! 화살이라고…… 말도 안 되는."

귀인족이 설치한 함정은 교묘하며 복잡하다. 게다가 불빛이 적은 밤이다. 발견하는 건 불가능에 가깝다.

"자, 제2단계 개시네. 류미나스, 신호를 부탁해."

"네!"

류미나스가 손에 든 활에 메긴 화살을 상공에 쐈다. 효시 소리가 밤하늘에 울렸다.

잠시 후, 폭발음이 연속하여 울렸다.

"자, 잔도가 불타고 있어! 불타고 있다고!"

"이봐, 불을 꺼! 소화해!"

"안 꺼진다고! 엄청난 불길이야! 이대로라면 잔도째로 타서 무너질 거다!"

알렉사 왕국군의 퇴로인 잔도가 불타고 있다.

나는 그 잔도를 알렉사 왕국으로 가는 출격로로 쓸 생각은 전혀 없기에, 이 기회를 써서 불태워 무너뜨려 적의 퇴로를 끊었다.

주민들도 알렉사 왕국으로 이어지는 잔도의 존속은 바라지 않고 말이지. 오히려 애슐리령과의 가도 정비를 서둘러 줬으면 한다는 탄원이 올라와 있다.

전쟁이 끝나면 전후 부흥 명목으로 곧바로 착수할 생각이다.

불타는 잔도를 보고 퇴로를 잃은 알렉사 왕국 병사들이 동요를 보였다.

이대로는 적은 이쪽을 경계하여 상황이 교착되어 버리기에 한층 더 미끼를 뿌렸다.

"알렉사 왕국군에는 나를 죽일 수 있는 자도 없는가! 한심하군! 쓰레기 놈들!"

"지껄이기는! 네놈 따위 화살로 쏘아 죽여 주마!"

격앙한 알렉사 병사가 쏜 화살이 밤하늘에 포물선을 그리며 내 가슴에 빨려들었다.

"커헉! 말도 안 되는⋯⋯. 거짓말이지⋯⋯. 이런 곳에서⋯⋯."

가슴에 난 화살에서는 빨간 얼룩이 번져 나갔다.

"알베르트 님!"

류미나스의 비명과 닮은 목소리가 들렸지만, 서 있을 수 없게 된 나는 성벽에서 성안을 향해 떨어졌다.

"적장, 알베르트 폰 에르윈! 처치했다! 지금이다! 공격해라!"

먼 쪽에서 그런 목소리가 들려왔다. 설마, 내가 이런 곳에 서━━.

"네, 수고하셨습니다. 알베르트 님, 곧바로 다음 단계에 들어가지요. 적은 팍팍 쳐들어오고 있습니다."

소리를 지르며 비명을 냈던 류미나스가 내 옆에 내려서더니 가슴에 꽂힌 화살을 뽑았다.

가슴에 꽂힌 화살은 화려한 옷 밑에 껴입은 갑옷을 관통하지 못했다.

"화살이 꽂힌 건 아프지 않았지만, 떨어지는 건 알고 있어도 의외로 무섭군. 게다가 동물의 피까지 하지 않아도 괜찮았을지도."

성벽에서 떨어지는 나를 밑에서 대기하던 고슈토족 사람이 받아내 주었기에 아픔은 최소한으로 그쳤다.

"유인은 대성공이라고 할 수 있겠네. 퇴로가 없는 그들은 앞으로 나아갈 수밖에 없고, 내 머리를 얻으면 오르그스와 연락이 되었을 때 은상을 받을 수 있을 거라고 내다보고 함성을 무시하고 성으로 쇄도하고 있어."

"그러네요. 그러니, 철수하지요."

"그렇게 하자. 적이 이 성을 점거해도 에라크슈 가문 사람은 없고, 탈출로 위치까지는 모를 테고 말이지. 얼른 도망치자."

화려한 의상을 벗어 던진 나는 아르카나성에 남아 있던 호위들과 함께 탈출로로 도망쳤고, 소란이 계속 이어지는 성을 뒤로하고 엘펜강 진지에서 대기하는 에르윈 가문 병사와 리제의 스라트 세력과 합류하는 것을 서둘렀다.

"알베르트~! 무사해서 다행인 거다! 나는 걱정하고 있었느니라~. 아르카나성에 적이 갑자기 밀어닥쳤다고 오라버니가 말하기 시작해서 말이지!"

한밤중에 엘펜강 진지에 도착한 나를 맞이한 건 브레스트와 라토르, 리제, 밀러뿐만이 아니라 마리다와 마왕 폐하도 있었다.

"마리다 님! 어째서 여기에! 아레우스는 어떻게 하시고!"

상황이 정리되지 않아, 나는 가만히 서 있을 수밖에 없었다.

"아레우스는 베르타와 리셀이 돌봐주고 있다! 나는 오라버니의 호위역으로서 이 자리에 따라온 것이니라! 봐라! 이건 오라버니의 직필 명령서인 거다! 명령에 따르거라!"

마리다가 마왕 폐하의 직필 서류를 내밀었다.

호위로서 이 자리에 있는 건 틀림없는 모양이다.

애슐리성에 아레우스 땅의 얼굴을 보러 왔다고는 들었지만, 이 진지까지 왔을 거라고는 생각지도 않았다.

"그대의 몸을 바친 적 유인 작전! 훌륭하다! 그래야지 '귀술사' 알베르트 폰 에르윈이다!"

미소를 띤 마왕 폐하가 내 어깨를 두드리며 칭찬해 주었다.

곧바로 무릎을 꿇고 머리를 숙였다.

"감사합니다! 지금부터, 마무리를 짓는 전투를 할 생각입니다!"

"에르윈 가문만으로는 역포위할 병사가 부족할 테니까, 짐의 호위병을 쓰도록 하라. 사양할 필요는 없다."

마왕 폐하가 부하 중 한 명을 손짓하더니, 이쪽의 지휘하에 들어가도록 촉구했다.

"걱정하지 마라. 리히트의 신병을 인도해 준 답례다."

마왕 폐하가 징그러울 정도로 싱글벙글하고 있고, 엄청나게 기분이 좋은 건 리히트의 신병 확보 덕분이었나. 호감도가 초절(超絶) 폭발적으로 오른 느낌도 든다. 이거라면 나중에 트집 잡힐 일은 없어 보인다.

"그러면 삼가 폐하의 병사를 빌리도록 하겠습니다! 에르윈 가문은 지금부터 적군 역포위를 개시한다! 적은 아르카나성에 있으니! 신속하게 진군하여 역포위한다! 물, 식량은 아르카나의 각 촌락이 제공해 준다. 쉼 없이 전진하라!"

"""""오오!"""""

"선봉은 리제 폰 아르코. 부장 밀러. 스라트 세력과 폐하의 호위병을 이끌고 동틀녘까지 단숨에 아르카나성까지 달려라!"

"알겠어. 밀러, 간다."

"예, 폐하께서 참석하신 전쟁에서 선봉의 영예를 받게 된 것을 깊이 명심하며, 반드시 적 역포위를 완수하겠습니다!"

리제와 밀러가 머리를 숙이고는 스라트 세력과 지휘하에 들어간 마왕 폐하의 호위병을 데리고 진지를 출발했다.

모처럼 마왕 폐하가 우리의 전투를 관전해 주는 기회를 얻었기에, 리제의 전공 벌이와 밀러의 능력 사정(査定)도 하게끔 해서, 그들에 대한 의심이 누그러지게끔 할 생각이다.

"브레스트 경, 라토르, 에르윈 가문의 병사는 폐하를 호위하면서 선행한 리제 부대를 뒤쫓도록 하십시오!"

"알겠다! 라토르! 병사들은 맡긴다! 나는 크라이스트 경을 호위하지!"

"아버지만 그렇게 또 크라이스트 님한테 칭찬받으려 하지! 치사하다고!"

"멍청한 것! 내 쪽이 호위에는 적합하다! 너는 병사를 지휘하는 쪽이 더 맞는다! 그 정도는 이해해라! 바보 아들이!"

부자 싸움이 발생할 것 같은 낌새였지만, 마왕 폐하가 사이에 끼어들었다.

"라토르! 그대의 지휘관으로서의 성장을 짐이 남김없이 보고 있어 줄 테니 안심하라."

"아싸! 그럼, 간다아아아! 너희들, 크라이스트 님 앞에서 꼴사나운 싸움 하지 말라고!"

라토르는 귀인족들 100명을 이끌고 리제 뒤를 따라 진지를 출발했다.

"브레스트 경은 100명을 이끌고 폐하의 호위를 부탁합니다!"

"알겠다. 크라이스 경께는 손가락 하나는커녕, 화살조차 노리지 못하게 할 테니 맡겨 둬라."

"든든할 따름이군. 브레스트의 호위를 받는 건 오랜만인 느낌이 든다."

"그렇군요. 황제가 되시고 나서부터는 함께 전장에 서는 일이 없어졌으니 말입니다!"

"나도 오라버니 앞에서 싸우고 싶구나. 그 왜, 호위는 숙부님이 있는 거고. 최근, 단련도 금지되고 있었으니까 살이 붙어 버리고 만 거다."

마리다가 자기 팔뚝을 집어 보도록, 이쪽으로 내밀었다.

이전에 비해 전체적으로 말랑말랑하지만, 그건 그것대로 여성스러움이 늘어서 색기가 한층 나온다는 효과도 있어서──.

나로서는 그러한 마리다도 사랑해주고 싶은 마음은 강하지만──.

"마리다 님, 저희는 폐하의 호위입니다. 역할을 잊지 않도록."

"허나 말이다~."

"알베르트의 말대로다. 마리다! 짐의 호위를 하라!"

"오라버니까지 너무한 거다! 얼마나 싸움을 보류당했는데!"

"폐하의 말씀, 황송합니다! 마리다 님, 경호를 잘 부탁드립니다."

이렇게 우리는 브레스트가 이끄는 호위 부대와 함께 밤의 어둠 속을 전속력으로 아르카나성을 향해 달려 돌아가게 되었다.

마왕 폐하의 호위를 더해 1,200여 명 정도로 커진 집단은 아르카나의 각 촌락에서 식량과 물을 보급받고, 사전에 가도 옆에 밝혀 둔 횃불을 표식 삼아 밤의 어둠에 감싸인 아르카나령 영내를 달려, 아침에는 아르카나성을 함락시켜 점거하고 있던 알렉사 왕국군 역포위가 완료되었다.

"밀러라는 녀석은 병사를 지휘하는 재능을 꽤 가지고 있는 모양이군. 불빛이 있었다고는 해도 즉석에서 편제된 병사들을 탈락시키지 않고 행군시켜, 포위진을 짜게 했다. 그 수완, 훌륭하다. 나중에 칭찬의 말을 내려주도록 하지. 리제 폰 아르코는 좋은 인재를 얻은 모양이군."

"아르코 가문도 에르윈 가문과 함께 폐하의 패업을 뒷받침하는 가문이 되겠지요."

"알베르트가 에르윈 가문과 함께 아르코 가문도 확실하게 관리하라."

"옙! 알겠습니다. 앞으로도 폐하를 위해 양 가문을 관리하겠습니다."

나라는 관리자가 있으면 한 번 배신했던 아르코 가문도 신뢰하겠다는 의사표시이리라.

점수 벌이의 효과는 발군인 모양이다. 이걸로 또 스라트령 합병에 대한 장애가 하나 배제되었다.

"역포위는 완료된 모양이다만. 알베르트, 적이 가진 식량은 어느 정도인가 말해 보라."

관전 모드인 마왕 폐하로부터 적의 상황을 설명하라는 질문을 받았다. 곧바로 정보를 끄집어내 보고했다.

"옙! 적은 보급로를 잔도에 의지하고 있어서, 그 잔도가 불타 무너졌기에 병사가 휴대하고 있는 양은 하루나 이틀분 정도입니다."

"아르카나성 안에는 어느 정도 있었지?"

"전혀 없습니다. 식량은 일절 두지 않았습니다."

마왕 폐하의 입꼬리가 한쪽이 올라가, 짓궂은 미소로 변했다.

"알베르트는 정말로 사람을 절망시키는 것을 좋아하는 남자로군."

"칭찬해 주셔서 대단히 기쁘게 생각합니다!"

속이 시커먼 성격이지만, 딱히 좋아서 사람을 절망시키고 있는 건 아니다. 게다가 이번에는 항복을 허용하는 것이니 그렇게까지 극악한 계책은 아닐 터. 아니겠지?

보급이 끊긴 적측 병사가 밤을 새워 목숨을 건 돌격을 하여 함정을 빠져나와 겨우 성을 함락시키고, 식량을 확보하고자 들어간 창고를 보고 고개를 푹 숙일 것을 생각했더니 자연히 나도 미소가 새어 나왔다.

지금쯤, 알렉사 왕국군 수뇌들은 얼굴이 파래져 있으리라.

식량도 없고, 화살도 없으며, 숯이나 무구조차도 없다. 게다가 성문은 자신들이 돌입하기 위해 부쉈고, 응급 수리 정도밖에 하지 않은 데다 1,200명이나 되는 병사한테 역포위당한 상태인 것이다.

"자 그럼, 식량이 없다면 필사적으로 탈출로를 찾아서 치고 나오겠군."

"옙! 그 말씀대로입니다! 각자, 맡은 자리를 지켜라! 적을 바깥으로 내보내지 마라!"

"""오오!"""

"적군, 아르카나성에서 출격! 그 수 500 정도!"

최전열에서 병사를 이끄는 밀러가 성에서 나온 적병의 수를 외쳤다.

"물러나지 마라! 전진해라! 전진해! 밀어내는 거다!"

밀러는 자신도 창을 내찌르며, 병사들에게 여럿이 뭉쳐 창을 내미는 진형을 형성시키고는 몰려오는 적을 성으로 도로 밀어내기 시작했다.

"라토르! 적의 간담을 떨어지게 하고 와라! 귀인족의 힘을 적한테 알게 해줘라!"

"우오오오오오오오오오오오오오오! 역시나 알베르트야! 이건 좀이 쑤시는걸! 전력으로 해도 되는 거지?"

"전력으로 해도 괜찮다고. 다만, 스스로 싸우는 것뿐만이 아니라 폐하께 병사를 지휘하는 모습을 보여드려라!"

"맡기라고! 짜식들아, 창이다, 창을 가져와! 나오는 녀석들을 찔러 죽인다!"

귀인족 병사를 이끈 라토르가 밀러와 교대하는 것처럼 자연스럽게 앞으로 나왔다.

귀인족들의 창끝은 잇달아 적병의 배를 꿰뚫어 전투원을 줄여 나갔다.

"호위부대는 아르카나성 성문 위의 적 사수를 노려라! 우리의 일은 성벽에 있는 궁수 처리와 성문 부근에 화살의 비를 내리게 하는 것이다. 잘못해서 아군이 있는 위치에 내리게 하지 않도록!"

나는 활을 받아 들고 직접 겨냥하여 쐈고, 성벽 위의 병사가 지면에 떨어졌다.

"알베르트한테 좋은 모습을 빼앗기는 건 곤란하군. 나도 노려볼까."

부하한테서 투창을 받은 브레스트가 창을 멀리 던지자, 3명을 동시에 꿰뚫어 벽에 붙여 버렸다.

여전히 하는 짓이 터무니없지만, 귀인족이니 어쩔 수 없다.

"귀인족들의 전투는 정말로 상쾌하군. 오랜만에 좋은 싸움을 보고 있다!"

마왕 폐하는 관전 모드지만, 상당히 기분이 좋은 모양이다. 이대로 아무 일도 없이 끝났으면 한다.

"아아! 참을 수가 없구나! 알베르트, 오라버니, 나도 싸우고 오겠다!"

"마리다 님!"

"막지 마라! 알베르트, 나도 자기 몸 상태 정도는 관리하고 있느니라! 아레우스를 엄마 없는 아이로 만들 수는 없는 노릇이니까 말이지! 적당히 싸우고 나면 돌아오는 거다!"

이래서는 돌아오라고 말해도 돌아오지 않겠지. 본 바로는, 몸 상태는 상당히 좋아 보이니 다치는 일은 없을 것 같다.

"그럼, 조금만입니다! 폐하, 마리다 님의 참전을 허락해 주십시오!"

"좋다. 마리다도 적의 머리를 베고 와라! 에란시아 제국 최강 전사의 힘을 보여주어, 적의 전의를 상실케 하라!"

"알겠는 거다! 마리다 폰 에르윈! 지금, 참전하겠느니라!"

마리다는 애용하는 대검을 걸머지더니 치고 나온 적병 가운데로 뛰어들었다.

치고 나온 알렉사 왕국군 병사 500명은 브레스트가 지휘하는 귀인족들의 화살에 꼼짝 못 하고 겁먹고 있었고, 라토르의 병사와 밀러한테 공격받아 잇달아 쓰러져 갔다.

그거야말로 라토르나 브레스트는 괴물이라고 해도 과언이 아니고, 적을 횡으로 베어 일섬하여 피바다를 만드는 마리다는 살육 병기라고 할 수 있었다.

개수일촉(鎧袖一觸)이란 그야말로 이 상황을 말하는 것이군, 하고 감탄하고 말았다.

나도 넋을 잃고 싸움을 보고 있을 수는 없는 노릇이기에 화살을 메겨 성에 있는 궁병을 저격했다.

"활에 자신이 있는 자는 라토르와 마리다 님을 노리는 궁수를 쏴서 죽여라! 자신이 없는 자는 창을 들고 전위가 놓친 녀석을 찔러 죽여라!"

나는 병사들의 활 기량 차이를 보고, 노릴 적을 세세하게 지시했다. 난전 중의 오발만큼은 무슨 일이 있어도 피해야만 한다.

빠져나올 거라고 생각된 적병은 라토르와 밀러 앞에서 공세가 좌절되어 퇴각했다.

"어어이! 싸우는 맛이, 너무 없잖냐! 나는 홍창귀의 아들 라토르 폰 에르윈이다! 실력에 자신이 있는 녀석! 나와라! 이런 젠자 아아앙! 내가 싸울 수 있게 하라고!"

"크으윽! 먼저 이름을 대다니, 나는 에르윈 가문 가로, 홍창귀

브레스트 폰 에르윈이다! 나야말로 최강이라고 생각하는 자는 정정당당하게 승부하라!"

"기다려기다려기다리는 거다! 에르윈 가문 당주 마리다 폰 에르윈은 여기에 있느니라! 실력에 자신이 있는 녀석은 나와 승부해라!"

맥없이 성안으로 물러난 적병과 성 안에 들리도록 세 사람이 적을 도발했다.

하지만 전의를 상실한 적이 일몰까지 치고 나오는 일은 없었다.

"알베르트, 아르카나성을 미끼로 써서 1,000명이 넘는 알렉사 병사를 포위한 것이니까, 이 현 상황을 타파할 계책은 준비해 뒀겠지?"

마왕 폐하의 천막에서 이루어지고 있는 군사 회의 자리에서 다음 계책을 요구받았다.

나로서는 단숨에 적을 항복시킬 생각이었지만, 적도 궁지에 몰려 있고, 자신의 목숨이 걸려 있기에 쉽게는 항복하지 않았다.

"조금 시간이 걸리겠습니다만, 준비해 뒀습니다. 와리드, 있나?"

와리드를 부르자, 소리도 없이 나왔다.

"부르셨습니까?"

"아아, 밤에 일을 시키는 건 조금 그렇지만, 아르카나성 녀석들이 편히 자도록 둘 수는 없는 노릇이다. 밤에도 대음량으로 공격해 줘라."

"알겠습니다."

"폐하, 이걸로 며칠 내로 적은 항복할 것입니다."

"음, 적은 피해로 그치는 좋은 계책이구나."

와리드가 슥, 하고 사라지자 수십 분 뒤에는 아르카나성을 향해 징과 종소리가 시끄럽게 울려 퍼지기 시작했다.

수면 부족, 식량 부족 그리고 적한테 포위된 상황 속에서, 포위 사흘째에는 적의 전의가 급감하여 치고 나오는 일이 없어졌고, 포위 닷새째에 아르카나성에는 농성하는 자가 절망하는 상황이 일어났다.

보급로는 끊겼지만, 성에서 농성하는 자들한테는 희망이었던 자즈령 관문에 있던 오르그스의 군이 모습을 감춘 것이다.

오르그스의 도망은 포위된 적을 휘청거리게 만들었고, 이쪽이 보낸 항복 권고를 수락했다.

항복 조건은 무장 포기 및 몸값의 요구. 원망은 우리가 아니라 줄행랑친 오르그스한테 향해 줬으면 하기에 다소 가벼운 몸값으로 설정했다.

마왕 폐하로부터도 포로는 에르윈 가문이 자유롭게 처리해도 좋다고 허가를 받았으니까, 얼른 교섭을 성립시켰다.

고귀한 손님은 애슐리성으로 가게 하고, 그 외의 무장 해제한 적병들은 유감이지만 우리 가문의 무료 노동력으로 사용되는 것이 결정.

이렇게 오르그스가 이끈 알렉사 왕국군의 아르카나령 침공전은 큰 성과도 없이 괴멸적인 피해를 입고 좌절되게 되었다.

마왕 폐하는 아르카나성의 싸움이 종결되자 그대로 제도에 귀환했다.

한편, 우리는 아르카나의 전후 처리를 신속히 끝내고, 병사를 이끌고 애슐리성으로 귀환했다.

　세 번의 외국 출정 실패로 알렉사 왕국은 많은 영민으로부터 원망을 샀고, 에란시아 제국과의 국경 주변 영주들에 대한 영향력은 상당히 저하되었다.

　특히 북부 자츠바룸 지방은 세 번의 외국 출정 실패의 원인을 만든 오르그스를 향한 불만이 강했다.

　그런 오르그스가 알렉사 왕으로 취임하면 이복동생인 고란을 추대하는 것을 마다하지 않을 터다.

　오르그스가 내가 설치한 함정에 걸리지 않고 살아남은 알렉사 왕국은 머지않아 두 개의 나라로 나누어지게 될 것이다.

　그건 그것대로 이쪽에 형편이 좋다.

　정무를 보기 위해 집무실로 돌아간 나한테, 이레나가 아르카나령 공략전과 알렉사 왕국군 격퇴전의 결과 보고서를 내밀었다.

아르카나령 공략전 및 알렉사 왕국군 격퇴전 수지 보고서
　지출
　・스테판에게 지불된 협력비……5,000만 엔
　・와리드에게 지불된 정보 공작 비용……4,320만 엔
　・아르카나령 지원금……2억 엔
　・토벌 출병 비용……2,898만 엔
　・소모품 보충……1,196만 엔
　・수송대 위탁비……1,500만 엔

수입

· 접수 물자 매각……5,425만 엔

· 몸값 대금……2억 4,500만 엔

수지 총계 : 4,989만 엔 감소

비용을 좀 너무 많이 썼을지도 모르지만, 포로로서 무료 노동력은 1,380명 정도 얻었고, 아르카나령의 은광산이 잘 개발되면 결코 큰 지출은 아니다.

게다가 아르카나성이 함락됨으로써 동서 가도의 교역량도 늘어 세수도 한층 늘어날 예상도 되기에, 토탈로는 플러스인 영향이 많다.

"자 그럼, 이레나. 정무를 시작하기 전에 니콜라스를 불러 줄 수 있을까."

"알겠습니다. 곧바로 부르겠습니다."

잠시 기다리자, 니콜라스가 집무실로 들어왔다.

"아르카나령에 귀환이 늦어진 건, 매우 미안하게 생각하고 있네."

"아니요. 아르카나령의 주민을 대표하여 감사의 말씀 드립니다. 촌락 사람이나 아르카나 세력 사람들도 모두가 알베르트 경의 지략에 감복하고 있었습니다. '알베르트 경이 있는 한 에르윈 가문은 상승불패의 가문일 것이다'라고 말하고 있었습니다."

"그렇게 말해 주니 고맙군. 그런 니콜라스 공은 이쪽의 역할을 확실하게 완수해 주었으면 하네."

내가 내민 서류에는 니콜라스를 에르윈 가문 전사장으로 맞아들이고, 아르카나령의 가신을 통솔하는 총대관직에 임명한다고 적혀 있다.

원래라면 가로직인 브레스트를 영주로 세워 통치하는 것이 서열상으로는 안정적이다.

하지만 아르카나령은 은광산이 생길지도 모르는 중요한 토지.

내정 능력이 좀 그런 귀인족인 브레스트로는 완벽히 다스릴 수 없기에 지역 출신이자 지역의 신뢰가 두터운 니콜라스한테 총대관을 시키는 편이 수억 배 낫다. 그렇기에 에르윈 가문 사람은 아르카나령에 두지 않는다. 귀인족은 기묘한 성벽을 지닌 일족이고, 트러블 메이커다. 여러 곳에 살게 하지 않고, 애슐리에 뭉쳐두는 편이 안심할 수 있다는 의도도 있다.

"정말로 제가 전사장이 되어 아르카나령을 다스려도 괜찮은 겁니까?"

"아아, 문제없어. 마리다 님도 허가하시고, 가로인 브레스트 경도 허가하신 인사다. 물론 나도 허가했지. 앞으로는 아르카나 세력을 이끌고 에르윈 가문을 도와줘."

"옙! 알겠습니다. 능력이 닿는 한, 에르윈 가문을 위해 일하도록 하겠습니다!"

"그럼, 아르카나 세력이 된 사람들을 데리고 아르카나령으로 귀환하여 통치를 개시해 줘. 곤란한 점이 있으면 곧바로 연락하도록!"

리스트에 실려 있던 가신도 니콜라스와 함께 고향으로 돌려보내고, 각자 아르카나 통치를 돕게 할 생각이다.

이렇게, 아르카나령은 에르윈 가문의 영토가 되어, 적에게서 탈취한 새로운 영지치고는 매우 온건하게 통치를 받아들였다.

※오르그스 시점

"서둘러라! 서둘러! 왕도 루튠으로 돌아가는 거다! 적남인 내가 돌아가신 아버지의 장례를 지내지 않으면 안 된다!"

아르카나령에서 알베르트의 책략에 빠져, 도르펜강 건너편 진지를 지키고 있던 500명을 합류시키고 겨우 2,000명이 된 군세이기는 하지만, 있는 것과 없는 것에는 큰 차이가 있다.

왕도 루튠을 제압하고 왕위 계승을 선언하여 고란을 붙잡아 처형한 뒤 알렉사 왕이 되면 아무도 나한테 거역할 수 없게 된다.

"전하, 병사가 지쳐 있습니다. 휴식을!"

"멍청한 놈! 휴식 따위 왕도에 귀환하고 나서다! 왕도에 있는 고란이 왕위를 계승하기라도 했다가는 큰일이란 말이다!"

"하지만, 병사가──."

"끈질기다! 두 번이나 말하게 하지 마라!"

시종 가신의 진언을 물리치고, 자신이 탄 말의 속도를 높였다. 익숙하지 않은 승마 이동으로 몸이 비명을 지르고 있지만, 지금은 그런 걸 신경 쓸 때가 아니다.

"왕도다! 왕도에 돌아가서! 내가 알렉사 왕이 되면, 이 행군을 버틴 자에게 포상을 내려주마! 서둘러라!"

지친 기색을 보이는 병사를 질타하고는 자신이 모는 말에 채찍을 휘둘러 속도를 높였다.

　강행군을 계속하여 아르카나령에서 티아나를 경유하여 왕도 루튠에 다다랐을 때는, 달이 바뀌려 하고 있었다.

제9장 ♥ 마왕 폐하로부터의 선물

제국력 261년 청옥월(9월)

산휴를 끝낸 마리다가 당주 복귀 수속을 하기 위해 제도 덱트릴리스로 가는 마차에 나도 동승하고 있다.

"당주로 복귀하고 싶지 않구나. 그 지옥의 나날이 돌아오는 건 싫은 거다! 싫으니라! 싫어~!"

리제한테 무릎베개를 받고 있는 마리다가 계속 같은 말을 내뱉고 있다.

"저는 대행입니다. 몸 상태도 원래대로 돌아온 마리다 님이 있는데, 제가 계속 대행하면 마왕 폐하로부터 불필요한 혐의를 받기에, 포기하고 당주로 복귀해 주십시오."

마왕 폐하로부터 신용은 받고 있다고 생각하지만, 귀인족만큼의 신뢰는 얻지 못했기에 몸가짐을 조심하지 않으면 안 된다.

"하아~, 싫구나. 싸움이 없는 때는 귀여운 여자애한테 둘러싸여서 꺄아, 꺄아, 우후후, 하면서 지내고 싶은 거다."

"마리다 언니, 아레우스가 자랄 때까지의 인내야. 에란시아 제국은 후견인을 세우면 10살에 당주가 될 수 있고 말이야. 알베르트를 후견인으로 세우면 10년 후에는 자유의 몸이 되는 거지."

적남 아레우스가 마리다보다 정무에 대한 의욕을 보인다면 리제가 말한 안도 생각해 뒀다. 마리다는 정무에 관해서 이중 X표시가 붙을 레벨이니, 나로서도 당주를 은거하고 아내 겸 에르윈 가문의 장수로서 힘내 주는 편이 적임이라고 생각한다.

"10년이나 당주를 하면 말라 죽고 마는 거다."

"자, 자, 나도 옆에서 힘낼 거고, 마리다 언니도 성장하고 있으니까 힘낼 수 있대도."

무릎베개를 받고 있던 마리다가 고개를 들더니, 눈동자를 글썽글썽하게 적시며 리제를 부둥켜안았다.

"리제 땅~! 정말 좋아하느니라! 나는 그 한마디로 힘내기로 결정한 거다! 쪼옥~."

리제를 부둥켜안은 마리다가 열렬한 키스를 뺨에 퍼부었다.

"마리다 님, 리제 님처럼은 못 하겠지만, 저도 여러 가지로 도울 수 있도록 노력할게요!"

호위로서 동행한 류미나스도 마리다한테 안겨 키스의 비를 맞았다.

"류미나스 땅도 죠아, 죠아! 사랑하는 거다! 앞으로도 나를 받쳐다오!"

"잘 알고 있습니다. 마리다 님, 꼬리는 안 되니까요. 알베르트 님도 보고 있고요."

"괜찮다, 괜찮아, 우리의 사이좋은 모습을 알베르트한테 보여 주는 거다."

"마리다 언니, 옷 안에 손을 넣으면 곤란해."

"리제 땅, 가슴이 좀 커지지 않았느냐?"

"정말로?! 앗, 잠깐, 거기는!"

양옆에 미소녀를 거느린 미녀가 마차 안에서 성희롱이나 다름

없는 행위를 여봐란듯이 보여주고 있다.

애인들은 마리다를 정말 좋아하는 애들이기도 하기에, 성희롱 행위를 거절하는 일은 없다.

이건, 이것대로 좋은 것이다.

"알베르트가 이쪽을 물끄러미 보고 있구나. 눈이 야한 거다."

"무척 매력적인 여성들이 눈앞에 있으니까 말입니다. 보지 말라고 해도, 눈은 그쪽으로 향하고 맙니다."

"보는 것만으로도 괜찮은 건가?"

마리다가 히죽, 하고 미소를 띠었다.

"보는 것만으로는 부족하겠군요."

"제도까지는 시간이 걸리겠구나."

"그렇네요. 앞으로 사흘 정도는 걸리겠지요."

"그렇다면, 할 일은——."

뭐, 답은 알고 있기에 대답하지 않았다.

그러고 나서 제도 도착까지는 적남을 낳아 준 아내의 치하도 겸해 힘냈다.

측실들과도 분발했고, 마리다한테도 감사의 마음을 담아 분발했다.

그 뒤, 제도에 도착하자 마왕 폐하로부터 곧장 부름을 받아, 전국에서 소집된 제국 귀족이 출석하는 전승 보고회가 열리는 회장으로 이동했다.

황성의 대회합실에서 열리고 있는 전승 보고회에는 에란시아 제국 각지에서 소집된 귀족들이 모여 있었다.

슈게모리 파벌뿐만이 아니라 와레스반 파벌, 힉스 파벌, 노트 파벌 귀족도 있다.

대공가 파벌 귀족도 있고, 태반의 에란시아 제국 귀족이 모인 모양이다.

웅성웅성하고 있던 대회합실에 마왕 폐하가 모습을 나타내자, 목소리가 멎고 정적이 찾아왔다.

"모두들, 짐의 소집에 응해 주어 고맙게 생각한다. 다들 알고 있을 것이라 생각한다만, 지난달에 있었던 알렉사 왕국과의 전쟁은 대승리로 끝나, 아르카나령이 에란시아 제국에 복귀했다."

"""축하드립니다!"""

모인 귀족들은 일제히 무릎을 꿇고는 마왕 폐하한테 머리를 숙이고 축의를 표했다.

물론 불려 온 우리도 함께 무릎을 꿇고 머리를 숙였다.

"마리다 폰 에르윈! 앞으로 나오라!"

"네, 인 거다!"

고개를 들고 일어선 마리다가 머리를 숙인 채인 귀족들을 밀어 젖히며 마왕 폐하 앞에 나왔다.

"아르카나령 공략과 그 후의 알렉사 왕국군의 침공을 격퇴한 것, 참으로 훌륭했다! 그 공에 보답하여, 탈취한 아르카나령을 에르윈 가문에 내려주고, 제국 여자작 작위를 수여하는 것으로 한다!"

마왕 폐하의 말에 머리를 숙이고 있던 귀족들한테서 술렁임이 일어났다.

술렁임이 원인은 제국 귀족의 초 문제아인 에르윈 가문이 전례를 깨고 '자작'으로 서임되었기 때문일 것이다.

"기다려라! 에르윈 가문이 전공을 올렸다고는 해도, 제국 자작이 된다는 건 있을 수 없는 일!"

마왕 폐하의 재정에 이의를 제기하며 일어선 것은 황제 선거에서 접전으로 패한 도레스 와레스반이었다.

황가 와레스반 가문 당주이자, 서부 수호직을 맡은 웅인족 남자. 빨간 머리카락과 수염으로 뒤덮여 있기에 '불곰 수염'이라는 이명을 지녔다. 황제 선거가 접전이었던 것도 있어서, 파벌에 속한 귀족은 많고, 마왕 폐하가 불의로 사망하면 차대 황제에 가장 가까운 장소에 있는 자다.

"도레스 경은 짐의 결정에 불만이 있다고 말하는 것인가?"

"있다! 재작년에도, 작년 전쟁에서도 폐하는 에르윈 가문에 포상을 내려줬을 터! 거기에 더해 전례를 깨는 서임 따위 인정할 수 없다! 제국 귀족을 소홀히 하는 행위다!"

배에 울리는 커다란 목소리로 도레스는 마왕 폐하의 재정에 트집을 잡았다. 찬동하는 것처럼 파벌 귀족들도 떠들썩거리기 시작했다.

"흠, 그건 곤란하게 됐군. 그러면, 어떠한가. 에르윈 가문의 서임은 보류하고, 아르카나령만을 준다는 것으로 어떠한가?"

하? 진짜로? 우리의 작위 서임 취소야?! 그런 말 못 들었는데!

마왕 폐하는 와레스반 파벌의 비위를 맞추고자 우리한테 한 약속을 뒤엎는다는 건가!

"거절한다. 아르카나령은 근원을 더듬자면 우리 와레스반 가문의 피를 이은 자가 통치하고 있던 토지. 적국으로부터 탈환한 것이라면 우리 와레스반 가문에 반환되는 것이 도리이지 않은가!"

하? 하아아아아?! 진짜로 말도 안 되는데! 무슨 말을 하는 거냐! 이 짜샤아아아!

우리가 얼마나 시간과 돈을 들여 탈환했다고 생각하는 거냐고! 그걸 반환하라니! 잠꼬대는 자면서 해라!

폭발할 것 같았지만, 배신(陪臣)으로서 이 자리에 참가하고 있는 것이기에 문제를 일으킬 수는 없는 노릇이라 입술을 꽉 깨물었다.

에란시아 제국 황제의 권력은 엄청나게 강한 건 아니다. 황가나 대공가의 기분을 상하게 하면 내란에 가까운 분쟁도 일어나거나 하는 나라고, 암살당하면 황제 선거로 넘어간다.

그런 귀찮은 시스템을 가진 나라이기에 독재자 같은 황제가 출현하기 어려워져 있었다.

"짐의 양보를 받아들이지 않는 데다가, 그뿐만이 아니라 에르윈 가문이 병사를 내보내 탈환한 아르카나령의 반환을 요구하는 것인가……"

슈게모리 파벌 귀족들도 마왕 폐하의 말을 듣고 와레스반 파벌 귀족들을 노려봤다.

일촉즉발의 분위기가 황성 대회합실에 감돌았다.

"그러면, 이쪽도 비장의 수를 쓰도록 하겠다. 그자를 끌고 오라."

시종 가신에게 신호를 보내자, 얼굴이 퉁퉁 부은 리히트가 마왕 폐하 앞에 강제로 무릎이 꿇려졌다.

"다들 이 얼굴을 기억하고 있을 것으로 생각한다만, 이 녀석은 리히트 폰 에라크슈. 에란시아 제국 황제의 피를 이었음에도 불구하고, 부끄러움이란 것을 모르고 알렉사 왕국에 붙은 아르카나 령 영주였던 남자다."

리히트의 모습을 본 제국 귀족들이 술렁였다.

특히 조금 전까지 위세가 좋았던 와레스반 파벌 귀족은 순식간에 얼굴이 흐려져, 리히트한테서 고개를 돌리는 자가 많았다.

그들에게 리히트는 오점이자, 약점이기도 했다.

"실은 그에게서 무척 재미있는 이야기를 들어서 말이지. 짐이 황제가 되기 전에 이루어졌던 황제 선거에 관한 것은 다들 기억하고 있겠지."

황제 선거 이야기가 되어, 도레스의 낯빛이 변했다.

"실은——. 이건 짐이 말하기보다, 리히트한테 말하게 하는 편이 좋겠군."

리히트의 입에 물린 재갈을 벗긴 마왕 폐하가 리히트한테 무언가 귀엣말했다. 고개를 끄덕인 리히트는 제국 귀족들 앞에 서더니 입을 열었다.

"황제 선거 때, 내가 말했던 크라이스트 경에 관한 이야기는 전부 거짓이며, 허언이었다. 그렇게 하라는 말을 들어서 어쩔 수 없이 모두한테 퍼뜨리고 다녔던 것뿐이다. 거듭, 말하도록 하겠다. 크라이스트 경에 관한 내 발언은 전부 허언이었다!"

필사적인 얼굴로 외치는 리히트를 보고, 제국 귀족들은 숨을 삼켰다.

모략 운운으로 아버지와 형을 제거하고, 슈게모리 가문 당주가 되었다는 이야기를 말하는 것이리라.

슈게모리 파벌 귀족은 마왕 폐하가 그런 수를 쓸 거라고는 추호도 생각지 않지만, 다른 파벌 귀족한테는 지금도 그렇게 여겨지고 있다는 말을 들은 적이 있다.

그 원흉을 만든 것이 리히트다. 그에게 허언이었다고 말하게 함으로써 이미지 쇄신을 도모한 듯하다.

"그러면, 하나 더 묻도록 하지. 그대에게 허언을 하도록 지시한 자를 말하라."

마왕 폐하의 물음에 반응을 나타낸 자가 있었다. 도레스 폰 와레스반이다.

황제 선거는 모략, 내전, 대리전쟁, 협박, 정략결혼 등 뭐든지 가능한 싸움이지만, 도레스는 저번 선거에서 크라이스트와는 다르게 모략을 쓰지 않는 우직한 무인으로서 다른 파벌의 지지를 모았다는 모양이다.

그 도레스가 실은 리히트한테 허언을 말하게 했다는 모략을 쓴 거라면, 아아, 큰일이군.

우직한 무인 이미지는 완전히 망가져, 크라이스트한테 만에 하나의 일이 생기면 차기 황제이기에 친분을 통하고 있는 다른 파벌도 도레스를 경계하여 거리를 두려고 할 것이다.

리히트가 힐끗 도레스를 봤지만, 눈을 감고 입을 열었다.

"도레스 폰 와레스반한테 부탁받았다! 허언을 퍼뜨려 크라이스트의 평판을 깎아내리라고 부탁받은 거다! 나는 부탁받은 것뿐이다! 크라이스트 경! 나는 숨기지 않고 말했다!"

웅성거림이 퍼지고, 참가하고 있던 귀족의 시선이 도레스한테 모였다.

"무, 무슨 말을 하는 거냐! 나는 그러한 부탁은 하지 않았다! 폐하가 리히트를 협박해서 말하게 한 것이겠지!"

"도레스는 저렇게 말하고 있다만?"

"아니다! 나는 도레스한테 의뢰받았다! 틀림없다! 전투신 아렉시아스에게 맹세해도 좋다! 나는 도레스한테 부탁받았기에 허언을 퍼뜨려 크라이스트 경의 평판을 깎아내린 것이다!"

대회합실에 모였던 귀족들은 리히트의 고백을 진짜라고 받아들인 모양이라, 도레스한테 향하는 시선이 변화하는 것을 느꼈다.

"리히트 폰 에라크슈. 용히, 사실을 말했다. 짐에 대한 허언을 퍼뜨린 것은 용서하지."

리히트는 마왕 폐하를 향해 돌아앉더니, 바닥에 머리를 문지르며 부복했다.

"고개를 들라. 리히트."

마왕 폐하의 말에 고개를 든 리히트의 머리가, 몸통에서 떨어져 바닥에 나뒹굴었다.

"단, 에란시아 제국을 배신한 죄는 용서하지 않았다. 그 죄는 자신의 목숨으로 갚을 수밖에 없다."

필요 없게 된 리히트를 단칼에 베었다. 역시나 마왕 폐하답다.

에란시아 제국에서의 안락한 삶을 손에 넣을 것이라면 마왕 폐하의 원한을 사는 것만큼은 피하지 않으면 안 된다.

"자, 그럼 도레스 경한테 묻고 싶군. 이 시체가 된 배신자는 와레스반 가문의 피를 잇고 있었을 터. 황가 당주로서 이 사태를 어떻게 생각하고 있나?"

마왕 폐하한테 추궁당한 도레스의 말문이 막혔다.

황가 와레스반 가문의 피를 이은 자가 적국으로 도망치는 것을 눈감아준 당주의 죄는 무겁다.

나란히 늘어선 제국 귀족들이 마른침을 삼키며 도레스의 대답을 기다렸다.

"일단, 가지고 돌아가서 내가 내릴 처분을 검토하도록——."

"가지고 돌아가는 것은 허용하지 않겠다. 제국 귀족이 모인 이 자리에서 답하라!"

"크윽!"

마왕 폐하한테 진지하게 추궁당한 도레스의 얼굴이 분함으로 일그러지는 것이 보였다.

"라고, 생각했다만, 이 문제에 관해 짐으로서도 황가 와레스반 가문의 면목도 세워 주지 않으면 안 된다고 생각한다. 거기서, 에르윈 가문이 '자작'이 되는 것과 아르카나령을 영유하는 건을 인정한다면 도레스 경에 대한 책임 추궁은 하지 않겠다만."

꺄아아아! 멋져! 반해 버려! 마왕 폐하, 죠아!

도레스의 트집으로 인해 빼앗길 뻔했던 우리에 대한 포상을 되찾는 제안을 내주었다.

"도레스 경, 어떻게 하겠나?"

"크윽! 어쩔 수 없지! 인정하겠다. 폐하 좋을 대로 하시라. 단,

에르윈 가문이 문제를 일으키면 폐하의 책임은 추궁할 생각이다! 그것만은 잊지 말기를! 그럼, 실례!"

노기를 보인 도레스는 거친 발걸음으로 파벌 귀족을 거느리고 대회합실에서 나갔다.

"도레스 경의 찬동은 얻었다. 달리 에르윈 가문이 '자작'이 되는 것에 이의를 제기하는 자는 있는가?"

마왕 폐하의 물음에 모든 사람이 입을 다물었다.

이번 건으로 에란시아 제국 내의 파워 밸런스가 조금이지만 변화했다.

와레스반 가문 당주 도레스의 평가는 떨어지고, 슈게모리 가문에서 황제가 된 크라이스트의 권력 기반이 강화되었으리라.

뭐, 그래도 아직 황제로서의 권한은 약하다고 생각되고, 개혁한다 치더라도 다양한 어려움이 기다리고 있을 터다.

"도레스의 얼굴을 봤을 때는 너무 유쾌해서 웃음이 터져 나올 뻔했느니라! 그 녀석은 언제나 귀인족을 눈엣가시로 여기니까 말이지."

대회합실에서의 전승 보고회가 끝나, 우리는 마왕 폐하의 방으로 불려 갔다.

"그건 언제나 귀인족이 전공을 올리기 때문이겠지. 웅인족은 에란시아 제국 최강의 전사 칭호를 원하고 있으니까 말이다."

"귀찮은 녀석이구나."

"확실히 귀찮은 녀석들이기는 하지만 숙원인 4황 4대공제에 의

한 황제 선거가 폐지될 때까지, 아직 짐의 적으로 돌릴 수는 없는
노릇이다."

마왕 폐하도 황제 권한 확대를 목표로 여러 가지로 분투 중이
기는 하지만, 에란시아 제국은 항상 황제 선거라는 내란의 불씨
를 안고 있는 나라다.

그 시스템을 폐지하고, 강고한 권한을 가진 황제가 군림하는
국가로 개혁하는 것이 마왕 폐하가 지향하는 장소인 듯하다.

대가 바뀔 때, 반드시 발생하는 내란의 불씨가 없어지면 에란시
아 제국은 한층 강국으로 다시 태어날 수 있을 거라고 생각한다.

"마리다, 그리고 너희들은 앞으로도 짐을 위해 한층 힘내 줘야
만 하겠다."

그렇게 말한 마왕 폐하가 벨을 울리자, 문이 열리고 나무 상자
를 든 근위병이 들어왔다.

근위병의 낌새를 보니 우리 앞에 놓인 나무 상자는 상당히 중
요한 물건인 모양이다.

"알베르트, 잊고 있었다만, 적남 탄생을 축하하는 선물이다. 사
양 말고 받도록 하라. 이건 황제로서가 아니라 크라이스트 폰 슈
게모리로서 보내는 선물이다."

"하, 하아."

"열어 보라."

마왕 폐하의 말대로 나무 상자 뚜껑을 열자, 금화가 빼곡하게
들어차 있었다.

"제국 금화 5만 닢을 주겠다. 그 돈을 써서 아레우스한테 좋은

영지를 남겨 줘라. 그 녀석은 걸물이 되겠지. 여하간 '선혈귀'를 어미로 두고, '귀술사'를 아비로 지닌 아이니까 말이다."

안 대애애애애! 아레우스 땅을 돈으로 사려고 하는 거 안 대애애애애!

"폐하께서 제 적남 아레우스를 매우 마음에 들어 해주신 것에는 감사하고 있습니다만, 저로서는 양자로 보낼 생각은 없고, 에르윈 가문의 차대를 이을 소중한 아이이기에──."

"알베르트, 오라버니는 딱히 양자로 달라는 말은 하지 않은 거다."

지, 지레짐작했다! 나도 참, 허둥대고 만 모양이다!

"흠, 짐의 양자라······. 그것도 괜찮을지도 모르겠군."

"그, 그것만큼은 용서를!"

"농담이다."

후우, 초조했다고. 우리 아레우스 땅은 진짜 천사니까 조심하지 않으면 유괴당해 버려.

"아레우스에게 보내는 축하 선물. 감사히 받겠습니다. 애슐리를 발전시켜 에르윈 가문이 한층 번영할 수 있게 쓰도록 하겠습니다."

"음. 그리고 리제 폰 아르코."

"네, 넵!"

"밀러 채용 건, 용히 짐에게 진언했다. 그대로 초야에 묻혀 있게 하는 건 나라의 손실이었다고 생각할 정도로, 녀석은 좋은 지휘관이 되겠지. 포상으로 명검을 하사하겠다. 녀석에게 건네주어라."

마왕 폐하는 근위병한테 시선으로 지시를 보냈고, 근위병은 장식이 세공된 훌륭한 검을 가지고 돌아왔다.

"네, 넵! 밀러도 폐하로부터 명검을 하사받았다는 것을 알면 기뻐할 것이라고 생각합니다."

"앞으로도 좋은 인재를 발견하면 사양 말고 진언하도록 하라!"

"네, 넵! 잘 알겠습니다."

리제도 밀러 건으로 한층 마왕 폐하의 신용을 얻은 모양이다. 배신자였다가 파벌에 들어가고, 그리고 의외로 쓸만한 녀석이라는 곳까지 랭크 업했다고 생각한다.

앞으로도 아르코 가문의 전공 벌이는 필요하지만, 마왕 폐하의 성격으로 봐서 쓸만한 녀석을 무자비하게 망가뜨리는 일은 없어졌을 터다.

아르코 가문도 내 아이가 이을 가문이니까, 힘내서 번영시켜 주지 않으면 안 된다.

마왕 폐하와 면회한 뒤, 며칠 동안 제도에 체재하고 새롭게 '자작' 인장을 받아 우리는 애슐리로 귀환하게 되었다.

※오르그스 시점

"찾아라! 고란의 모습이 없을 리가 없지 않으냐!"

왕도 루튠을 점거하고 보름. 부왕의 국장 준비를 진행하면서 이복동생 고란의 행방을 찾게 시키고 있었다.

"왕도 안에는 이미 없는 것 아닌지?"

"왕위를 노리고 있는 고란이 왕도를 버릴 리가 없지 않으냐! 수하와 함께 어딘가에 숨어 나를 쓰러뜨릴 기회를 노리고 있을 터다!"

알렉사 왕이 되고 싶은 고란한테 지금 제일 방해되는 건 나뿐이다.

"옙! 계속해서 왕도 안을 탐색하겠습니다!"

시종이 왕궁 집무실에서 뛰어나가자, 다른 사람이 들어왔다.

"국장 준비는 문제없이 진행되고 있습니다만, 딱 하나 문제가 발생하였습니다."

"뭐냐! 말해라!"

"유테르 대신관님이 오르그스 님의 왕위 계승에 찬동하지 않는다는 견해를 보내 왔습니다!"

큭! 대신관놈! 아직 '용사의 검' 일로 앙심을 품고 있는 건가!

적남이자 왕위 계승권 제1위인 나 말고 다른 사람이 알렉사 왕위를 잇는 것이 더 이상한 이야기이지 않은가!

"그렇다면, 유테르 대신관의 축복은 생략해라! 예지의 신전 신전장을 대신 불러라! 녀석의 축복으로 대관식을 행한다!"

"옙!"

에게레아의 신전장과는 연줄이 깊으니까 이쪽의 제안을 거절하는 일은 없겠지. 신의 축복 따위 형식에 지나지 않는 것이다.

"왕위에 앉으면 나한테 거역하는 자를 모조리 없앨 뿐이다!"

며칠 뒤, 왕도에 있던 귀족들만을 불러 모아 전 국왕의 국장을 개최하고, 그대로 예지의 신전 신전장의 축복을 받은 대관식을 거행하여, 나는 알렉사 왕 오르그스 다이달로스가 되었다.

제10장 ♥ 구멍 파기 장인과 은 광산

제국력 261년 홍수정월(10월)

아르카나령 공략을 끝내고 겨우 침착하게 정무를 볼 수 있다고 생각했더니, 이미 올해의 납세는 끝나 있었고 연도도 후반전의 반을 지나 있었다.

"아레우스 땅. 파파가 왔쪄여~. 네에네에, 기저귀 갈아입고 싶었쪄여~. 오오, 많이도 쌌쪄여~. 파파가 금방 깨끗하게 해주겠쪄여~."

사랑스러운 아들의 기저귀 갈아주기도 능숙해졌다. 젖을 먹고 난 뒤의 트림 중, 등을 두드리는 것에도 익숙해졌다. 밤에 우는 것을 달래는 스킬은 절찬 폭발적 상승 중이다.

전부가 처음인 경험이고, 생명을 키우는 것이 얼마나 힘든 일인지를 가르쳐 주고 있다.

게다가 우리 아레우스 땅은 울어도 진짜로 천사. 기운도 넘치고, 튼튼하게 자라 줬으면 한다.

"좋아! 완벽해!"

"그럼, 슬슬 베르타 씨한테 아레우스 님을 돌보게 하고, 일을 재개해 주실 수 있을까요?"

이레나의 미간 주름은 위험 수역에 달한 상태다. 여러 안건이 겹쳐, 올해는 특히 정무가 쌓여 있다.

새롭게 영토에 더한 아르카나령 건도 있고, 이전부터 진행하던 안건도 있다.

그 일들은 이레나와 밀레비스가 어찌어찌 밀리지 않도록 진행해 주고 있었지만, 슬슬 한계인 듯하다.

"아, 아레우스 땅! 파파는 잠깐 일을 하고 올 테니까, 착한 아이로 있쪄야 해여~. 베르타, 아레우스가 울면 나를 부르도록!"

"알겠습니다뿅."

베르타한테 아레우스를 맡기고, 이레나를 데리고 집무실로 돌아왔다.

"알베르트, 너무 오냐오냐하는 건 좋지 않은 거다. 아레우스는 귀인족의 두령이 될 남자라고!"

새로 수여받은 '자작' 인장을 손에 든 마리다가 질렸다는 듯한 얼굴로 이쪽을 봤다.

"하지만 아레우스가 울고 있었기에! 아버지로서 제대로 대처를 하고 온 것뿐인 일! 그리고 오늘은 열도 없고, 몸 상태도 좋아 보였습니다."

"그래그래, 알았느니라. 이레나의 미간 주름이 없어지지 않게 되기 전에, 알베르트도 일을 하도록."

마리다가 어처구니없는 채인 표정으로 묵묵히 인장 찍기로 돌아갔다.

정무 담당관으로서는 일을 해주는 건 무척 기쁘지만, 아레우스의 아버지로서는 그녀가 어머니를 제대로 해내 줬으면 한다는 마음도 있어서, 딜레마에 빠질 것 같았다.

"알베르트 님, 정무를 재개해도 괜찮을까요?"

"아, 아아. 미안. 기다리게 한 모양이네. 재개해 줘."

"그럼, 이쪽 안건부터."

이레나가 내민 서류는 고슈토족 촌락과 스라트성 아랫마을을 연결하는 신규 가도 부설의 진척 상황이었다.

흠, 연초부터 시작해서 가도 부설 공사는 거의 끝났고, 남은 건 터널 공사를 끝내면 개통이라는 상황까지 온 건가.

그 터널 공사도 레이모어가 이전에 말했던 그 광산 기술자들을 데리고 와줘서, 진척도는 상당히 진전되고 있는 모양이다. 그가 말한 대로, 구멍을 파는 실력은 확실한 사람들인 모양이다.

"이 가도가 완성되면 고슈토족 촌락과 왕래하기 쉬워지겠군."

"그런 것 같네요. 스라트령 영내도 고슈토족 분을 통해 산의 민족에 물자를 팔 수 있게 되었고 말이에요. 가도가 완성되면 삼자 모두 한층 좋은 효과가 기대됩니다."

"가도가 개통되면 고슈토족 촌락에 있는 향유 제조 시설 확대를 진행해 줘. 아직 수요에 비해 양이 부족해."

"네, 이미 예산은 편성하여 준비를 진행해 두었습니다. 이쪽을 확인해 주세요."

나는 새로운 서류를 받아 들고 내용을 확인했다.

이 시설 증강이 완료되면 향유 생산량은 배로 늘어나. 다소 가격도 낮출 수 있어서 귀족과 부유층만이 아니라 약간 돈이 있는 서민까지 쓸 수 있도록 하면 한층 판로 확대라는 느낌으로 만들 수 있겠군.

"신속한 일 처리 고마워. 이걸로 가자."

나는 향유 시설 증강안에 결재 도장을 찍고, 결재 완료 상자에 넣었다.

"그러면, 이어서 개척촌으로부터 제안서가 올라와 있습니다."

이레나가 내민 서류를 확인했다.

어디 보자, 유랑민들한테서 개간 중인 밭을 경작할 일손이 필요하니 알렉사 왕국에 남은 친인척을 부르고 싶다는 요망이 많다는 이야기군. 인구가 늘어나는 건 우리로서는 대환영이기에 팍팍 불러도 좋다. 애슐리령 영내는 새로운 수로가 생겨서 경작하고 싶은 곳투성이니까 말이지.

"제안은 승인이야. 단, 알렉사 왕국 자츠바룸 지방에 사는 자. 우리의 간단한 심사를 받을 수 있는 자. 호적을 등록하는 것이 조건. 이 조건을 받아들일 수 있다면 남녀노소를 불문하고 받아들인다는 통지를 내려 둬."

"자츠바룸 지방 한정인가요?"

"아아, 그래. 북부 자츠바룸 지방은 최근 몇 년 동안 몹시 황폐한 토지가 되었어. 토지를 버리고 싶다고 생각하는 사람도 많을 거야. 하지만 남부 코르시 지방은 황폐해지지 않았고, 반 에란시아 제국 기질이 북부보다도 훨씬 강한 지역이야. 그러니까, 자츠바룸 지방으로 한정하겠어."

"과연, 그렇군요. 알겠습니다. 알베르트 님이 정하신 조건을 통지해 두겠습니다."

"심사에 관해서는 리셸과 협의해서 마르제 상회 국내반한테 대질시켜. 밀정은 파악해 두고 싶으니까 말이지. 리셸, 부탁해."

"네~에. 국내반에서 심사 인원을 내보내 둘게요. 파악만으로 괜찮은 거죠?"

"그래, 기밀에 접근하지 않으면 파악하는 것만으로 괜찮아. 그렇게 해 두면 나중에 쓸 데도 있을 테고 말이지."

"알겠습니다~. 맡겨 주세요."

좋아, 이걸로 개척촌의 일손 부족도 해소되어 주겠지.

나는 개척촌의 제안서에 결재 인장을 찍고는 결재 완료 상자에 넣었다.

"이어서, 브레스트 님으로부터——."

이레나가 내민 서류를 그대로 각하 상자에 넣었다.

"아르카나성 대규모 개수 계획 같은 비용은 일절 없으니까 말이야. 무시, 무시."

귀인족이 아르카나성의 견고함을 마음에 들어 해서 자신들의 전투 기술의 정수를 모은 난공불락의 성을 만들고 싶다고 브레스트를 통해 의견서를 낸 모양이다.

이미 알렉사와의 교통망은 잔도를 불태워 무너뜨림으로써 끊겼고, 주위를 둘러싼 높은 산들이 성벽을 대신하는 역할을 맡고 있기에 아르카나성의 강화는 우선도가 낮다. 그것보다도, 광산 개발 성부 쪽이 중요하다.

"크아아! 알베르트! 그 성은 수만의 대군을 격퇴할 수 있는 성으로 만들 수 있다!"

"그렇다고! 저대로 성문 수리만 하는 건 아깝다고!"

"각하! 돈은 유한! 세상일에는 우선도라는 것이 존재합니다. 이번에도 상당한 전쟁 비용을 썼기에, 무슨 일이 있어도 꼭 아르카나성을 개수하고 싶다고 한다면 유지의 기부금을 모으지 않으면 안 되겠군요."

"자아, 단련할까! 새로 마련한 무구의 상태를 확인해야만 하겠군."

"아! 나, 볼일이 있었어!"

기부금을 모은다는 말을 듣고 두 사람 다 집무실 창문 밖에서 모습을 감췄다.

"이레나, 다음."

"아, 네. 이쪽입니다."

다음 서류는 수송대에 채용할 사람인가. 반상반사로 채용할 사람을 프랑이 선정해 준 리스트인 모양이다.

채용 예정자 50명. 평시는 물류를 담당하는 상인, 전시에는 에르윈 가문의 수송대원이 될 자들이다.

종자 신분을 주고, 에르윈 가문의 가신이 된다.

"제1기로서는 그럭저럭인 수이려나. 채용에서 빠진 군매점 상인도 마르제 상회의 하청으로 들어와 준 모양이고, 물류 정체는 이걸로 해소할 수 있을 것 같네. 에란시아 제국 내의 물건을 움직여 차익금을 벌어야겠지."

"그쪽은 새롭게 종자두(從者頭)가 된 프랑 경이 확실히 해줄 터입니다."

"수송대원은 반은 상인이니까 저쪽에도 제대로 이익이 나오도록 의뢰를 부탁해."

"알고 있습니다. 그만큼, 다소 무리한 의뢰도 하겠지만요."

전속 계약 같은 것이기에 초긴급 시의 물자 이동 같은 건 그들 수송대원이나 마르제 상회에 가입한 군매점 상인한테 힘내게끔 할 것이다.

"그들이 납득할 수 있는 금액이라면 다소 무리한 의뢰도 받아 줄 거라고 생각해."

"알겠습니다."

수송대 채용자 리스트에 결재 인장을 찍고 결재 완료 상자에 넣었다.

"슬슬 간담회 시간이기에 이동을 부탁드립니다."

"오, 벌써 그런 시간인가. 서두르자."

나는 집무실을 뒤로하고, 이레나를 동반하여 회장으로 향했다.

레이모어가 교섭해 주고 있는 광산 기술자 집단의 리더와의 간담회가 세팅되어 있는 것이다.

아직 아르카나의 은광맥에 관한 건 밝히지 않은 듯한데, 대략적인 시굴 비용과 기간은 들은 모양이다.

시굴에서 좋은 결과가 나오면 본격적인 광산 개발에 들어가는 건데, 그렇게 되면 전속 계약이라는 형태로 그들을 계속 고용하지 않으면 안 된다.

광맥의 좋고 나쁨을 판단하고 광석을 채굴하는 기술은 일반인으로서는 가질 수 없는 특수한 기능이기 때문이다.

그 단계가 되어서 금액이 타협되지 않는 건 피하고 싶다.

그렇기에 간담회라는 형태로 그들의 상황을 듣고, 서로가 납득할 수 있는 조건을 찾자고 생각하고 있다.

간담회 회장으로 삼은 방에 도착하자 광산 기술자 리더가 이미 와 있어서, 레이모어와 술잔을 주고받고 있었다.

"알베르트 경, 게이브 공과 함께 먼저 시작하고 있었습니다."

"아아, 문제없어. 게이브 공도 이번에는 가도 부설에 진력해 주셔서 감사합니다."

몸집은 작지만 근육질인 체구에 수염이 무성한 남자가 이쪽을 보더니 머리를 숙였다.

"이쪽이야말로 일이 있어서 살았다. 최근에는 구멍을 파지 못하고 있었으니까 말이지. 실력은 녹슬지 않았던 모양이다."

나는 술잔을 주고받고 있는 두 사람 사이의 자리에 앉고는 술 단지에서 두 사람의 술잔에 술을 따랐다.

"가도 부설도 무사히 끝날 것 같고, 게이브 공과 기술자분들이 판 터널은 괜찮을 것 같다고 레이모어한테서 들었습니다."

터널 공사를 칭찬했더니 게이브의 안색이 흐려졌다.

"원래라면 우리 '지렁이의 엄니'는 광산 기술자이고, 광맥을 찾아 광산 갱도를 파고, 광석을 제련하는 시설을 만드는 것이 일이다. 이번에는 레이모어 경이 구멍을 파는 데 협력해 달라고 하니까 도운 것뿐이다."

"그랬습니까. 제 공부 부족으로 게이브 공에게 불쾌한 기분이 들게 한 점, 아무쪼록 용서를."

"미안하다. 이쪽도 일을 받은 상대한테 말이 과했군."

일에 대한 자부를 가진 장인 집단이라는 의미에서는 게이브의 '

지렁이의 엄니'는 귀인족과 닮은 기질을 지니고 있는 느낌이 든다.

"광산 기술자라고 하셨습니다만, 일 쪽은──."

"개점휴업 상태다."

"후학을 위해 여쭙고 싶습니다만, 광맥 시굴 작업 등의 비용은 어느 정도가 되겠습니까?"

내가 시굴 비용을 묻자 게이브의 안색에 불그스름한 기색이 강해졌다.

레이모어를 통해 대략적인 금액은 들었지만, 재확인의 의미를 담아 질문해 봤다.

"시굴 규모에 따라 금액과 기간이 변하지만, 표준적인 시굴이라면 제국 금화 2만 닢이 최저한으로 필요하겠지. 돈을 들여 시굴 범위를 늘리면 광맥의 규모가 큰지 작은지 사정하기 쉬워진다."

"시굴에 돈을 들이면 광맥이 큰지 작은지 알 수 있다는?"

"어디까지나 시굴은 시굴에 불과해. 돈을 들여서 시굴하고, 좋은 광맥이라고 생각해도 본 굴착을 해봤더니 기대 이하였다는 일도 일어나는 것이 광산 개발이다."

"도박 같은 겁니까?"

"꼭 그렇다고도 단언할 수 없어. 돈을 들여서 시굴하는 편이 꽝을 뽑을 가능성은 줄어드는 거고 말이지."

"단지, 시굴에 투하한 금액과 광맥의 규모가 걸맞지 않은 경우도 일어난다는──."

"그런 거다. 그러한 경우 물주와 이야기를 나눠서 개발을 단념하는 경우도 있지."

의외로 광산 개발은 큰일이군. 아르카나의 은광맥 규모가 어느 정도인가에 따라 여러 가지로 예산 규모도 변동된다는 느낌이다.

"그럼 가령 시굴에서 좋은 결과가 나오고, 기대해 볼 수 있는 광맥이었을 경우 그 후의 비용은 어느 정도 드는 법입니까? 여러 귀족 가문이 돈을 갹출한다고 들었습니다만."

"뭐, 못해도 제국 금화 10만 닢. 더욱 규모가 큰 광산을 만들게 되면 15만 닢 정도 들지도 모르겠군. 큰 귀족 가문이라도 쉽게 준비할 수 없는 금액이라 광산 개발은 수 명의 영주가 출자해서 광산 개발조합을 만들어 조합 조직에 광산 채굴부터 제련을 맡기고, 거두어진 수익을 출자 비율에 따라 각 영주한테 분배하는 방법이 기본이다. 그리고, 우리는 그 광산 개발조합의 운영을 위탁받는 형태로 관여하고, 수익에서 우리 몫을 받는 거지."

"과연, 그렇군요. 하지만 그렇게 되면 '지렁이의 엄니'의 일은 없어지지 않는 것 아닌지?"

내 질문에 게이브의 얼굴이 재차 흐려졌다.

"그렇지도 않다. 조합 조직에는 영주 쪽에서도 사람이 파견되니까 말이지. 그 녀석들이 채굴이나 제련 기술을 배우면 우리와의 계약은 대개 끊어진다. 그리고, 우리는 갱도 내외의 안전 관리나 제련소 주위의 환경 유지에 까다로우니까, 그만큼 광산 수익도 압박하는 노릇이라. 어느 날 갑자기 차기 계약은 없다는 말을 듣고 정주지로 돌아오는 거다."

"그랬습니까. 그래도, 안전 대책이나 환경 유지 대책은 필요한 것이지요?"

"뭐, 그렇지. 갱도 붕괴 사고 같은 게 일어났다간 동료가 죽고, 광석 제련 작업은 주위에 악영향을 줄 가능성이 높으니까 말이다. 오랫동안 광산으로서 개발한다면, 처음부터 대책을 세워 두는 편이 나중에 도움이 되는 것이다만. 영주들은 눈앞의 수익을 늘리라고 말하니까 싸움이 되어서 계약이 중단되는 일도 있지."

막대한 돈이 드는 광산 개발이기에, 귀족한테서의 간섭이 잔뜩 들어와 큰일이라는 건가.

이건, 의외로 힘든 사업일지도 모르겠군.

"만약 에르윈 가문이 광산 개발을 생각하고 있다면, 일확천금의 꿈은 꾸지 않는 편이 좋고, 인색한 귀족 가문을 동료로 끌어들였다가는 벌 돈도 못 벌게 된다는 것만큼은 염두에 두는 편이 좋다."

"과연, 게이브 공의 충고. 마음에 새겨 두도록 하겠습니다."

나는 들고 있던 술 단지를 테이블에 두고는 레이모어한테 시선으로 신호를 보냈다.

이 방에 가지고 온 그 광석을 게이브한테 보여주는 것을 사전에 협의해 뒀다.

"그렇지, 광산 이야기로 떠올렸습니다. 게이브 공이 봐줬으면 하는 것이 있어서 말입니다. 어떤 상인이 대량으로 가지고 온 물건인데, 에르윈 가문에서는 광석의 좋고 나쁨을 감정할 수 없어서 곤란해하고 있습니다. 잠깐 봐줄 수 있겠습니까? 물론, 감정료는 알베르트 경이 내준다는 듯하기에."

"광석 감정인가. 뭐, 보는 정도라면 괜찮다만."

레이모어가 손뼉을 치자, 안쪽 방에서 그 광석이 운반되어 뚜

껑이 열렸다.

"흠, 은광석인가. 호오, 제련하면 재미있을 것 같은 광석이군. 이 정도 질을 지닌 광석이라면 상당한 은을 꺼낼 수 있을 거라고 생각한다. 가지고 온 상인은 어디서 이걸 손에 넣었다고 말했지? 에란시아 제국의 은광산은 이렇게까지 질이 좋은 광석이 산출되지 않을 터인데."

게이브가 손에 든 광석을 바라보며 출처를 물었다.

"알고 싶습니까?"

"그래, 국내에선 이런 은광석을 본 적이 없고 말이지. 직업상 어디 나라에서 산출된 것인지 신경 쓰인다."

광석에 흥미를 지닌 게이브한테 가까이 다가가서, 한 장의 서류를 내밀었다.

"여기에 한 장 써주실 수 있다면, 가르쳐 드리겠습니다."

서류는 광석 출처의 비밀을 지킨다는 계약서다. 만에 하나, 비밀을 폭로하면 처형된다는 문언도 넣어 뒀다.

"호들갑스러운 서류구만. 고작해야 광석의 출처이지 않나."

"저희한테는 거액의 광석 구입 계획이기에 외부로 새어나가면 곤란하기 때문입니다."

가공의 상인에게서 은광석을 구입한다는 계획을 넌지시 비쳤다.

"에르윈 가문은 대량의 은광석을 사들여서 은 제련 사업이라도 시작할 생각인가?"

"그건 여기에 한 장 써주실 때까지 알려드릴 수 없습니다."

다시 한번 게이브한테 서류를 내밀었다. 광석을 본 그는 호기

심과 제련 작업만이라도 관여할 수 없을까 하는 의도가 작용했는지, 곧바로 서명했다.

"감사합니다. 이걸로 지금부터 하는 이야기를 외부에 누설한 순간, 게이브 공의 목숨은 제 부하가 빼앗을 것입니다."

게이브 주위에 내 호위인 자들이 소리도 없이 나타났다.

"묘하게 엄중하군……."

"그만큼 우리한테 아르카나에서 발견된 은광맥은 중요한 자원이라는 겁니다."

내 말에 게이브의 표정이 굳어지는 게 보였다.

"알베르트 경, 지금 뭐라고 말하였나?"

"아르카나령에서 은광맥이 노출된 장소가 발견되었다고 말했습니다."

"아르카나라고?! 아르카나에 은광맥이라고!"

"예, 게이브 공이 들고 있는 광석은 제가 아르카나에서 노출된 은광맥으로부터 채취한 광석입니다."

게이브는 손에 들고 있던 광석을 물끄러미 다시 바라봤다.

"아, 아르카나에 이런 질 좋은 광석이 산출되는 광맥이!"

"실은 에르윈 가문에서는 그 은광맥을 단독으로 개발하는 것을 목표로 하고 있습니다."

"하? 지금 뭐라고?"

"단독 개발입니다. 은광산의, 말이지요."

광석과 내 얼굴을 번갈아 보며, 게이브의 표정이 빠르게 변하는 것이 보였다.

"진심으로 말하고 있는 건가?"

"예, 우리 가문이 단독으로 개발에 성공하면 이익을 분배할 사람이 적어지니까요."

"조금 전에도 말했다만 시굴에 제국 금화 2만 닢, 광산 개발이 되면 제국 금화 10만 닢이 필요하다고. 아무리 에르윈 가문이 유복한 가문이라고 해도 역시나 그만큼의 거금을 준비하는 건 힘들 터다."

나는 게이브와의 거리를 쑥 줄이고는, 그 손을 잡았다.

"거기서, 우리 가문에 힘을 빌려주셨으면 하는 겁니다. 조금 전에 들은 이야기로는, 게이브 공을 비롯한 기술자들은 일이 없다고 했습니다. 가능하면 이번 터널 공사에서 보여준 채굴 실력과 제련 기술을 살려 주셨으면 합니다."

"잠깐, 잠깐 기다려라! 계약 이야기라면 제대로 현지를 확인하지 않으면 답변은 할 수 없어. 우리 애들의 목숨의 안전은 확보하지 않으면 안 되니까 말이다! 모르는 장소에 채굴이라니, 그런 건 시굴이어도 못 한다."

"그러면 장소도 가르쳐 드리지요. 단, 거절하실 경우는 조금 전에 써 주신 건은 영원히 효력을 발휘하니 양해 바랍니다."

으름장을 놓고 싶지는 않지만, 가능하면 외부에 알려지고 싶지 않기에 못을 박아 뒀다.

"음, 알겠다."

"그러면 곧바로 현지를 시찰합시다! 이레나, 마차를 준비해 줘."

"네! 알겠습니다."

"레이모어 경도 아르카나와 애슐리를 잇는 신규 가도 사전 점검을 겸할 테니 동행하도록!"

"옙! 그러면 동행토록 하지요."

"잠깐, 지금부터 가는 건가? 술이──."

"술은 마차로 이동하면서도 마실 수 있습니다! 자자, 빨리 현지에 갑시다!"

나는 게이브와 레이모어를 데리고 아르카나의 은광맥이 노출된 장소로 마차를 몰았다.

그 뒤, 현지의 노출된 은광맥을 본 게이브한테서 흥분한 기색으로 '당장이라도 시굴을 하고 싶다'라는 제안이 있어서, 표준적인 계약료보다 낮은 제국 금화 1만 5천 닢으로 시굴 계약을 맺고, 유망한 광맥이라는 것이 판명되면 다시금 광산 개발과 제련 작업을 포함한 본계약을 맺는다는 약속을 추가해 뒀다.

현지를 본 게이브에 의하면 기대도는 높다고 한다. 시굴로 자세한 상황이 판명되어 가면 규모도 파악하기 쉬워지고, 필요한 개발 비용도 정해질 거라는 말을 들었다.

큰 광맥이면 좋겠다고 생각하고, 게이브를 비롯한 기술자들과 좋은 형태로 계약을 맺을 수 있다면 은광산이 에르윈 가문이 비약하기 위한 큰 재원이 될 터다.

아울러, 아르카나령과 애슐리령을 잇는 가도와 엘펜강에 놓을 석교를 레이모어한테 사전 점검하게 하여 비용 견적도 내게끔 했다.

엘펜강에 놓을 석교의 비용이 상당히 들지만, 시굴 결과에 따라 본격적으로 은광을 개발하게 되면 물자 왕래는 늘어나기에 다리를 놓는 계획을 해 둘 필요는 있다.

은광의 채산이 맞지 않을 것 같은 경우에는 목조 다리로 레벨을 낮출 예정을 해 두었기에 어느 쪽으로 굴러가도 좋도록은 해 뒀다.

이렇게 은광맥 일로 여러 가지로 움직이는 사이에, 애슐리의 가을도 깊어져 갔다.

제11장 ♥ 마리다의 부활과 알베르트의 아빠 활동

제국력 261년 황옥월(11월)

"아레우스 땅이 몸을 뒤집고 있어! 이건 역사적인 순간이야! 곧바로 화가를 불러서 이 씩씩한 모습을 초상화로——."

하아아아! 진짜로, 우리 애 굉장해애애애! 역시, 영웅이 될 아이는 어릴 적부터 다르구만!

집무실에 만들어진 아레우스 전용 낮잠 침대에 달라붙어 있던 나를 마리다가 어처구니없다는 얼굴로 바라보고 있다.

"알베르트, 여기는 일을 하는 장소인 거다. 아레우스를 지켜보는 장소가 아니니라."

"하지만! 베르타는 청소 중! 리셸은 마리다 님 감시! 이레나는 회합 중! 리제는 업무 중! 류미나스는 바깥에 나가 있습니다! 아레우스를 지켜볼 사람이 없습니다! 그러니 제가——."

"아이 같은 건 내버려 둬도 멋대로 자라는 거다. 아레우스는 내 아이이고 귀인족이기도 하니까 말이지."

"아뇨, 아뇨, 아뇨! 내버려 뒀다가, 열이 나면 어떻게 할 겁니까! 몸을 뒤집다가 질식할 가능성도 있다고요! 방치 따위 언어도단!"

"아레우스 님의 일이 되면 알베르트 님은 냉정함을 잃어버리네요~. 뭐, 귀여운 아들이고 어쩔 수 없다고는 생각하지만요~."

"알베르트가 저 상태면 아레우스도 큰일이겠네. 마리다 언니."

"그렇구나. 알베르트의 모습은 아이를 아낀다는 수준을 넘었으니까 말이지."

모두한테 무슨 말을 듣건, 나는 아레우스 땅을 위해 뭐든 할 생각이다.

천사 같은 자는 얼굴을 보여주는 아레우스의 뺨을 만지자, 모략을 구사하기 위해 얼어붙게 했던 마음이 온기를 되찾아 갔다.

"저는 더욱 노력하지 않으면 안 됩니다! 마리다 님을 위해, 아레우스를 위해, 모두를 위해서라도!"

내 목소리에 잠이 깼는지, 아레우스가 칭얼거리기 시작했다.

"아~, 일어나 버렸네~. 미안, 미안, 파파가 큰 목소리를 냈네~. 아~, 이건 큰 쪽이다. 곧바로 깨끗하게 해주지 않으면 안 되겠네~. 기저귀, 기저귀."

침대 밑에 준비해 뒀던 새 천 기저귀를 꺼내고는 칭얼거리기 시작한 아레우스를 어르며 기저귀를 재빠르게 갈아줬다.

"오늘도 몸 상태는 아주 좋아!"

"알베르트 님, 청소가 끝났습니다뿅. 아레우스 님을 이쪽으로 데리고 와주세요."

"아레우스 땅, 이제부터는 저쪽에서 놀고 있으렴~. 파파도 나중에 갈 테니까!"

개인 거실 청소를 하고 있던 베르타가 끝났음을 알렸기에 완전히 잠에서 깬 아레우스를 품에 안고는 그녀한테 뒤를 맡겼다.

"후우, 업무 끝——."

"알베르트 님, 유감이지만 추가 업무가 결정되었습니다. 류미나스 쨩이 동서 가도에 출몰하는 산적 무리의 거점을 밝혀냈습니다."

집무실에서 돌아온 나를 맞이한 건 밖에 나가 있던 류미나스와 리셸이었다.

"산적들은 이쪽의 추적을 벗어나기 위해 가도를 따라 여러 개의 거점을 두고, 정기적으로 장소를 바꾸거나 아르카나령 영내로 도망치고 있었기에 포착할 수 없었다고 생각됩니다. 하지만 아르카나령 영내로의 도주가 불가능해져 겨우 포착할 수 있었습니다."

스테판도 대상을 습격하는 산적 토벌에 병사를 몇 번이나 내보냈지만, 도망쳤다고 했었지.

그 녀석들의 거점을 우리가 포착했다. 이건 스테판한테 은혜를 입힐 기회이자, 또다시 무료 노동력을 확보할 기회이기도 하군.

나는 집무실 책상 위에 놓여 있던 은가면을 손에 들어 장착했다.

"적의 수는?"

"300명 정도의 습격대가 있습니다. 다만, 빼앗은 재화를 보관하는 장소가 특정되지 않았습니다."

"그럼, 함정을 치겠어. 귀금속을 대량으로 실은 대상이 동서 가도를 지난다고 녀석들의 귀에 들어가도록 해줘."

"돈에 눈이 멀어 대상의 마차를 습격한 녀석들을 붙잡는 거군요."

"정답. 그 후에 녀석들이 쌓은 재화를 빼앗을 생각이야."

"산적의 돈을 가로채는 건가요. 역시나, 알베르트 님이네요. 산적들도 눈물을 흘리겠어요. 분명."

"우리도 이제부터 여러 가지로 돈이 필요하니까 말이지. 벌 수 있을 때 벌어 둬야지."

"알겠습니다. 류미나스 쨩, 국내반을 써서 녀석들한테 귀금속 대량 수송이 머잖아 이뤄진다는 걸 알리고 와."

"알겠어요! 다녀오겠습니다!"

류미나스가 슥, 하고 모습을 감추자 마리다가 히죽히죽하는 미소를 띠며 이쪽을 보고 있는 게 눈에 들어왔다.

"알베르트, 그 산적 녀석들은 내가 베어도 괜찮은 것이겠지? 그 왜, 올해는 제대로 된 싸움에 참가하지 않았고, 사람을 베지 않았기에 실력이 녹슬어져 버려서 말이니라. 게다가 봐라, 팔뚝이 이렇게나 살이 늘어져 있다."

마리다의 팔뚝은 말랑말랑한 것처럼 보이지만, 저래 보여도 사람을 반으로 가를 수 있는 근력을 가지고 있기에 속아서는 안 된다.

"마리다 님, 적병은 포로로 삼을 겁니다. 베어서는 안 됩니다."

"뭣이라! 영주로서 영내에서 악행을 저지르는 자를 용서할 수는——."

정상적인 말을 하고 있지만, 얼굴에는 '사람을 베지 않으면 실력이 떨어진다'라는 위험한 본심이 엿보인다.

"100명으로 타협하마. 그 정도라면 괜찮겠지?"

에란시아 제국 최강의 전사님 입에서 베고 싶은 사람의 인원수가 나왔습니다. 물론, 승낙할 생각은 없다. 그들은 소중한 무상 노동력.

"안 됩니다. 각하."

"크읏! 75명이라면 어떠냐?"

"안 됩니다. 전원 생포해 주십시오. 마리다 님이라면 여유롭게 달성 가능할 겁니다."

"허, 허나 말이다. 붙잡는 것과 베는 건 다른 것이니라. 50명으로 어떠냐!"

나는 NO의 의미를 담아 고개를 저었다.

"25명, 부탁이니라! 조금만, 정말로 조금만인 거다!"

나는 후우, 하고 숨을 내쉬고는 손가락을 하나 세웠다.

"10명. 10명만 베는 것을 허가하겠습니다. 그걸로 적을 제압해 주십시오. 10명 이상 베면 1명당 제국 금화 1닢씩 용돈을 줄일 테니 잘 부탁드립니다."

아연해하는 표정을 띤 마리다가 자기 의자에 무너져 내리다시피 주저앉았다.

"겨우 10명. 10명이라고……. 말도 안 되는 거다. 말도 안 되느니라! 이의를──."

"거절한다면 이 이야기는 라토르한테 하겠습니다. 그러면 기뻐하면서──."

"한다! 하겠습니다! 하는 거다! 10명 베어서, 산적들을 조용히 시키면 되는 것이지! 맡겨 둬라! 그 정도라면 나 한 명이라도 충분한 거다! 자, 가자! 리셀, 준비를 하는 거다!"

"마리다 님, 아직 준비하기에는 일러요. 류미나스 쨩이 소문을 퍼뜨리는 데도 시간이 걸리니까요~."

"크으으으읏! 날뛰고 싶은 거다! 나는 못 참겠느니라!"

"네, 네, 즐거움을 위해 일을 먼저 정리해 두자고요~. 추가 업무예요~."

"뭐라고! 말도 안 된다! 일이 끝난 후에 일을 하라고 말하는 건가!"

싱긋 미소 지은 리셸이 말없이 고개를 끄덕였다.

"크윽! 여기는 지옥인 거다!"

울상이 된 아내가 불평을 하면서도 산적 퇴치를 하러 가기 위해 일을 정리해 나갔다.

뭐, 다소 마리다의 의욕이 넘쳐 죽어 버리는 산적도 나오겠지만, 그때는 너그럽게 봐주도록 하자.

이레 뒤, 산적들이 이쪽이 뿌린 소문을 덥석 물어 동서 가도를 달리는 마르제 상회의 깃발을 내건 대상을 습격했다.

대상은 류미나스가 이끄는 고슈토족 호위 20명이 경비하고 있지만, 습격한 산적들은 총 200명에 가까운 수가 있어서, 절체절명의 위기 같은 느낌이다.

뭐, 그래도 우리는 지상 최강의 생물이 타고 있고, 라토르한테 지휘시킨 귀인족 30명을 선행시켜 숲에 잠복시켜 뒀으니까 상대 쪽이 불쌍한 전력 차이다.

대상이 가는 길을 가로막고 포위한 산적 리더가 마부석에 있던 나한테 검을 들이댔다.

"돈이 될 물건을 내놔라! 이 대상이 상당량의 귀금속을──."

"갖고 싶다면 주겠느니라!"

짐마차에서 뛰어내린 마리다가 손에 든 바위를 산적한테 던졌다.

얼굴에 바위를 맞은 산적의 머리가 파열되어 사라졌다.

"하나~."

"자, 잠깐! 기다리는 거다! 지금 건 베지 않았느니라! 바위를 던진 것뿐——."

이쪽을 돌아본 마리다가 변명을 입에 담았지만, 감시역으로 동행하고 있는 나는 고개를 가로저었다.

"이, 이봐! 저 여자! '선혈귀' 마리다잖아! 어째서 대상의 마차에!"

"그런 걸 내가 어떻게 알겠냐! 위험하다고! 저 여자한테 죽을 거야!"

"선혈귀가 나왔다는 건——. 이건, 함정인가?! 젠장! 보기 좋게 걸려들었어! 에르윈 가문의 함정이다!"

습격해 온 산적이 사태를 파악한 모양이라, 당황한 모습을 보였다.

"마리다 님 상대로 살아서 돌아갈 수 있을 거라 생각하지 않는 편이 좋습니다. 지금 항복하면 목숨은 살려주고 에르윈 가문에서 무상노동을 시키겠습니다. 어느 쪽으로 하겠습니까?"

내가 산적들을 향해 항복 권고를 들이밀었다.

"시끄러워! 상대는 적다! 둘러싸면 이기지 못할 것도 없어! 쳐라!"

리더로 보이는 남자의 호령에, 얼어붙었던 몸이 풀린 부하들이 일제히 이쪽으로 다가왔다.

"마리다 님, 적은 항복을 거부했습니다. 나머지는 잘 부탁드립니다. 베는 건 앞으로 9명까지입니다. 나머지는 사지가 성한 상태로 전투 불능으로 만들어 주십시오."

"젠자아아앙! 이런 건 내가 바라는 게 아닌 거다! 하지만, 어쩔수 없지! 이것도 다음 싸움을 위한 단련이라고 생각하고 할 수밖에 없겠구나!"

검을 뽑지 않고 주먹을 든 마리다가 적 가운데로 뛰어들었다.

마리다를 노린 적의 검은 스치지도 못하고, 도리어 주먹에 맞은 산적들이 배나 명치를 누르며 지면에 쓰러졌다.

"일방적이네요~. 마리다 님의 힘은 반칙 같은 느낌도 들어요."

"저희도 돕는 편이 좋으려나요?"

"아니아니, 류미나스는 이쪽 호위에 전념해 줘. 어설프게 도와주면 나중에 토라질 거라고 생각해."

"알겠습니다. 호위에 전념하겠습니다."

산적들은 마리다를 쓰러뜨리고자 잇따라 덤벼들었지만, 주먹에 맞고 지면에 쓰러졌다.

어이쿠, 힘이 너무 들어갔는지 내장 파열로 즉사한 녀석이 있군.

"두~울."

"기, 기다리는 거다! 지금 건 불가항력이니라! 상대가 제멋대로——."

"기다리지 않겠습니다."

"크으윽! 고작해야 주먹에 맞은 정도로 죽다니, 나약한 놈들! 멋대로 죽는 건 용서하지 않겠느니라!"

마리다의 노기를 접한 산적들이 공포를 느낀 모양이라 한 걸음 뒤로 물러났다.

"이길 수 있을 리가 없어."

"너무 괴물이야."

"이게 '선혈귀 마리다'의 힘……. 당해낼 수 없다고."

산적들은 겁에 질렸는지 등을 돌리고 도망치기 시작하는 자가 나왔다.

"도망치지 마라! 내 상대를 해라!"

산적들 가운데를 달려서 빠져나간 마리다가 도망치지 못하도록 대검을 뽑아 앞길을 가로막았다.

"여기서부터 앞으로 가고 싶은 녀석은 내 검을 피해서 가는 거다!"

"히익! 죽고 싶지 않아── 커헉."

도망치려 했던 산적의 머리가 마리다가 휘두른 대검 칼날에 베여 날아갔다.

머리를 잃은 몸통이 풀썩, 하고 지면에 무너져 내렸다.

"히익! 보이지 않는 검격에 머리가 날아갔어!"

"셋!"

"큭! 싸우는 보람이 너무 없는 거다! 나한테 이길 수 있다고 생각하는 자는 바로 나와라!"

마리다의 말에 겁을 먹은 산적들이 반대 방향으로 도망쳤다.

도약한 마리다가 등을 돌리고 도망치고 있던 산적을 위에서 내리친 대검으로 두 장으로 갈랐다.

"히익! 사람이!"

"도망치지 마라! 자신의 목숨을 걸고 나랑 싸우는 거다!"

착지하여 대검에 묻은 피를 털어 내더니 산적들을 도발했다.

고개를 내저으며 거절을 표시한 산적들한테 마리다가 말없이 대검을 일섬시켰다.

단숨에 산적들의 머리가 날아가고, 10명 이상의 머리 없는 몸통이 지면에 쓰러졌다.

"아, 아차! 과한 거다! 알베르트! 이건 손이 미끄러졌을 뿐이니라! 일부러가 아니라고! 정말인 거다!"

"으음~, 뭐어, 그 변명은 인정하지요."

참살당한 동료를 보고 허릿심이 빠진 산적들이 목소리도 내지 못한 채 떨면서 서로 몸을 맞대고 있었다.

슬슬 적당한 때군. 다시 한번 항복 권고를 하도록 하자.

활을 꺼내, 숲에 잠복해 있을 라토르한테 효시를 쐈다.

곧바로 에르윈 가문의 깃발이 올라가고, 함성을 내며 귀인족이 모습을 나타냈다.

"원군?!"

"자, 여러분한테는 한 번만 더 선택할 권리를 주겠습니다. 하나는 이대로 마리다 님과 싸워 참살당하는 선택지. 다른 하나는 항복하여 에르윈 가문의 포로로서 무상노동 형기를 채워 살아남는 선택지. 둘 중 어느 하나 원하는 쪽을 선택해 주십시오."

새로 나타난 귀인족과 내 항복 권고를 들은 산적들은 곧바로 무기를 버리고 지면에 이마를 문지르며 항복을 청원했다.

"키이이이익! 약해빠진 녀석들인 거다!"

"마리다 님, 적은 항복하였으니 이 이상의 전투는 허락하지 않 겠습니다. 수고하셨습니다. 다음 출전 차례는 녀석들의 은신처를 습격할 때군요."

"크으으윽! 더 피를 맞고 싶은 거다!"

불만스러워 보이는 마리다를 곁눈질하며, 나는 라토르 휘하의 귀인족과 류미나스를 비롯한 호위한테 지시를 내려, 항복한 녀석 들을 포로로 삼았다.

"자 그럼, 당신들이 쌓은 재화를 모아 놓은 장소에도 안내해 줘 야겠어요. 아~, 말해 두겠습니다만 얼버무렸다가는 저 사람이 확 베어 버릴 테니까 말이에요~. 목숨이 아깝거든 실토하는 편 이 좋아요~."

리셀이 포로가 된 자들한테 눈에 핏불이 서 있는 마리다와 라 토르를 보여주고는 재화를 숨긴 장소를 캐물었다.

"후슈─욱!! 죽고 싶은 녀석은 없느냐! 나는 한순간에 보내 주 겠느니라!"

"죽고 싶은 놈은 앞으로 나와라! 나와도 된다고! 아니! 나와! 후 슈─욱!"

커다란 도끼와 대검을 들고, 위압적인 시선을 보내는 마리다와 라토르한테 겁을 먹은 산적들은 제각기 재화를 숨긴 장소를 털어 놓아 주었다.

산적들이 재화를 숨기고 있던 건 동서 가도에서 아르카나령에 가까운 산악부 기슭의 숲에 만들어진 은신처였다.

붙잡힌 포로 연행을 라토르한테 억지로 맡기고, 나는 마리다 님과 호위들을 데리고 은신처로 향했다.

은신처에 있던 녀석들은 에르윈 가문의 깃발과 살의가 넘치는 마리다를 보고 전의를 상실하여 곧바로 항복하고 말았다.

"자, 자, 그쪽 상자는 들고 가. 이쪽은 별 대단한 건 없으니까 나중으로. 거기, 포로는 신중하게 다뤄 줘, 이제부터 착실하게 일해 줘야 하는 몸이니까 말이지."

"꽤 쌓아 놓고 있었네요~. 임시 수입이 있어서 밀레비스 씨의 머리 광택도 돌아올 것 같아요~."

"알베르트 님! 이쪽에 와주실 수 있나요!"

류미나스가 있는 은신처 쪽으로 가까이 가자, 유황 냄새가 코를 찔렀다.

이건, 설마──.

류미나스의 뒤를 따라 은신처 안에 들어가 문을 여니 시야 끝에는 김이 올라오는 온천이 있었다.

"온천이 있었던 건가. 어쩐지 유황 냄새가 날 만도 하군. 뜨겁기도 딱 좋네."

자연적으로 용출되고 있는 원천에서 수도를 놓아, 커다란 바위에 구멍을 내서 만든 욕조에는 뜨거운 물이 찰랑찰랑하며 가득 차 있다.

일의 피로를 푸는 은신처 같은 온천 여관. 이라는 느낌으로 녀석들도 사용하고 있었던 건가.

욕조는 넓고, 몸을 씻는 곳도 제대로 만들어져 있고, 경관까지 신경 쓰고 있어서 실로 사치스러운 사양이군.

"재화를 회수하면 이 은신처는 다시 이용되지 않도록 없애버릴까 했는데, 아깝네."

"아, 그러면 마르제 상회의 거점으로 삼으시겠어요?"

재화 수송 준비를 끝낸 리셸도 모습을 나타냈다.

"아아, 좋네요. 저도 찬성이에요. 이동의 피로 같은 걸 푸는 데 온천은 좋다고 생각해요."

"일단, 들어가 보기로 할까."

"우효오오오! 온천인 거다아아아!"

전라의 마리다가 우리 옆을 달려 지나갔나 싶더니만, 욕조에 다이빙했다.

"오효오오오! 좋은 물이니라! 다들 얼른 들어오는 거다!"

"알겠습니다. 리셸, 류미나스도 같이 땀을 씻어내도록 하지."

우리는 옷을 벗고 알몸이 되어 물을 끼얹고 난 뒤 욕조 안으로 들어갔다.

먼저 온천을 즐기고 있는 마리다의 옆에 앉자, 어깨까지 물에 잠겼다.

"미지근하지도 않고 뜨겁지도 않네. 적당히 좋은 온도라 오랫동안 몸을 담그고 수 있을 것 같아."

"오호오오! 몸에 스며드는구나. 애슐리성에도 온천을 두고 싶지만, 돈이 말이지."

옆에 있는 마리다가 힐끔힐끔 이쪽을 봤지만, 아무리 그래도 온천은 비용이 너무 들기에 끌어올 수 없다. 장작으로 데운 물을 담을 욕조를 만드는 게 할 수 있는 최선이다.

"무리입니다."

"이렇게, 애인들과 꺄꺄 우후후하면서 언제까지고 따뜻한 물에 몸을 담글 수 있는 거다."

리셸과 류미나스를 양옆에 안고 가슴을 주무르는 마리다가 진지한 표정으로 온천 도입을 권장했다.

큭! 그건 해보고 싶어……. 이 세계에서는 남국 태생이지만, 이전 생은 일본인. 목욕은 마음을 씻어낼 수 있고, 야한 짓을 한 뒤의 처리도 간단해진다. 게다가 위생 환경 향상도…….

이룰 수 없다고 생각하면서도, 비용을 산정하는 주판을 마음속으로 튀겼다.

"무, 무리네요."

"오, 알베르트의 안색이 변한 것 같은 거다. 무리하면 가능한 모양인 거다. 즉, 더 야한 짓을 할 수 있다면 허가가 나올 가능성은 있는 모양이라고."

"야한 짓 말인가요? 저는 욕조는 평범하게 들어가는 곳이라고 생각하고 있었는데요."

"류미나스 땅, 나랑 같이 욕조에서 나와서 알베르트의 몸을 씻어 주는 거다."

"하? 하아?"

"자, 자. 알베르트도 준비하는 거다."

나는 마리다의 말대로 욕조에서 나와 몸을 씻는 곳에 있던 나무 의자에 앉았다.

"여기에 비누가 있지 않으냐? 이걸 이렇게 하면——."

마리다가 비누로 낸 거품을 류미나스의 몸에 발랐다.

"거품투성이가 되어 버렸어요. 제가 씻겨지는 건가요?"

"아니야, 아니니라. 류미나스 땅이 그 몸을 써서 알베르트의 몸을 깨끗하게 하는 것이니라~. 자, 자, 안겨드는 느낌으로."

마리다의 지시에 따른 류미나스가 그녀의 말대로 내 몸에 안겨 들었다.

"빈틈없이 찰싹, 몸을 밀착시키는 거다! 좋구나! 그래! 그거면 되는 거다."

음, 이건 나쁘지 않아……. 좋은, 감촉이다.

"알베르트 님, 깨끗하게 되었나요? 괜찮나요?"

밀착한 모습으로 거품을 문질러 대는 류미나스가 부끄러운지 얼굴을 빨갛게 물들였다.

"아아, 좋은 느낌이라고 생각해. 더, 강하게 안겨도 괜찮으려나."

"이렇게 말인가요?"

"아아, 좋네."

류미나스가 강하게 안겨 와서, 한층 밀착도가 올라 류미나스의 체온이 느껴지게 되었다.

그것과 동시에, 류미나스가 움직일 때마다 뾰족한 것이 피부에 닿는 감촉이 났다.

"혹시, 류미나스 흥분했어? 조금 전부터 뾰족하게 섰는데."

"아, 아닛, 아니에요! 멋대로, 멋대로 그렇게 된 거예요. 제가 흥분하다니 그런 건──."

얼굴이 새빨개진 류미나스가 너무나도 귀여워서 나도 모르게 강하게 끌어안고 있었다.

"이럴 때의 알베르트 님은 야한 냄새가 나서 머리가 멍~ 해져 버려요."

"그래서, 흥분해 버린 거지? 가슴 끝부분도 뾰족하게 세워서 말이야."

귓가에서 속삭이자 류미나스의 체온이 한층 올랐다.

"아니, 아니에요. 흥분 같은 거——."

"그럼 꼬리 만져도 돼? 흥분하지 않았다면, 괜찮지?"

고개를 든 류미나스가 말없이 고개를 가로저었지만, 나는 무시하고 비누를 들고 그녀의 꼬리에 칠해 거품을 냈다.

"하아, 아하아. 알베르트 님. 제 꼬리는 안 된대도요! 흐으응!"

"어째서? 흥분하지 않은 거지? 내 몸을 깨끗하게 해준 답례로 류미나스의 꼬리를 깨끗하게 해주고 있는 것뿐이야."

강약을 붙인 움직임으로 류미나스의 꼬리를 마사지했다. 강약에 민감하게 반응하는 것처럼 류미나스는 몸을 떨었다.

"안 돼, 안 돼요. 꼬리는 안 돼요. 강약을 붙이면 안 돼요오."

류미나스의 얼굴이 녹아내리는 것처럼 느슨해지더니, 밀착하고 있는 가슴 끝이 점점 단단함을 더해 갔다.

"알베르트 님, 안 돼요! 더는, 참지 못할지도! 안 돼애, 가 버릿, 가 버려요! 저, 가 버려요오오오!"

격렬하게 몸을 떨었나 싶더니만, 단숨에 류미나스의 체온이 올라 비누 향기와는 다른 냄새가 주위에 퍼졌다.

"제대로, 간다고 말했네. 대견해, 대견해."

나는 힘이 빠져 축 늘어진 류미나스의 머리를 쓰다듬어 줬다.

"굉장해써요오……. 이런 걸 계속 당했다간 머리가 이상해져 버려요오."

"알베르트는 류미나스 땅과 즐기고 있는 모양이구나~. 나는 한가하니까 욕조에——. 리, 리셀, 뭘 하는 거냐! 나는 욕조에——."

"임신과 출산을 해서, 서방님한테 방치당해 외로움을 겪고 있는 사모님을 빼앗는 백합 메이드장 역할을 맡아 볼까 하고요. 자아, 자아, 마리다 님도 흥분하고 계시죠?"

"아닌 거다! 나는 흥분 따위 하지 않았느니라! 앗! 리셀! 그런 곳에 손을 넣는 거 아니다! 아앗! 아니니라! 거기가 아니야! 아니 아니, 그런 의미가 아니니라!"

"마리다 님의 몸은 알베르트 님과 같은 정도로 잘 알고 있기에 저한테 맡겨 주세요. 출산하셔서 느끼는 부분이 바뀐 것이겠죠."

마리다의 몸에 휘감기는 것처럼 리셀이 몸을 겹쳤다.

우리의 야한 메이드장은 아내의 몸을 나 이상으로 숙지하고 있는 모양이다.

"손을 치우는 거다! 거긴, 만지는 거 아니다! 앗! 아앗! 그만두는 거다! 알베르트한테 보여지고 있다고! 아흐으윽!"

야한 메이드장한테 괴롭힘당한 아내가 얼굴이 달아오르며, 느끼고 있는 모습을 보여지지 않도록 얼굴을 팔로 가렸다.

"그럼, 이쪽이 더 좋으셨던 거려나요? 쮸우웁."

"하으으으윽! 아닌 거다! 거기는 아레우스한테 줄 젖이 나오는 가슴이니라! 센 거다! 세게 빨면 안 되는 거다!"

"그럼 이렇게일까요~?"

"하으으응! 아냐, 아니다! 핥는 것도 안 되느니라! 알베르트, 보지 말아라. 봐서는 안 되는 거다! 흐으으으응!"

모유가 차서 크게 부푼 마리다의 가슴을 리셸이 괴롭혔다.

진짜로 뭔가 네토라레당하는 아내 느낌이 가득합니다.

"알베르트 님은 지금 류미나스 쨩한테 열심이니까, 마리다 님의 마음의 틈새는 제가 메워 드릴게요. 자, 이렇게 하면 기분 좋죠?"

"아닌 거다! 나는 알베르트뿐이니라! 정말인 거다! 정말이니라! 믿어 줘인 거다! 응흐으으으웃!"

"그런가요? 저는 마리다 님을 정말 좋아한답니다~. 물론 알베르트 님도 정말 좋아하지만요."

리셸한테 괴롭힘당해 몸을 움찔움찔 떤 마리다가 이쪽의 모습을 살피는 것처럼 힐끔 봤다.

"알베르트, 이건 그런 게 아니니라! 몸이 멋대로, 멋대로 반응하고 마는 거다! 결코, 네토라레당한 게 아니니라!"

젠장, 흥분되는 전개다만! 내 아내가 너무 귀여워서 참을 수가 없어!

"알베르트 님의 물건이 엄청난 상태가 되어 있어요. 저, 저기! 이런 건 처음일지도."

내 몸에 밀착하고 있던 류미나스가 들끓어 오른 물건에 닿은 모양이라, 놀란 기색을 보였다.

나 스스로도 그건 느끼고 있다. 이 시츄에이션, 흥분되는 요소밖에 없다.

아내를 빼앗으려 한 메이드장한테는 빼앗지 않도록 제대로 재교육해주지 않으면 안 되고, 아내이자 정실과의 섹스도 힘내지 않으면 안 되고, 측실과도 분발하지 않으면 안 되는 것이다.

즉, 엄청나게 분발해야만 하는 것 확정.

"마리다 님, 누가 마리다 님의 배우자인지를 지금 다시 한번 이해시켜 드리지 않으면 안 되겠군요."

"알고 있느니라. 내 서방님은――."

나는 류미나스를 안은 채 의자에서 일어나, 마리다와 리셸을 덮쳤다.

다음 날 아침, 은신처에 비치되어 있던 침대에서 눈을 뜨자, 양 옆에는 마리다와 리셸, 류미나스의 모습이 있었다.

그 뒤로 욕탕에서 마구 분발해서 메이드장한테는 아내를 빼앗지 않도록 확실하게 몸에 새겨 재교육했고, 아내와는 오랜만에 러브러브하고 달콤한 섹스를 즐겼고, 측실과도 확실하게 아이 만들기를 힘냈다.

"알베르트…… 야한 건, 무리인 거다! 이런 차림으로라니…… 새액, 새액."

"알베르트 님, 마리다 님…… 두 분 다 정말 좋아해요. 더, 하고 싶…… 새액, 새액."

"저, 이런 건 무리예요오……. 몸이 부서져 버려…… 새액, 새액."

분발한 것으로 인해 여러모로 몸에 무리가 올 것 같지만, 돌아갈 때까지 아직 시간이 있으니 다시 온천에서 몸의 피로를 풀 생각이다.

일단 예산 사정으로 애슐리성에 온천은 끌어올 수 없지만, 이 은신처 온천은 마르제 상회의 거점으로 보존하는 것이 결정되었다.

가끔 여기에 와서 아내와 애인들과 함께 업무나 육아의 피로를 푸는 것도 괜찮겠다고 생각한다.

아, 그렇지. 본래 목적이었던 산적 녀석들이 모은 재화를 처분하니 제국 금화 3,000닢이 되어 여러 가지로 도움이 되어 주었다.

제12장 ♥ 돈이 필요해!

제국력 261년 청금석월(12월)

은신처 온천에서 아내들과 함께 기력을 보양한 내 의욕은 MAX.

아레우스 땅도 쑥쑥 성장하여 젖니가 나기 시작해서 슬슬 이유식도 먹기 시작했다.

에르윈 가문은 순풍만범, 올해도 영지를 늘려 왕창 돈을 벌어 연말을 넘기려 하고 있었다.

"알베르트 님……. 이건, 곤란할지도 모르겠습니다. 이만큼 거액의 예산을 편성하면 지금의 에르윈 가문의 수입으로는 위험합니다. 밀레비스 경이 거품을 뿜으며 쓰러지고 말 거예요."

내가 내민 예산서를 보자, 이레나의 미간 주름이 깊어졌다.

그녀가 손에 들고 있는 건 내년도부터 본격화될 은광산 개발 프로젝트의 예산 규모를 정리한 서류다.

시굴을 하고 있는 '지렁이의 엄마'로부터의 진척 보고에 기반하여, 광산 규모와 그걸 만들 비용을 산출해 봤다.

이레나가 들고 있는 서류에는 예산 총액 제국 금화 20만 닢이라는 터무니없이 큰 숫자가 적혀 있다.

광산에 물자를 반입·반출할 가도 정비비, 광산 갱도 굴착, 광산에서 일하는 사람의 주택 정비비, 광산 폐수를 식물 정화하기 위한 인공 습지 조성비, 제련 설비비, 광석 분쇄 설비비 등등, 은광맥에서 채굴하고 제련하여 은을 만들어 내기까지를 아르카나 령에서 일관하여 행하기 위한 설비 투자를 하면 그 예산 총액이 된다.

특히 은광석에는 납도 포함되어 있고, 제련 과정에서도 납을 사용한다. 나는 현대 지식으로 납 중독을 알고 있기에 '지렁이의 엄니'의 게이브가 제안한 안전 대책을 전부 채용하는 예정을 짰기에 예산이 방대하게 커졌다.

"하지만 단번에 그 예산을 다 쓰는 건 아니야. 시굴 결과를 보면서 게이브 공과 이야기를 나눠서 서서히 단계를 밟아 간다는 생각이야. 제1기는 노출부 채굴, 소규모 제련 설비, 광산으로 가는 가도, 오염되는 빗물을 모아 납을 침전시키는 인공 습지를 만들 생각이야. 내년도만의 투자 금액으로 말하자면 제국 금화 5만 닢 정도네."

그래도 상당히 큰 금액인 건 알고 있다. 단지, 소규모이기는 해도 은 제련이 가능하다면 그걸 예산에 충당하는 건 가능할 터다.

"하지만 아무리 그래도 제국 금화 5만 닢은……. 상당히 재정을 압박합니다. 저쪽의 이익을 돌리겠습니까?"

"최악의 경우 그것도 고려해 두겠지만, 최종 수단이라고 생각해."

마르제 상회는 각지의 시세 정보를 토대로 한 물자 판매의 차익과 향유 판매로 돈을 벌고 있기는 하지만, 첩보 비용이나 인건비가 은근히 들기에 가능하면 광산 개발은 에르윈 가문의 자금으로 하고 싶다.

"아니면, 아레우스 님의 탄생 축하로 마왕 폐하로부터 하사받은 자금을 쓰시겠습니까?"

"가능하면 손을 대고 싶지 않지만, 마왕 폐하도 아레우스를 위해 좋은 영지를 남겨 주라고 말했으니까 예산에 편입할지도."

"그렇게 되면 내년도 예산은 어떻게든 될 것 같습니다만, 그다음이 힘든 줄타기가 될지도 모르겠네요. 일단, 어느 정도 자금을 마련할 수 있을지는 밀레비스 경과 확인해 두겠습니다."

"최대 규모가 그 정도가 될 거라고 생각해 주면 돼. 아무리 빨라도 수년은 걸리는 사업일 테고."

"네, 알겠습니다."

이레나는 서류를 겨드랑이에 끼고는 문관들이 대기하는 인접한 방으로 이동했다.

"내 용돈을 줄이는 건 단호히 거부하겠느니라! 그리고, 아레우스의 생활비도 줄여서는 안 되는 거다!"

이야기를 듣고 있던 마리다가 용돈과 아들의 생활비 걱정을 했다.

"물론입니다. 근검절약은 해주시고 있기에 이 이상 마리다 님이나 아레우스한테 절약을 명할 일은 없습니다."

"나는 최근 무구도 제대로 새로 맞추지 못했으니까 말이지. 지금 쓰는 검이 부러지면 대체할 게 없는 상태이니라. 아레우스도 성장하면 자신의 무구를 갖고 싶어 할 테고 말이지."

"예이, 예이, 알고 있습니다."

어딘가에 돈 열매가 맺히는 나무는 나지 않으려나. 진짜로 갖고 싶다고.

그 뒤, 아레우스의 육아와 정무를 보면서, 자금 융통을 어떻게 할지 생각하고 있었더니 연말이 지났다.

제국력 262년 석류석월(1월)

해가 밝았다. 신년이다. 나도 아빠가 되었으니까 말이지. 지금까지처럼 어린애 같은 신년 인사는 하지 않는다고.

아바바, 아레우스 땅. 파파랍니다. 파파. 으응~, 귀엽네요~.

뺨에 쪽~ 해도 되니? 아~, 귀엽구나아. 먹어 버리고 싶을 정도다.

어라, 이 냄새…… 큰 쪽의 예감. 아레우스, 잠깐 기다려!

아, 조, 조금 어수선하니 그동안에는 작년의 결산서라도 훑어보고 있어 줘.

아레우스 땅~! 아직 일러~! 기다려~!

에르윈 가문 제국력 261년 결산서

인구 : 애슐리성(본령) 20,513명(+1,439명) 스라트성(아르코 가문 보호령) 3,554명(+248명) 아르카나성(새로운 영지) 2,499명 합계 26,566명

가신 총수 : 563명(+140명) 농민병 최대 동원수 : 3,100명(+500명)

조세 수입 총계 : 1억 595만 엔(+1,473만 엔)

조세 외 수입 총계 : 10억 8,069만 엔(방출품 매각 이익 1억 8,689만 엔, 향유 전매 이익 6,455만 엔, 알렉사 왕국군 노획 물자 매각 5,425만 엔, 몸값 대금 2억 4,500만 엔, 마왕 폐하로부터의 하사금 5억 엔, 산적의 재화 3,000만 엔)

수입 총계 : 11억 8,664만 엔

인건비 총계 : 1억 9,380만 엔(+3,480만 엔)

기타 잡비 총계 : 6억 1,751만 엔(베일리아 가문과의 교역로 개설 부담금 2,000만 엔, 스테판에게 지불한 협력비 5,000만 엔, 와리드에게 지불한 정보 공작 비용 4,320만 엔, 아르카나령 지원금 2억 엔, 토벌 출병 비용 2,898만 엔, 소모품 보충 1,196만 엔, 수송대 위탁비 1,500만 엔, 당주 생활비 600만 엔, 사룟값 90만 엔, 성 수선비 1,560만 엔, 장비 수선비 2,628만 엔, 화승총 양산화 지원금 1,500만 엔, '지렁이의 엄니'와의 시굴 계약금 1억 5,000만 엔, 스라트와 고슈토족 촌락 간 가도 부설비 3,459만 엔)

지출 총계 : 8억 1,131만 엔

수지 차감 : 3억 7,533만 엔

차입금 변제 : 1억 엔

차입금 잔액 : 1억 엔

이월금 : 4억 7,797만 엔

후우, 실패했다. 한발 늦었어. 기저귀를 확실하게 교환하고 유모인 베르타한테 아레우스를 맡기고 왔다. 신년부터 운이 따랐다고 생각하기로 하자. 올해도 아빠는 아레우스 땅과 아내들의 좋은 생활을 위해 돈을 벌지 않으면 안 된다. 그래. 할 일 리스트도 갱신해 둬야겠지.

해야 할 일 리스트 262년.
· 영내 도량형 통일(아르카나령 개시)
· 영내 농촌의 정확한 납세 기초 대장 작성(아르카나령 개시)
· 은광산 개발(시굴에서 초기 채굴 단계로)
· 애슐리령에서 아르카나령으로 이어지는 가도 부설(착공)
· 인구 증가책 촉진(일부 완료)
· 새로운 수입원 확보(궁리 중)
· 주변 정보 수입(수집 중)
· 올해도 아이 만들기(매우 분발하겠음)

일단 돈을 잔뜩 벌어들일 은광산을 개발하는 데 돈이 잔뜩 필요하다는 것이 판명되었다. 올해는 꽉꽉 돈 버는 year가 되겠어! 내정에 힘을 쏟아 영내를 개발하고 세수를 마구 늘리는 턴으로 삼을 생각이다.

뭐, 그래도 마왕 폐하가 그걸 허용해 줄지는 알 수 없다. 왜냐면 오르그스가 알렉사 왕국의 왕위를 계승하고 이복동생 고란이 살금살금 움직이고 있으니 말이다.

알렉사 왕국의 토대가 덜컥덜컥 흔들리는 상태를 그 마왕 폐하가 내버려 둘 리 없다.

그렇게 되면 대 알렉사 왕국의 최전선인 우리가 진두에 세워지는 건 기정 노선이라 그쪽 대비도 소홀히는 할 수 없는 상황.

아레우스 땅, 아빠는 너무 바빠서 과로사할지도 몰라. 그래도, 일을 잔뜩 해서 돈을 벌어 모두한테 좋은 생활을 하게 해줄 테니까 말이야!

번외편 ♥ 서방님의 성벽을 아는 것은 아내의 책무

※마리다 시점

"지금부터, 알베르트 폰 에르윈에 관한 성벽 검토회를 개최하 겠느니라. 진행 역할은 이레나 땅, 부탁하는 거다."

연말의 종무식을 끝내고 휴가에 들어간 애슐리성의 한 방에 애 인들이 한데 모여 있다.

남편인 알베르트는 일이 휴가에 들어가자 적남 아레우스를 돌 보는 데 열중하고 있어서, 지금은 점심을 먹은 아들과 함께 낮잠 을 자고 있었다.

"그러면, 우선은 베르타 씨부터 들어보도록 하겠습니다. 이번 이 첫 참가입니다만, 리셀 씨한테서 사전에 설명은 받았지요?"

토끼 귀가 난 베르타가 긴장한 표정으로 자리에서 일어섰다.

"네, 넵! 들었습니다!"

"베르타, 뿡을 붙이는 걸 잊었어요~."

"네, 넵! 들었습니다뿡!"

리셀이 베르타한테 '뿡'이라는 어미를 붙이라고 강요했다.

나로서는 위화감이 있는 말투지만, 알베르트는 의외로 마음에 든 모양이라 그만두게 하라고는 말하지 않는다.

"저는 유모이기에 밤의 침소에는 불리지 않았습니다뿡. 그러니 알베르트 님의 성벽이라고 말씀하셔도 떠오르는 게 없습니다뿡."

"그러한가. 내가 알고 있는 범위만으로도 침실에서 아레우스한테 젖을 준 뒤, 알베르트한테 모유를 마시게 해주고 있던 걸 본 적이 있다만."

베르타의 낯빛이 싸악, 하고 변했다.

"그, 그건, 알베르트 님이 아레우스 님을 잠재운 뒤, 맛을 확인하고 싶다고 하셨기에, 마시게 한 것뿐이고──"

"그대로 조금씩 슬슬 침대에 자빠뜨려져, 행위에 이르고 있었네요~. 저도 마리다 님과 같이 문 틈새로 엿보고 있었어요."

베르타의 얼굴이 빨갛게 달아올랐다.

"아, 알베르트 님이, 육아로 지친 기색이었기에, 휴식을 도와드린 것뿐이에요뽕. 결코, 불순한 마음은──"

"괜찮다, 괜찮아. 베르타를 타박하고 있는 게 아니니라. 여기는 알베르트의 성벽을 검토하는 모임. 부끄러워하지 말고 모든 걸 드러내는 자리인 거다. 다시 한번 묻지. 성벽은 무엇이냐?"

"모유일지도 모르겠습니다뽕. 마리다 님 것도 집요하게 확인이라 칭하며 마시고 계셨기에."

"아~, 그건 있을지도 모르겠네요. 명백히 흥분하고 있었고, 반응이 달랐어요."

"임신하고 나서부터는 걸핏하면 가슴을 주무르고 있던 기억밖에 없구나."

"그러면 알베르트 님의 성벽으로 '모유에 흥분한다'를 추가로 기록해도 괜찮을까요? 찬성하시는 분은 거수를."

이야기가 다른 곳으로 샐 뻔했기에 진행 역할인 이레나가 표결에 부쳐 주었다.

"전원, 찬성이기에 알베르트 님의 성벽 정보에 추가로 기록하겠습니다."

이레나가 손에 들고 있던 수첩에 내용을 적어 나갔다.

저 수첩에는 다양한 밤의 행위로 쌓아 올린 알베르트가 좋아하는 것의 정보가 축적되어 있기에, 에르윈 가문의 최중요 기밀 사항으로 해 뒀다.

"그러면 이어서 리제 님, 발언을."

"네, 네, 나는 마리다 언니와 리셸 씨가 사온 그 소악마 의상이 무척 반응이 좋았던 걸 보고할게."

아~, 그러고 보니 리셸이 제도의 옷 가게에서 사서 가지고 온 것 중에 그런 의상이 있었던 느낌이 드는군.

"분명, 그 의상을 리제 땅한테 준 건 한창 아르카나 공략전이 이루어지던 도중이었을 터."

"실은 그 의상 건은 알베르트한테서 입막음을 당하고 있어서 지금까지 말하지 못했지만, 이 자리는 비밀회의니까 말해도 되겠지?"

"괜찮은 거다, 리제 땅한테 책임은 가지지 않도록 하마. 내 애인이기도 한 거고, 남편의 비밀은 확실하게 공유하지 않으면 안 되고, 당주로서도 파악해 둬야만 하느니라. 그래서, 어느 정도로 좋은 반응이었던 거냐?"

"엄청나게 마음에 들었는지, 한번 벗겨진 뒤에 다시 한번 입혀지고는 그 상태로 했어. 아침까지 계속. 격렬하게 당해 버렸어. 그래서, 나는 다음날에 줄곧 마차에서 누워 있었어."

리제의 이야기에 다른 사람들이 술렁였다.

리제의 이야기로 살피건대, 의상이 상당히 마음에 들었을 때의 반응이군.

"리셸, 그 소악마 의상을 나 외의 다른 사람 수만큼 갖추는 거다! 밤의 의상에 추가하기로 한다!"

"괘, 괜찮겠어? 그거, 정말로 위험하니까! 알베르트의 눈이 엄청나게, 야했으니까 말이야."

리제의 말에 모두가 일제히 침을 삼켰다.

그, 그렇게나 굉장한 건가…… 이건, 재빠르게 모두한테 입혀 봐야만 하겠군.

"그러면 소악마 의상에 관해서는 마리다 님 권한으로 밤의 의상에 추가를 결정. 성벽 정보에도 추가로 기록해 두겠습니다."

"그렇게 해다오. 그런가, 그 의상은 그 정도까지의 파괴력을 가지고 있었던 건가."

"재봉을 담당하는 아이들한테 초특급으로 의상 제작을 부탁해 둘게요~."

"그러면, 이어서 리셸 씨의 보고를 부탁드립니다."

"네에네에, 어디 보자, 이건 마리다 님도 류미나스 쨩도 알고 있을 거라고 생각하지만, 알베르트 님은 저래 보여도 의외로 독점욕이 강한 분이어서, 네토라레라고 느꼈더니 여느 때의 몇십 배나 격렬하게 하셨어요~. 이야~, 너무 격렬해서 저는 버릇이 될 것 같아요. 다음에 누가 시험해 보지 않겠어요?"

온천 때의 이야기군. 그건 나도 리셸이 꾸민 장난에 말려들어

호된 꼴을 당했던 거다.

나를 빼앗아 덮치려 했던 리셸은 흥분한 알베르트한테 확실하게 '교육'당했다. 그거야말로, 나까지 끌어들여 집요하게, 철저하게 '교육'당한 사건이었지. 이야~, 냉정 침착한 알베르트한테 그러한 일면이 있었을 줄은 몰랐다.

그래도, 덕분에 내가 무척 알베르트한테 사랑받고 있는 건 재확인할 수 있었던 사건이었다.

"그렇군. 다음에는 알베르트의 마음에 든 메이드장을 아내인 내가 빼앗는 것도 나쁘지 않은 느낌이 드는구나. 리셸은 알베르트의 첫 측실이고 말이지. 알베르트의 독점욕을 자극하는 건 좋은 반응을 이끌어 낼 수 있을 것 같구나."

"저, 저도 마리다 님한테 네토라레당하고 싶어요! 그때의 알베르트 님은 정말로 짐승이라는 느낌이라, 떠올리는 것만으로도 몸 안쪽이 찌르르르하게 저려 와요."

"류미나스도 나랑 리셸과 마찬가지로 알베르트의 '교육'을 받은 사람이었지. 그건 체험한 사람밖에 모르는 영역이니라. 평소의 밤의 생활에서는 알베르트가 상당히 억누르고 있는 것 아닐까 하고 의심해 버릴 정도로 굉장한 것을 집요하게 당했었지."

체험하지 않은 사람들이 내 이야기를 진지한 표정으로 듣고 있었다.

"그러면, 알베르트 님한테 네토리 설정으로 행동하면 '교육' 행위에 이른다는 성벽을 추가로 기록해도 괜찮겠습니까? 찬성하시는 분은 거수를."

이레나가 표결에 부치자 전원이 손을 들었다.

몇 번이나 하면 질리겠지만, 가끔 쓰는 정도면 알베르트에 대한 좋은 자극이 될 거라고 생각한다.

"전원, 거수하였기에 성벽 정보에 추가로 기록하였습니다."

"그래서, 이레나 땅은 그건가~. 그 왜, 상의라고 칭하는 휴식 타임의 건을 보고해 주는 것이겠지?"

"헤? 그, 그, 그, 그건 비서 업무의 일환이기에, 결코, 알베르트 님의 성벽이라는 건 아니고, 제가 유혹한 것도 아니기에, 그 자리의 흐름이라고 할지, 분위기 느낌이라고 할지, '알고 있지'라는 신뢰감이라고 할지……."

"업무 시간 중에 이레나 씨와 알베르트의 모습이 집무실에 보이지 않을 때는 대체로 어딘가의 방에서 하고 있으려나~, 라고 나는 생각하고 있어."

"저도 호위로서 어디까지 파고들어도 좋을지 망설여진단 말이죠. 이레나 씨한테도 미안하고요."

"알베르트 님은 기본적으로 집무에 열중하고 계셔서, 그렇게 어느 때나 항상 하고 있지는……."

"나도 일의 피로를 푸는 데 리제 땅한테 무릎베개라든가 받고 있고, 리셀의 가슴을 주물러서 기분을 달랠 때도 있다. 알베르트도 일의 피로가 쌓이면 이레나와 해서 피로를 없애고 싶다고 생각하는 마음도 매우 잘 이해가 되느니라."

이레나는 얼굴이 새빨개져서 수첩에 시선을 떨궜다.

"저는 업무의 일환으로 알베르트 님이 집무에 만전인 태세로

임할 수 있는 상황을 제공하고 있습니다. 그래도, 업무가 쌓여 야근하실 경우, 밤의 생활이 없는 날도 있기에 처리를 도와 드린다든가 하는 때는 많아지네요."

"이레나 땅의 헌신에는 고개가 수그러지는구나. 힘들면 야근 때의 처리는 다른 사람한테 바꿔 달라고 해도 되느니라."

"아니요! 저, 제대로 잘 해내겠습니다! 맡겨 주세요!"

이레나 땅도 알베르트를 매우 좋아하기에 여러 가지로 보살피며 시중을 들어 주고 싶은 마음이 강한 것이겠지. 일에 관해서는 호랑이처럼 엄격한 알베르트니까, 야한 짓에 빠져 일에 지장이 생기는 경우는 일어나지 않기에 원하는 대로 하게 두는 편이 좋아 보이는군.

"알겠느니라. 그러면 그 부분은 이레나 땅한테 맡기겠는 거다. 내 애인이기는 하지만 업무 중에는 알베르트의 비서니까 말이지. 제대로 돌봐주도록 하는 거다."

"네, 넵! 잘 알겠습니다!"

"아니 그보다, 다들 모여서 무슨 이야기를 하고 있는 건가 싶었는데——."

익숙한 목소리가 나서 문 쪽을 돌아보자, 거기에는 아레우스를 안은 알베르트가 서 있는 것이 보였다.

"아무것도 아니니라! 애인으로서의 생활에 불만은 없는지, 모두한테 확인하고 있었던 것뿐인 거다. 알베르트의 성벽 같은 건——."

"마리다 님! 그 이야기는——."

"헉! 아뿔싸인 거다! 성벽이 아니라, 성격이니라, 성격. 최근, 입이 내 말을 듣지 않아서 말이지."

"알베르트 님, 아레우스 님은 제가 맡겠습니다뿅. 슬슬 기저귀도 갈아주는 편이 좋을 거고요."

"아, 응. 부탁할게. 지금은 자고 있지만 아마 조금 전에 쌌을 거라고 생각해."

"아, 저는 일이 있었네요! 마리다 님, 당주 일은 쉬는 중이지만 역시 축하 자리에 대비한 안주인으로서의 일도 있으니까 놀고 있을 여유는 없어요! 자아, 일이에요, 일!"

"아, 나는 슬슬 고향에 돌아갈 준비를 해야겠네~. 바쁘다, 바빠."

"저, 저는 결산서에서 잘못된 부분을 발견했기에 확인해야만 합니다."

모여 있던 사람들이 새끼 거미가 흩어지는 것처럼 뿔뿔이 방에서 나갔다.

"마리다 님, 제 성벽을 파악하면 그건 한층 더 격렬한 밤의 생활에 발을 들여놓는 게 됩니다만, 각오는 있으십니까?"

"무, 무, 무슨 말을 하는 거냐. 우리는 그런 걸 이야기하고 있지 않았던 거다. 알베르트도, 역시 인사 준비를 해야만 하잖느냐. 자, 자, 해야 할 일은 해두지 않으면 신년을 맞이할 수가 없느니라."

알베르트의 추궁에서 벗어나기 위해 리셸을 데리고 방에서 나와, 역시 축하 자리의 준비를 하기 위해 프레이를 찾아가기로 했다.

이세계 최강인 아내입니다만,
밤의 전투는 내가 더 강한 모양입니다 3

2024년 10월 15일 1판 1쇄 발행

저   자 신교 가쿠
일 러 스 트 온
옮 긴 이 주승현
발 행 인 유재옥
담당편집 정영길

이   사 조병권
출판본부장 박광운
편집 1팀 박광운
편집 2팀 정영길 조찬희 박치우 정지원
편집 3팀 오준영 이소의 권진영
디자인랩팀 김보라 차유진
디지털사업팀 박상섭 김지연 윤희진
라이츠사업팀 김정미 맹미영 이윤서
영업마케팅팀 최원석 이다은
물 류 팀 허석용 백철기
경영지원팀 최정연
발 행 처 ㈜소미미디어
인쇄제작처 코리아피앤피
등   록 제2015-000008호
주   소 서울시 마포구 토정로222, 502호(신수동, 한국출판콘텐츠센터)
판   매 ㈜소미미디어
전   화 편집부 (070)4164-3962, 3963 기획실 (02)567-3388
         판매 및 마케팅 (070)4165-6688, Fax (02)322-7665

ISBN 979-11-384-3077-7 04830
ISBN 979-11-384-2139-3 (세트)